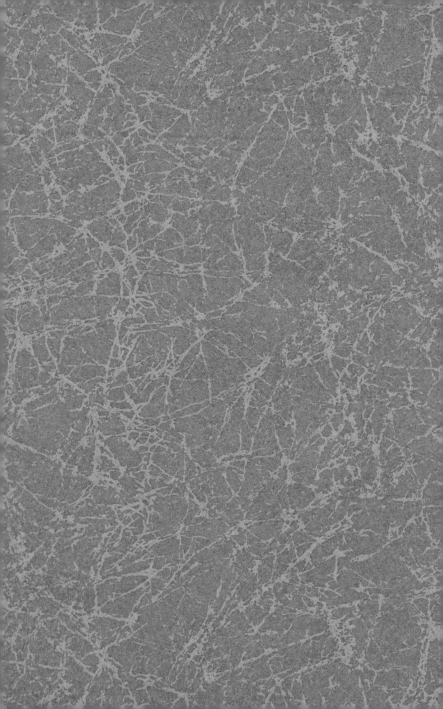

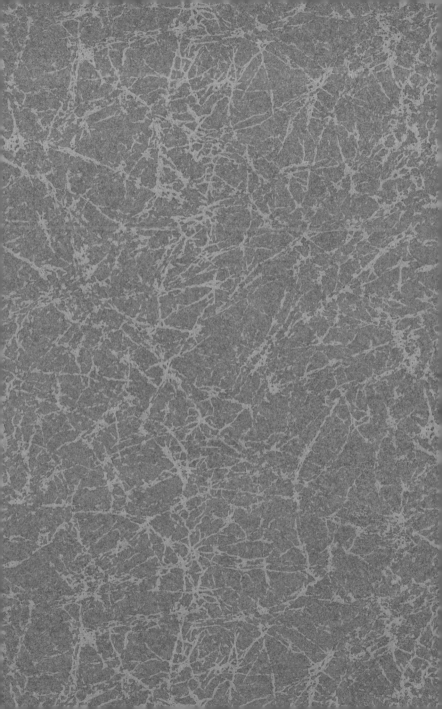

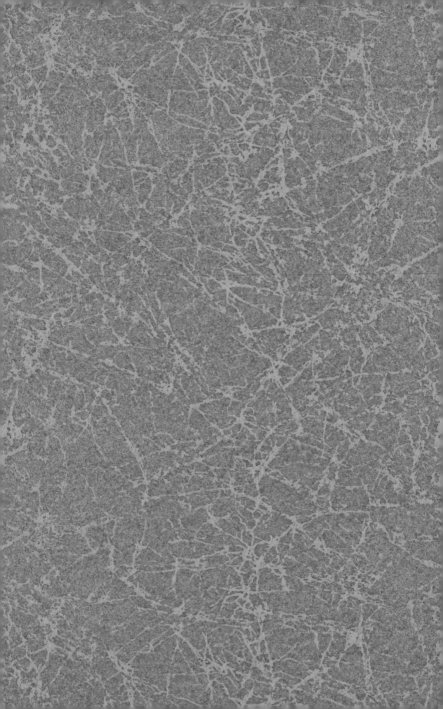

乱世、一炊の夢

安藤恒久郎

ANDO TSUNEKUROU

幻冬舎

乱世、一炊の夢

乱世、一炊の夢

目次

弐の章

際限なき軍役

参の章

天下騒乱

序の章

まえがき

時は織田信長が天下泰平の世の中をつくるという『天下布武』を掲げ十五代将軍足利義昭を奉じて京に上り浅井・朝倉連合軍を姉川の合戦で撃破した元亀元年。まさに下剋上の戦国真っ只中に佐竹次郎義宣《よしのぶ》は佐竹宗家第十九代の当主佐竹義重を父に、伊達晴宗の娘を母として常陸国太田郷、今の茨城県常陸太田市で生を受けた。今を遡ること四百五十年前のことである。

信長は鎌倉以来の戦に明け暮れる武士の世を終わらせ天皇を頂点にした律令制の復古による世の中を築こうとした。しかし、その理想の達成を急ぐ余り自ら、天皇の父親［太上天皇］になって実現しようと画策したため、朝廷だけでなく足利将軍を奉ずる者や異教徒たちの思惑も絡み合う信長包囲網によって信長の理想の天下づくりは志半ばで頓挫した。

そのあとを継いだ羽柴秀吉は信長が目指した平和な世を実現するために日本全国を統一し、理想の国家を目指した。秀吉は信長の失敗から自らは関白となって朝廷を自分の思い通りに操ろうとした。

このような時代を背景に佐竹義宣は青年期を迎え、激動の世の中を渡ることになる。佐竹二十代目の当主となると小田原の陣で豊臣秀吉に臣下の礼をとり豊臣政権下に入る。

『慶長三年大名帳』では全国でも上位七番目の大身となったが秀吉死後の天下分け目の関ヶ原合戦では秀吉の重臣である石田三成に恩義を感じ優柔不断な

態度をとったため徳川家康の不興を買い常陸五十四万石を追われ石高の明示もないまま僻遠《へきえん》の地、羽州秋田への国替えを命じられた。

転封後は徳川幕府の一外様大名として中央政権の政策に翻弄されつつも家名断絶や減封もなく次世代へ繋ぎ続け明治維新を迎えた。


この物語は概ね史実といわれるものを基にしていますが、それが歴史の事実とは限りません。最近になって当時の遺構が地中から発見されたり、旧家の蔵から信憑性の高い古文書などが見つかり通説、定説といわれていたものの解明がどんどん進んで覆ったりその史実が存在したのかすらあやふやになっています。

新たに権力を握った者は以前の支配者の業績はもちろん、その人をも含めて全否定するからです。歴史に上書きをしてファクトを隠してしまうのです。勝者の歴史です。新たな権力者やそれに服従した者は「忖度史観」「礼賛史観」など独自の史観を作り出し「虚偽史観」をでっち上げていきます。フェイクもファクトになり得るのです。

色々な科学的検証技術が確立された現代ですらファクトを探し出すのは至難の業なのですから昔ながらの通、定説というのはどこまでが本当なのでしょうか。

これは佐竹義宣の前半生を描いた歴史小説ですが、この中ではストーリーの成り行き上、オーバーに表現したり自分なりの解釈で現在の定説とは食い違ったりする点もあります。また逸話や仮説などの類《たぐい》もいくつか取り上げてみました。

佐竹氏略系図

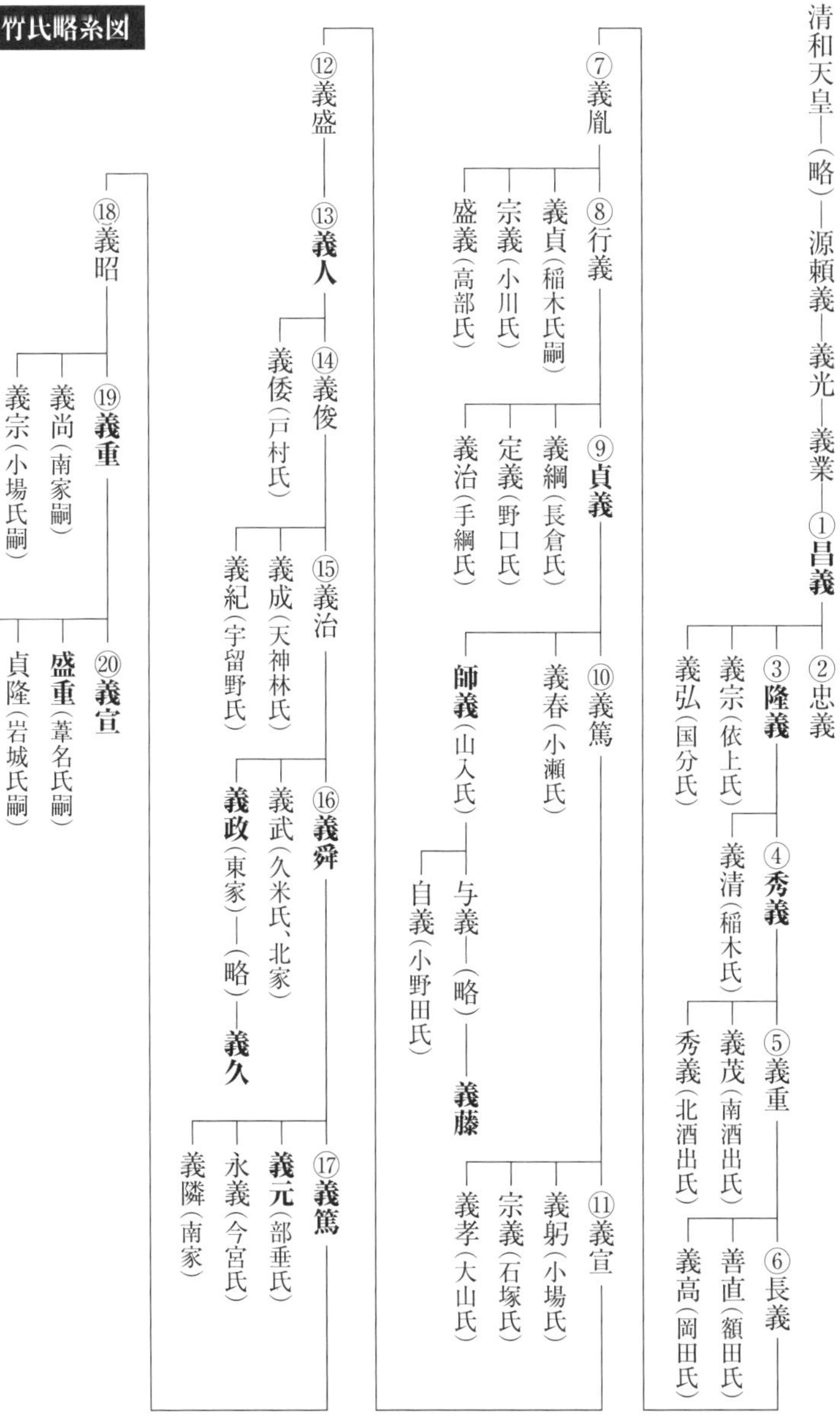
清和天皇—（略）—源頼義—義光—義業—①昌義
②忠義
③隆義
義宗（依上氏）
義弘（国分氏）
④秀義
義清（稲木氏）
⑤義重
義茂（南酒出氏）
秀義（北酒出氏）
⑥長義
善直（額田氏）
義高（岡田氏）
⑦義胤
⑧行義
義貞（稲木氏嗣）
宗義（小川氏）
盛義（高部氏）
⑨貞義
義綱（長倉氏）
定義（野口氏）
義治（手綱氏）
⑩義篤
義春（小瀬氏）
師義（山入氏）
与義—（略）—義藤
自義（小野田氏）
⑪義宣
義躬（小場氏）
宗義（石塚氏）
義孝（大山氏）
⑫義盛
⑬義人
⑭義俊
義倭（戸村氏）
⑮義治
義成（天神林氏）
義紀（宇留野氏）
⑯義舜
義武（久米氏、北家）
義政（東家）—（略）—義久
⑰義篤
義元（部垂氏）
永義（今宮氏）
義隣（南家）
⑱義昭
⑲義重
義尚（南家嗣）
義宗（小場氏嗣）
⑳義宣
盛重（葦名氏嗣）
貞隆（岩城氏嗣）
宣家（多賀谷氏嗣）

太字は重要人物

壱の章

臣従

小田原陣

「お初にお目にかかります。佐竹次郎義宣にございます。関白殿下のご尊顔を拝し恐悦至極に存じ上げ奉ります。此度は、父義重の名代として小田原陣中のお見舞いに馳せ参じました」

天正十八年五月二十七日、相模国湯本の早雲寺本陣で常陸国の若き領袖、佐竹義宣が関白太政大臣豊臣秀吉に初めて臣下の礼をとった日である。

この時、秀吉五十四歳、義宣は弱冠の二十一歳であった。

「おうおう。義宣殿か、遠路大儀である。……して源常陸介義重殿はご息災か」

秀吉は佐竹氏が源氏の流れを汲むことを殊更、強調し名門家を上からの物言いで平伏させる様《さま》を周りの諸大名に見せつけた。

「ははっ。息災にございます。父義重より此度の北条攻めに微力ながら関白殿下にお力添えをするよう言い付かって参りました。こなたに控えし一族郎党並びに宇都宮弥三郎国綱ら共々ご陣の末席にお加え戴きますれば幸甚の極みに存じます」

脇息に片肘をついた秀吉は人懐《なつ》っこい眼差しを義宣に向けると強烈な尾張訛《なま》りを放った。

「かたじけにゃあ。義宣殿に加わってもらやぁ万人力だで、北条も近《ち》きゃあうちに落ちるわ。そのうち、おみゃあさんにも働いてもらうわ、まあ、ちょこっと小田原見物でもしときゃあええがや」

秀吉の甲高《かんだか》くてよく通る声が早雲寺の大堂伽藍に響き渡った。

織田信長亡き後、秀吉は中国大返しで謀叛人惟任《これとう》日向守光秀を山崎に討ち果たすと次に目障りな柴田勝家を賤ケ岳の合戦で屠《ほふ》り信長の「天下」を織田家から引き継いだ。その後、秀吉は続けざまに四国の長宗我部、九州の島津を相次いで平定し、ここ小田原で佐竹、宇都宮、多賀谷などの関東諸侯が臣礼をとった今、天下統一まで残すは北条と奥羽のみとなっていた。

秀吉は小田原の北条氏政、氏直父子に対し上洛して恭順の意を示すよう再三にわたって要請してきたのだが、父子はそれを無視し続け、さらに上洛の条件として上野国の真田昌幸の所領である沼田領を要求し、その大部分を手中に収めた。にも拘らず秀吉との約束を反故《ほご》にして上洛しようとしないばかりか真田昌幸に安堵《あんど》した名胡桃《なぐるみ》の地まで押領《おうりょう》したのである。これで北条討伐の口実が出来た。

天正十七年十一月、秀吉は北条追討の軍令を発した。

佐竹にとって秀吉の北条征伐は、まさに願ってもないことであった。ことあるごとに軍事介入をしてくる北条は目の上の瘤《こぶ》のように目障りであった。佐竹の所領である陸奥南郷を巡り紛争が起きると小田原北条は伊達政宗と、またある時は芦名盛氏や白河義親らと謀り、その留守を窺《うかが》っては常陸への侵攻を繰り返しており隣国の宇都宮氏も同じように挟み撃ちに遭い、その辛酸《しんさん》を舐めてきていたのだから佐竹、宇都宮両家が小躍りしながら参陣したことは言うまでもない。

義宣は宇都宮国綱とは父方の従兄弟に当たり、伊達政宗とは母方の従兄弟に当たる。同じ従兄弟同士だが国綱とは常に提携関係を保ち、政宗とは常に敵対関係にあった。

北条追討の軍令が常陸の佐竹に届いたのは十一月二十八日であったが、折しも陸奥南郷で伊達政宗と対戦の最中であり陣を退くわけにはいかなかった。

しかし、翌天正十八年になると秀吉は宮中に参内し帝から節刀《せっとう》を賜り北条を朝敵とした上で三月、関東へ向け軍を率いて京を発った。

義宣は秀吉自身が京都を発ったという報せを受けると南郷の陣を引き払って常陸に帰り、宇都宮国綱や佐竹の与力大名らを率いて出陣した。その軍勢一万余は途中の北条方の支城、壬生や鹿沼を攻略しながら進軍し、五月二十五日に秀吉の側近、石田治部少輔三成や増田右衛門尉長盛らに迎えられて小田原に入った。

義宣は関白謁見の後、出陣の軍令が発せられるまでの間に石田三成の計らいで小田原を見て回った。

小さな砦のような城館しか知らない義宣は総構え周りが五里といわれる小田原城の大きさに目を奪われた。石垣の上の井楼《せいろう》や隅々に立つ櫓《やぐら》は天に聳《そび》え、そして各持ち場になびく夥《おびただ》しい馬印や差物の旗は吉野、立田の花紅葉にやたとえんとばかりに風に翻《ひるがえ》っている。

二十万とも二十五万ともいわれる秀吉軍は、その小田原城を十重二十重と囲み相模の海に目を転ずれば、これまた大船小船合わせて六千艘を超える軍船が浮かび烏鷺《うろ》［囲碁］にたとえれば最早この時点で投了の局面である。

町場に戻れば往来は兵糧米や物資の運搬で人夫や馬で溢《あふ》れ返り、町人が小屋を出して商いを為せば市場の様相を呈し、遊女屋が小屋をかけ茶屋、旅籠《はたご》までもが街道沿いに並んでいる。しかも参陣している大名たちの陣屋を覗いてみると植木や草花、さらには野菜などを庭に植え書院や数寄屋を建てて酒宴、遊舞に興じ茶を点《た》て詩歌を吟じ、まるであと一手の詰め碁を楽しんでいるかのようにも見える。

当の秀吉も淀の方を上方から呼び寄せ、千利休に度々茶会を開かせていると聞いた。

その一方では石垣山に密かに城を築いているという。

—何という規模のでかい戦であろうか—

義宣とても小田原見物をして初めて触れる上方文化に目を奪われていただけではない。石田三成を通じて秀吉に伊達政宗の不法侵略を訴えていた。

政宗は私闘を禁じた惣無事令を無視し、絶えず隣国を侵犯し二本松の畠山義継を攻め昨年は義宣の弟、芦名盛重を黒川城に攻め落として乗っ取り、さらには政宗の叔母に当たる須賀川の二階堂氏も攻めた。そのほかにも相馬、石川、岩城などとも紛争の絶え間がなく、そのため民百姓は戦乱の度に家を焼かれ田畑を荒らされ難儀している。佐竹父子が政宗を討伐しようと考えたが私兵を動かせないのでこの場を借りて言上するものであると訴えた。そのほかにも水戸の江戸氏や府中の大掾《だいじょう》氏をはじめとする南部の豪族たちが我々のこの度の陣ぶれにも呼応せず反旗を翻し虎視眈々と領土拡大を狙っていることを訴えた。

ある時こんな噂が流れ、寄せ手の陣全体が大きくざわめいたことがあった。

その風聞によれば徳川家康と織田信長の次男である織田信雄《のぶかつ》が城方に通じており時を示し合わせて北条方が九つ全ての城門から一斉に撃って出る。と同時に家康と信雄が寄せ手の陣で呼応するというものであった。

――すわ、六年前の小牧長久手の戦いの再現か――と皆、息を呑んだ。

その戦の役者が今回の噂の役者と全く同じだったからである。先の戦いは秀吉が仕かけた戦だが戦闘だけを見れば秀吉は味方の池田恒興と森長可を失って負け戦だった。しかし秀吉は得意の懐柔策で織田信雄と単独講和を結び信雄の織田後継を諦めさせた。さらに信雄の同盟者である越中の佐々成政を孤立させ遠州の家康と連携させなかったという意味で秀吉の戦略的勝利に終わった。

この如何にもありそうな噂を流したのは北条の忍び集団〝風魔《ふうま》〟の仕業《しわざ》である。この噂を信じ真面目にどちらに就《つ》こうか迷った大名もいたという。

噂を耳にした秀吉は、いち早く僅《わず》かばかりの供回りだけを連れて家康と信雄の陣屋を訪れ「無聊《ぶりょう》を数寄《すうき》で慰めてやりてゃあでちょこっと付き合ってちょ」と自らその中に飛び込んでいった。その大胆さに度肝を抜かれ家康も信雄も盛大な宴を催すしかなかった。

機先を制した秀吉の機知によって〝徳川殿、織田殿ご謀叛〟の噂は消えた。

秀吉は小田原本城が降伏しないのは関東に散らばる九十以上の支城からの援軍を待っているためであるとして「相州武州の支城を悉《ことごと》くすり潰し本城を丸裸にせよ」と命じた。

義宣ら関東勢にも『石田軍の忍城《おしじょう》攻撃に合力《ごうりき》すべ

し』という命令が出た。

その時、初めて総大将として指揮を執る石田三成は大谷刑部少輔吉継、長束大蔵大輔正家ら一万七千の兵で館林城を攻囲していたのだが攻め倦《あぐ》み膠着状態に陥っていた。

そこへ北条一の猛将と聞こえの高い北条氏勝が城側を説得するため、つるりのお頭《つむ》でやってきた。北条氏勝は先の箱根山中城の攻防戦で山中城の救援に駆け付けたが徳川家康、羽柴秀次らの猛攻を受け城は僅か半日で落城してしまった。氏勝は死地を求めて居城玉縄城に戻り立て籠もったが家康からの降伏勧告に従い、剃髪《ていはつ》して法体《ほったい》となり投降していたのである。

その降将、氏勝の説得により城代の南條因幡守は六月四日に全面降伏し無血で城を明け渡した。館林城の接収が終わると石田軍は再び利根川を渡り忍城攻撃に移った。

そこに義宣率いる関東勢一万余が加わり総勢二万七千余となった石田軍は忍城に至る八か所の口全てを兵で固め完全包囲した。

忍城は利根川と荒川に挟まれた沼沢の自然を要害として築かれている。丸墓山に本陣を構えた三成はその頂から見える沼や深田に浮かぶ忍城の攻めづらさを改めて思い知らされた。

忍城は城主である成田氏長が小田原本城の防衛に赴いているため叔父の成田泰季が城代を務め農民などを含め三千五百余で守っていた。

三成は丸墓山の本陣で大谷、長束と関東勢の義宣らを招集し軍議を開いた。

「まず、和戦を尋ねようと思うが使者は誰にしたら良いであろうか?」

と三成は指呼の間に見下ろす忍城を指して尋ねた。

「その役、某が承《うけたまわ》ろうか」

名乗り出たのは長束正家であった。色白の瓜実顔をした正家は公達のような口髭を蓄え如何にも事務方らしい理知的で端正な面立ちをしている。

「恐れながら……」

と口を挟んだのは義宣である。

「これは佐竹殿。なんぞ妙案でもございますかな?」

「はっ。そのお役目、当家の太田三楽斎にお申し付け願いたく存じ上げます」

「ほう、三楽斎殿とな?」

「はい。かのご老体、かつて忍城に寄食したこともあり、さらにはご息女が成田氏長殿の妻女という縁もあれば適任かと……」

「ほほう。では、その件は佐竹殿にお任せ致すとしよう」

持ち場の下忍口の陣屋に戻った義宣は太田三楽斎を呼び寄せた。

「そちの息女は成田氏長殿に嫁しておられたはずだが……」

「はっ、如何にも。嫁いでおり申す」

「で、名を何と申されるか?」

「於瀧《おたき》……と申しまするが……」

三楽斎は怪訝《けげん》な顔をしたが間もなく義宣の言わんとすることを察したように二、三度頷いた。

「うむ、そういうことだ。そちが和戦の使者を務め於瀧殿を介して説得してはもらえまいか」

「さてさて、難題にござりまするな。なにしろ気の強い女子でござりますれば……」

三楽斎は言葉を濁した。

「三楽殿。もし於瀧殿の説得叶えば儂《わし》も三成殿、いや関白殿下に対して手柄にもなろうというものだがな」

「……」

「それとも三楽殿。説得叶わぬ時は恥とでもお思いか?」

何としても三楽斎にこの任を引き受けてもらわねばならぬ義宣は、ことさら語気を強めた。

「なんの、もう某も八十になんなんとしております故、近いうちに恥も一緒に冥土へ持ってゆく所存なれば、御屋形様のご意向のままに……」

「おおっ、かたじけない。引き受けてくださるか」

義宣は最近ぐっと気が弱くなった三楽斎の痩せた

両肩を引き寄せると耳元で囁いた。

「三楽殿。お任せ致しますぞ」

しかし、三楽斎が持ち帰った返事は〝和〟ではなく〝戦〟であった。

その時、既に忍城内では小田原本城へ援軍として出向いていた城主氏長から秀吉に内通の上、上方勢に降るよう指示されていた城代の成田泰季が急死していたのである。しかしそんな裏の話があるとは露ほども知らない忍城の重臣たちは降伏ではなく籠城と決した。それを強硬に押したのが於瀧と十九歳の甲斐姫だった。

軍使として忍城内に入った三楽斎は於瀧「のち天養院」と対面し降伏を勧めた。

「於瀧、息災で何よりじゃ。このような役回りでなければ氏長殿と一献酌み交わしたい所じゃが、それが叶わのうて残念じゃな。儂は使いとして参った故、和戦の何れかを問わねばならぬ。開城するなら御城代はじめ城兵らにお咎めはない。所領もそのままと致し領民の住まい田畑もそのまま安堵致すとの殿下のお言葉である」

「父上、お久しゅうございます。さりながら父上のお勧めではございますが、たった今、重臣会議で籠城と決しました」

於瀧はにべもなくこう言うと、さらに続けた。

「二十年近く前のことになりますが、上杉謙信様と成田の義父《ちち》上が不仲となりました折、その和解の条件の一つとして氏長殿の先の奥方様を無理やり離縁させ、その後添えとしてわたくしが嫁して参りました。そのことは父上が一番ご存じのはずでございましょう。先の奥方様と御屋形様はお互いに慕い合うておられたのです。そこへ後妻に入ったわたくしの居心地の悪さは父上にはお分かりになりますまい。女人は殿方の道具ではありませぬ。先の奥方様との間には甲斐という姫がおられますし、わたくしにも於巻という娘がおります。わたくしは御屋形様からお城と娘たちを守るよう仰せつかっております故、お城の方々と共にお城と娘たちを守ります。父上はお戻りになって関白殿下にその旨お伝えくださいまし」

語気の強さとは裏腹に於瀧の目端にはうっすらと涙が浮かんでいる。

於瀧が今まで味わってきた労苦と年老いた父の懇願を非情にも拒絶したことへの悔しさと悲しみがいら時に去来したのであろう。

於瀧の気持ちは三楽斎にもよく分かった。

「相分かった。それが御重臣方の御決断なら、その旨、関白殿下にお伝えしよう。しかし、儂もこの歳になってから怒られてばかりじゃ。はっはっは。於瀧よ、これが今生の別れとなるやも知れぬ。達者で暮らせ。さらばじゃ」

座を立ち去る三楽斎は背に於瀧の嗚咽を殺した肩の震えを感じていた。

六月四日、戦闘は開始された。まず大谷隊と長束隊は五か所からの一斉攻撃に出たが城に繋がる道は狭く一歩でも道を外れると進退もままならないぬかるんだ深田である。立ち往生している所を城から狙撃され死傷者を出して退いた。翌日、三成の下知で義宣らが下忍口から沼に筏《いかだ》を浮かべ城際まで迫ったが城からの銃撃で数人を失い退却を余儀なくされた。何の戦果も上げられずに日ばかりが経ってゆく。このまま二万七千の軍勢が兵六百足らずで守る城を落とせず日を費やせば初めての大役に水を差すばかりでなく、いい笑い者になってしまう。

三成は焦った。

—何としても落とさねばならぬ。金ならいくらかかってもいい—

これが秀吉の傍《そば》で学んだ戦略の一つである。

そこで三成は義宣や大谷らの主だった者を本陣に呼び集めた。

「城は低湿地にあり、かつ二本の川に挟まれている。ここ丸墓山を基点に堤を築き、我が殿の備中高松城を水攻めにした故知に倣い某もその戦術を採ろうと思うが如何でござろうか？」

三成のこの問いかけに大谷吉継が反論した。

「なあに、そのような手間暇をかけることはない。我ら二万七千が全ての口から総攻撃をかければ一日もかからず落とせよう」

「それでは余りに犠牲が多過ぎる。殿からお預かりした軍勢なれば犠牲は最小限に抑えたい。長束殿、作事奉行として早速必要な人夫の数や土のうの量などを算用してみてくだされ」

「ならば……」

吉継はむっとなった。―それでは最初から水攻めは決まっていたのではないか。ならば意見など聞くな―

「ならば……何じゃ？　紀之介」

「いや、いい。佐吉、お主が総大将だ。儂はお主に従うまでだ」

吉継は十五、六歳の時に豊後を出奔し大坂堺でフラフラしている所を、既に秀吉の小姓として仕えていた三成と出会い、その執り成しで秀吉に仕官した。

その時から三成を佐吉、吉継を紀之介とお互いに呼び合う仲であるが二歳年上の吉継に三成はいつも上からものを言う。いや、誰に対しても尊大な態度なのだ。

「では、水攻めと致す」

九日から水攻めの堤普請は実行に移された。従軍している兵はもとより近在の農民を昼は一人に付き米一升と銭六十文、夜は米一升と銭百文で徴用した。近郷の衆はたちまち集まり昼夜を問わず黙々と堤普請に精を出した。

この高い手当が噂となり人足は近郷に限らず、さらに遠くからも集まり数万人の規模に膨れ上がった。ついには忍城内から隠れ道を使って工事に加わり米と賃金をもらって城内に戻ってゆく輩も現れた。

そのことに気付いた奉行の正家は三成に取り締まるように進言した。

「城から抜け出てきて普請に加わり米と銭を城内に持ち込んでいる者がおるそうじゃ。取締りを強化し城内の者であれば切り捨てるべきであろう」

「いや、堤の完成が先である。人足を切り捨てればほかの人足が怖がって逃げ出すだけであろう。そうなれば堤の完成が遅れ機を逸してしまう。それに金と米はいくらでもある。捨ておけ」

と言って三成は全く意に介さなかった。

だが、それがのちに三成の考えも及ばないことを引き起こすことになる。

のべ数十万人に及ぶ突貫工事によって僅か七日間で出来上がった堤は丸墓山を中心にして南北七里［約二十八キロメートル］ほどもある半円型で忍城をほぼ半周していた。利根川と荒川から勢いよく流れ込んだ水は民家を呑み込み、田畑を浸したが肝心の忍城は水の上に浮いている。堤の上でその様子を見物していた三成方の武将たちが「あれは浮城か」と言ったほどである。

忍城は一見、水田や深田に囲まれているだけのように見える平城であるが互いに高低差を考えて築城されていた。

城への浸水はなく床板一枚濡らすことはなかったが、これで城への補給路は断った。あとは城内の者が戦意を喪失して降参してくるのを待つだけのはずであった。ところが、その二日後、未明から降り始めた雨は午後になるとその勢いをさらに強め雷《いかずち》と共に土砂降りとなった。利根川と荒川から流れ込む水量はますます増え強さを増し濁流となって堤に襲いかかった。

夕刻近く堤は数か所で崩れ始め、ついには決壊した。その堤を押し流した濁流はさらに低い所にある下忍口の義宣や三成の陣所をも襲い三百余人の溺死者を出してしまった。

洪水の去った後の城の周りはまた元の湿地帯に戻っただけであった。

この堤の決壊の裏には忍城内から参加していた地元の農民が一枚噛んでいた。

この農民たちは地形を熟知していただけでなく天候の変化をも読み切っていたのだ。今は丁度田植えの時期に当たり天気の良し悪しは重要な農事上の関心事である。そのため農民たちは遠くの山に懸かる雲や家畜や鳥の行動などからこの低気圧の襲来を事前に察知していた。そこで彼らは堤のどこを破壊すれば相手に対して最も大きな損害を与えられ、しかも自分たちの田畑に被害が少ないかを見極め、その部分に手抜きを行ったのである。籠城軍にすれば蟻の一穴の勝利であった。

六月二十五日には北条氏邦の鉢形城を攻め落とした浅野長吉が援軍として参戦し長野口から攻撃を仕かけ一塁を破り大手門へと向かった。それを見た甲斐姫は緋縅《ひおど》しの鎧を纏い薙刀《なぎなた》を小脇に抱え馬を駆け大手門を出ると浅野軍の中へ突進し得意の薙刀で敵を切り伏せ、切り伏せ大音声《だいおんじょう》で名乗りを上げた。

「我は成田氏長が娘、甲斐と申す。浅野弾正殿の手の者とお見受けした。いざ勝負召されよ！」

浅野軍はその勢いに押されジリジリと後退し、やがて城外へ押し戻されてしまった。

秀吉はいつまでも陥落しない忍城攻撃に今度は北条氏照の八王子城を落とした真田昌幸、信繁［幸村］父子を援軍として派遣したが、またもや甲斐姫らの反撃に遭い持田口を抜くことも出来ず退却した。

その後、忍城攻防戦は一進一退の膠着状態に陥った。

埒《らち》の明かない忍城攻撃に一時は三成に手柄を立てさせてやろうと思っていた秀吉だったが当初の手はず通り成田氏長からの内通の話を受け入れ氏長の連歌の友であり秀吉の祐筆である山中長俊に仲介を命じた。

一方、小田原に遅参し一夜城で有名な石垣山の普請場で謁見を許された伊達政宗は秀吉に遅参の理由と惣無事令違反を問われ苦しい弁明に終始するも秀吉の傍に近侍していた家康の執り成しもあり許された。

「大納言［家康］殿も云われるように、今度ぁ許したるが二度目はにゃあぞ。しかし黒川城を勝手に乗っ取ったのは許せんで会津は没収だわ。ほんだけど、これまでの米沢の本領は許したるわ」

こうして義宣が訴え出た政宗の暴挙は秀吉に取り上げられ会津は没収となった。

このあと、秀吉は家康と共に石垣山から小田原城に向かって連れションしながら江戸及び関八州を家康に与える約束をしたといわれている。それと同時に豊臣政権の中では秀吉に次ぐ地位である内大臣の織田信雄に家康の旧領である五カ国を与えようとしたが信雄は今まで通り伊勢、尾張の領有を望んだため秀吉の逆鱗に触れ伊勢、尾張とも没収され下野国烏山に流罪となり、その監督を佐竹に命じた。この時、信雄は家臣を伴うことを許されず小者一名が従っただけであった。信雄は剃髪し常真と号し、烏山から羽州秋田、伊予と配流されたが家康の仲介で許され、お伽衆《とぎ》として一万八千石で大和国内に復帰した。改易されてから二年後の文禄の唐入の時であった。

小田原城では北条方の支城が次々と陥落し籠城兵に厭戦気分が蔓延し始め段々統制が乱れてきた。その上、四月に皆川広照が逃亡したのに続き六月初めには松田憲秀らが秀吉に内通し敵兵を城内に引き入れようとしたため、ますます戦意を喪失し重臣たちの一部には和議や単独講和を唱える者が相次ぎ、最早これ以上籠城に耐えられなくなっていた。

六月二十九日に至って、とどめの一刺しのような石垣山からの一夜城の出現には、

「かの関白は天狗か神か、かように一夜のうちに見事な屋形出来るぞや」

と北条方の驚きは尋常ではなかった。

敗北を悟った北条氏直は滝川雄利と黒田官兵衛孝高を頼り氏直自身の命と父氏政をはじめ城内の将兵らの命と引き換えることを条件に降伏を申し出たが秀吉は将兵らの命を助ける条件は許した。しかし氏政、氏照兄弟には責任を取って切腹を命じ氏直は七月五日に城を辞した。

秀吉は翌六日に奥州征伐を命じ片桐且元、脇坂安治、榊原康政らに小田原城の接収に当たらせた。

また北条氏直の処遇では氏直の悲壮な決意を潔《いさぎよ》しとして北条氏規や氏勝と共に高野山に蟄居を命じた一方、北条家の家臣ながら内通した松田憲秀や大道寺政繁に対しては主家を裏切った罪で共に切腹を言い渡した。

七月十一日、氏政は、

「我が身いま　消ゆとやいかに　おもふへき　空よりきたり　空に帰れば」

の辞世の句を残し氏照と共に切腹して果てた。

小田原本城が落ちた後も抵抗を続けていた忍城は丁度この日、城主成田氏長の説得により城を開け渡し裏門から馬に跨った於瀧や甲斐姫、幼い妹たちは美しい着物を羽織って籠城兵や城内にいた領民と共に堂々と退城した。

義宣はこれまでにも多くの城明け渡しを見てきたが今、遠目ながらの情景を見ていると知る限り目にしてきた傷ついた敗残兵が、とぼとぼと降伏退城する惨状を見てきただけに義宣にとっては晴れやかな気分になる一方、あれだけ強くて大きな北条ですら負ければ悲惨な結末を迎えるという現実も目にした。

〝戦に負けてはならぬ、どんな手を使っても勝って生き抜くのだ〟と改めて強く感じた。だが、この遠征で弱冠義宣が得た教訓はこれだけではなかった。

【戦国余話―甲斐姫編】

甲斐姫と於瀧には後日談がある。

忍城開城後、成田氏長は於瀧や甲斐姫らと共に会津に転封となった蒲生氏郷に預けられ領内の福井城で一万石を与えられていたが領内で起きた一揆の鎮圧に向かった氏長の留守を九州大友家の浪人で蒲生家に仕えていた浜田将監兄弟が乗っ取りを企み福井城を急襲したのである。

不意を突かれた城方では於瀧が殺害され修羅場と化した。その急を知った甲斐姫は鎧を着けると愛用の薙刀で浜田弟の十左衛門の首を打ち落とし、逃げ惑う将監をも追い詰めて生け捕りにして引き返してきた氏長に引き渡したということである。

この武勇談を聞いた好色な秀吉が放って置くわけがない。早速氏長に娘の甲斐姫を側室に差し出すように命じ大坂城に迎え入れ淀殿ほか十数人の側室の一人になったといわれているが次のような話もある。

話は忍城開城時に戻るが秀吉の開城の条件は「城の将兵に咎めなし。私財についても没収せず、領民たちも以前の居所、財産を安堵する」という前代未聞の寛大な処置であったことから甲斐姫の側室話が裏の条件であったともいわれている。

のちの話だが側室として大坂城に入った甲斐姫は秀吉との寝物語で父氏長の所領を下野国烏山城三万七千石までちゃっかり寝取ったようである。秀吉の死後も大坂城にあり同じ側室の一人である淀殿とも仲が良く秀頼の守役を頼まれている。その後、秀頼は家康の孫である千姫と結婚したが子には恵まれず側室である伊茶との間に長男国松丸が誕生、また別の側室お石の方から奈阿姫が生まれた。やがて大坂夏の陣で徳川方からの総攻撃を受けて大坂城は落城する。

紅蓮の炎で燃え盛る城から甲斐姫は秀頼の子供二人と共に脱出するが長男国松丸は途中で捕らわれ京都六条河原で処刑され豊臣家は滅亡する。

奈阿姫は千姫の養女となっていたため助命され出家して鎌倉の東慶寺〔縁切り寺として有名〕に入寺させられた。甲斐姫もその時、一緒に入寺している。のちに奈阿姫は東慶寺二十世天秀尼となり「縁切り法」を確立させたという。

なお、またまた余計な話ではあるが甲斐姫が守役として育てた奈阿姫は秀頼と彼女自身の間に出来た子供であるという説があることも加筆しておこう。

休題のついでにこれからの筋書きを分かりやすくするため佐竹家の出自と義宣の家族関係についてざっと触れておかなければならない。

佐竹家の出自〔7ページ佐竹氏略系図参照〕

佐竹氏の始祖は第五十六代清和天皇の後裔で源頼義の第三子、新羅《しんら》三郎源義光である。義光が兄の八幡太郎源義家と共に後三年の役を平定したことは一般に知られている所である。寛治元年というから一〇八七年のことである。大雑把に言えば平安後期に当たる。その後、義光は刑部丞の職にありながら京に戻らず常陸国に居を構えたようである。その孫の昌義が佐竹郷に居住し佐竹を名乗った。初代である。義宣を佐竹宗家十九代または二十代という場合がある。これは昌義の庶嫡子、忠義を二代目とするかどうかによるのだが筆者は忠義が短期間だが二代目を継ぎ西金砂合戦で討死後、弟の隆義が三代目を継いだという説を支持し義宣を二十代目の当主とする。

家族紹介

天正十八年現在の太田在城の家族構成は次の通り。［義宣からの自己紹介］この物語の主人公である佐竹次郎義宣です。十六歳で家督を継ぎ佐竹家二十代目の当主です。現在二十一歳。

父、佐竹常陸介義重は先代当主。既に隠居して「北城様」と呼ばれ私の強力な後ろ盾となってくれている。「坂東太郎」とか「鬼義重」とか呼ばれて周辺各地から恐れられていたそうだ。現在四十四歳。

母は伊達晴宗の五女［宝寿院］で「大御台《おおみだい》」とか「お袋様」と呼ばれている。佐竹に嫁ぎながらも生家を大事にして伊達との戦では何かと口出しをしてくるので閉口している。嫁いびりも天下一品である。四十一歳。

私の正妻は那須資胤の娘で珠子［正洞院］という。三歳年上だから歳は二十四歳の姉さん女房。十九歳の時に私に輿入れした。「那須御台」とか「御台様」と呼ばれている。大御台の嫁いびりの標的になっている。現在、私の子を宿している。

ほかに多賀谷重経の娘で九歳の於江《おごう》［大寿院］という側室がいる。彼女は七歳の時に多賀谷家から人質として佐竹家にお預けの身となったが、そのまま側室となり二年が経つ。側室といってもまだ女のしるしはない。天真爛漫が着物を着ているような性格［のちに継室となり「御台」とか「於江の方」と呼ばれる］。

次に弟妹を紹介しよう。

二男は五歳年下の義広［幼名喝食丸《かつじきまる》］だが幼少時

に激動の人生を送った男だ。

天正三年父義重は会津の名族芦名氏の勢力下にあった白河義親の白河城を落とし生後間もない喝食丸を養嗣とすることで和議が成立し奴が五歳になった時、義広と名乗って白河城に入った。その後芦名家で継ぎ目争いが起こり佐竹、伊達両派が争った結果、白河城主義広が会津黒川城に入り芦名盛隆の娘［小杉山御台］を妻とし十三歳で名を盛重と改め芦名家を継いだ。ここまでは良かったのだが天正十七年六月、突如として伊達政宗が芦名領の猪苗代城を攻撃してきたため盛重［義広］は磐梯山の麓、摺上原で迎え撃ったが芦名家の重臣たちの裏切りで敗北。奴は妻と僅かな供を連れ常陸の佐竹に逃れてきて今に至っている。

年齢は十五歳［のちに名を土計頭義勝と名乗り秋田では角館城代となる］。

次は長女だ。十一歳年下で十歳である。水戸城の江戸彦五郎宣通に嫁している。名を瑞ゑ《みずえ》［自性院］という［後に京の公家、高倉永慶《ながよし》卿に嫁ぎ二男が後嗣の絶えた佐竹北家を継ぐ］。

三男は十三歳年下の忠次郎［幼名能化丸《のうけ》］年齢八歳［後の岩城貞隆。岩城家改易後は岩城家再興を計る］。

四男、彦太郎は七歳［後の多賀谷宣家。多賀谷家改易後は長兄に従い秋田へ赴き、のち亀田藩の藩主となる］。

［　］内は筆者註

その他の登場人物

以下の人たちは天正十八年時点では太田城にはいないが今後、義宣の人生に大きく関わってくる人たちであるので筆者から紹介しよう。

五男となる末弟には異母弟［義重側室の子］中若丸［のち義直、義継］がいるが慶長十七年生まれであるから現時点では存在すらしていない。

二階堂盛義の正室であったが今は未亡人となった叔母［義宣母の姉］の阿南《おなみ》［大乗院］。夫の死後、須賀川城の当主となっていたが天正十七年十月甥の伊達政宗に攻められ落城。その後三年ほど、兄の岩城親隆を頼って岩城家に寄食していたが二人の孫を伴って妹である大御台［宝寿院］を頼り、文禄二年頃に常陸へ身を寄せた。年齢五十歳。「姉様」とか「叔母上様」と呼ばれる。

　阿南の連れてきた孫のうち一人は芦名盛隆の娘だが自分の養女にした十二歳になる真瑠《まる》姫［昌寿院］。もう一人の孫は盛隆が側女に産ませた子で左京進という。以上である。

宇都宮仕置

　北条征伐が終わると秀吉はすぐさま小田原に参陣せず臣従を誓わなかった奥州在の大名や豪族たちの始末にかかった。

　宇都宮仕置といわれる。

　その命令が出た翌日の七日には、不参を理由に下野の小山秀綱が所領を没収されたのを皮切りに十三日には義宣の正室で那須御台の兄、那須資晴が北条方と通じていたとして烏山八万石を没収され旧領佐良土に蟄居させられた。

　那須氏と佐竹の確執は古く佐竹十六代義舜《よしきよ》の頃に遡るがその後、離合集散を繰り返してきた。元亀三年になり那須資胤［那須御台の父］と義重の和睦が成立しその条件の一つが資胤の娘を義宣の妻に迎えることであった。義宣は当時僅か三歳に過ぎず、一方の珠姫は六歳であった。姫が実際に輿入れしたのは天正十三年秋で十九歳、義宣十六歳の時であった。実に十三年もの間、和議の条件の一つである婚姻が反故にならなかったのはこの当時としては稀有なことであった。しかし、この秀吉の那須氏に対する改易処分が徐々に義宣の珠子に対する憂鬱を増長させ悩みの種となっていく。

　秀吉から義宣と宇都宮国綱には七月十一日付の朱印状で「宇都宮から会津まで横三間之街道の普請及び兵糧米の調達」を命じられた。道普請は人海戦術で何とかなったが遠征軍二十万人分の兵糧米は七月といえば端境期に当たる。米の備蓄など大量にあるわけはなく領民だけに限らず家臣にまで割り当てを命じ何とか秀吉の要求に答えた。その甲斐あってか「奥州内佐竹知行」としてかねてから政宗との争乱の地であった滑津、赤館、南郷の所有を認められた。二万七千石相当であった。

七月二十六日、秀吉は宇都宮に到着すると伊達政宗と最上義光を至急呼び出し奥州の決まりやしきたりについて質し両人に対しては妻子を人質として上洛させるよう命じた。南部信直や佐竹義宣にも同じ命令がくだされた。

これは諸大名に対する統制の強化策であった。

天正十八年八月一日佐竹には「常陸国並びに下野国内の知行弐拾壱万六千七百五拾八貫文と常陸の旗頭を命ずる」という朱印状が与えられ秀吉政権下の大名として従来からの所領が安堵された。

そのほか、常陸では義宣に随行した下妻の多賀谷氏、友部の宍戸氏、真壁の真壁氏は秀吉への忠誠が認められ本領は安堵されたが水戸の江戸氏、府中の大掾氏は佐竹の家臣的地位に留まったため領地安堵の朱印状は発行されなかった。

八月九日会津に入った秀吉は興徳寺に本陣を置き小田原参陣命令に背き不参だった陸奥国に割拠する長沼城主新国盛秀、名生城主大崎義隆、登米城主葛西晴信、石川城主石川昭光、白河城主白河義親らの所領を没収した。

そのほか義宣の兄弟たちで二男の義広［盛重］は伊達政宗に奪い取られた芦名の所領の返還を秀吉に陳情していたが再度与えられることはなく会津復帰は叶わなかった。しかし土岐氏から没収した常陸江戸崎四万五千石を与えられ佐竹の与力大名となった。

なお会津には伊勢松坂十二万石の蒲生氏郷が四十二万石で転封となった。

三男の忠次郎は小田原参陣の帰路、鎌倉にて二十三歳の若さで病死した岩城常隆に子がなかったため貞隆を名乗り岩城氏の嗣《あとつぎ》となることが認められ家督を相続することになった。

また、四男彦太郎も於江《おごう》の実家である多賀谷重経の娘婿になることが認められ多賀谷家を継いで宣家と名乗った。

義宣は秀吉より命令された道普請と兵糧米の調達を滞りなく済ませた安堵感と弟たちの処遇も決まりホッとしたのも束の間であった。

秀吉の命により妻子を人質として上洛させねばならなかったが折り悪く妻の珠子は初めての子を身籠っていた。そこで義宣は当主の座を譲って北の丸に移っていた父に相談すると大御台に白羽の矢が立った。義宣は説得のため足取り重く母の部屋に向かった。

「母上、上洛の件で父上と相談したのですが人質は母上が適任だろうということになりました。お引き受け戴けませんでしょうか」

義宣にとって苦手な母親である。やんわりと相手の出方を探った。

「何？　人質!?」

〝やっぱり……一刀両断に断られるのか〟と思ったが……。

「どこへ行くのじゃ？」

「はあ、京へ妻子を差し出すようにとのことで……珠子は……」

「御台は無理じゃの。京じゃな？　住まいはあるのじゃろうな？」

「はあ、石田三成殿が京都の二条に私邸を用意してくれたそうです」

「私しかいなければ、仕方ないでしょう」

大御台は満更でもないように頷いた。

その日の夕方、於江が肩まで伸びたおかっぱ頭の黒髪を振り乱して義宣の元に嬉々として跳んできた。

「今しがた、大御台様が京に上られるとお聞きしましたが誠でございますか？」

「おう、母上の了解を戴いた」と難題が解決したことを伝えた。

「私も行きたい。京を見てみたい。大御台様のお傍にいて面倒を見ますから私も京に上らせてください」

於江は幼い顔の前で手を合わせて懇願した。

「人質ぞ。人質の意味を存じておるか？　先方にとって都合の悪いことがあれば真っ先に槍玉に上がるのだぞ」

「存じております。私も佐竹家の人質でしたから」

「おお、そうであったな」

「今でも三の丸には専用の棟があって、そこには数人の御子たちがおられます。でも此度の御上洛ではそのような差し迫った危険はないと大御台様付きのお辰様が仰《おっしゃ》っておられました」

こういうあっけらかんとした於江の性格は御台の珠子とは全く違う。大御台の嫁いびりも一向に気にする様子はなく、それを逆手に取るほどで大御台もそれを楽しんでいる節もある。一方、御台の珠子は那須与一宗隆を先祖に持つ名族那須氏のお姫様だ。大御台のちょっとした嫌味や棘のある言葉にも敏感に反応し、それを実家の兄、資晴にも文で頻繁に知らせていることを義宣も知っていたが無視していた。しかし、今度の那須家の問題はそんな些細なことではない。那須家から正室を迎えている義宣にとっては那須氏の改易は佐竹家にとって迷惑な話である。

―だから言わんこっちゃない。儂が小田原参陣にも資晴を誘ってやったのにそれを無視して伊達と組んだりするからだ―　と思っても既にあとの祭りである。

三成からは「那須家からの御台所は上様の覚えが良くないから離縁した方がよろしいかと存ずる」とまで言われているのだ。

だからといって珠子は既に妊娠初期であり義宣にとって待ちに待った第一子を懐妊しているのだ。

〝離縁など出来ない。出来るわけがない。ではどうするか？〟

ここまで来ると義宣の考えは、堂々巡りをするのだ。

義宣は珠子の処遇を北又七郎義憲に相談した。

「何だ、そんなことか。どこかに預けて、ほとぼりが冷めるのを待てば良いのじゃ」

と又七郎の答えは明快だった。

「しかし、関白殿下にどうしたと聞かれたらどうする?」

「出産を控えているので、その後に離縁すると言えばいいだろう」

「そんな簡単に行くか?」

「関白様は忙しくて御屋形のことなぞ、そのうち忘れるさ。もし、ばれそうになったらその時はその時だ。離縁して、お子共々寺に預けてあるとでも言えば良かろう」

この北義憲は佐竹一門で通称を又七郎といい義宣とは同い年で幼い頃よく遊んだ竹馬の友であり腹心の部下でもある。

そんな義宣の苦悩も知らず七月二十七日に大御台と於江の二人が人質として、父義重は本領安堵のお礼に、弟の盛重は芦名の名を残し江戸崎に所領を与えられたことへのお礼言上のため太田城を出立し上洛の途に就いた。一行は九月十四日に三成が用意した京二条［現中京区古城町西福寺辺りか?］の借家である私邸に入った。

秀吉は奥州の処分を僅か三日で終え、その後の奥州の管理監督を会津に移った蒲生氏郷と米沢の伊達政宗に任せて八月十二日帰路に就いた。秀吉の京都着は九月一日であったが途中の駿府で九州肥後に所領を持つ小西弥九郎行長に唐入の準備をするよう指示を出した。

奥州の征服を終えた秀吉は朝鮮や唐国の情勢にこれといった情報を持っていたわけではなく日本全土を掌握したあと、秀吉が海外に目を向けるのは当然のことだったのだ。

秀吉にとって頭の痛い問題は戦のなくなった日本にいる何十万人という兵と何百万の農民たちの処遇である。それでなくとも「惣無事令」という私闘禁止令の発布によって戦［仕事］のなくなった兵たちがいつ反乱を起こすか分からず、大名たちにはもう恩賞として配分する領地も残っていない。

大仏建立という名目で刀や槍を供出させた刀狩や「天正の石直し」と呼ばれる検地で税の負担が大きくなり不平不満を持った農民たちが各地で一揆でも起こしたら豊臣政権の基盤を揺るがす事態に陥りかねない。

秀吉が海外に目を向け『時の後陽成天皇を北京にお遷《うつ》り戴いて皇帝とし、明の関白には秀次を、高麗には羽柴秀勝か宇喜多秀家を配し、余は東亜の覇者となるのだ』、そんな夢を漠然と見ていた頃、ひとまず落着したと思われた奥州の混乱は三日で済むような簡単なものではなく、北の果てでは改易となった大崎義隆と葛西晴信の旧臣たちが新領主になった木村吉清の悪政に反抗し、検地で増えた年貢に不満を持った百姓たちが一揆を繰り返した。

さらに南部家の石川信直と九戸政実の間では相続を巡る争いと、奥州の各地では紛争の火種が燻《くすぶ》り続けていた。

水戸城攻撃

奥州の仕置きが一段落して常陸に帰った義宣は精力的であった。常州の旗頭を命じられた義宣だが常陸一国を治めてゆく居城にしては太田の舞鶴城は手狭であり地理的にも内陸に位置し広がりようがない。

地政学的にも那珂川の水運が使える海に近い水戸城が最適である。

義宣が取り急ぎやらねばならないことは常陸の統一であった。常陸にはまだ佐竹に服従していない豪族たちがあちらこちらに点在している。

水戸の江戸重通、府中の大掾清幹をはじめ鹿島、行方郡には大掾一族が「南方三十三館」と呼ばれる集団を形成し結束して独立を保ってきている。これらを義宣は秀吉に、旧来から佐竹に従属している豪族であるが、時に反抗して手を焼いていることを報告していた。

三成を通じてこれらの成敗の許可を秀吉から得た。

「常陸国之仕人、鎌田、玉造、下河辺、鹿島、行方、手賀島之面々宜任先例可令　成敗之條被仰出候畢仍下知如件」

石田治部少輔三成

佐竹右京大夫

この書付と時を同じくして上洛中の義重から東義久へ書状が届いた。

『常州の旗頭として義宣本人が今年中に上洛して関白様に本領安堵の礼を言う方がいいだろうと思う。その上洛時には義宣と義久へ叙任の用意があると三成殿から聞いたので、その時には各方面へそれなりの土産物の準備をしておくように』とある。それ以外にも『盛重が上洛中であるので江戸崎城の受け取りは誰かに代行させるように』とか『岩城家の嗣となった能化丸［貞隆］の補佐役や道中の護衛などの人選は慎重に』とか細々とした指示が並べられている。『十月下旬頃には戻れるだろう』、そして『京の繁栄をお目にかけたく候。実に驚目に候』ともあった。

義重の息子たちに対する愛情に満ちた手紙であると共に京の華麗さや文化の違いは想像を絶するものだったのだろう。

義重が心配していた江戸崎城の受け取りは滞りなく終了し、能化丸の岩城家入りについても恙《つつが》なく九月二十八日に出立の日を迎えた。八歳の能化丸改め貞隆ほか付け人らの一行は太田城から磐城大舘城に向かった。

補佐役は根本里行、岡本好雪斎と岩城家からは佐藤大隅守が同行した。義宣は会津黒川城の苦い経験から岩城家家臣と摩擦を起こさず協調するよう指示を出した。さらに貞隆後見付き家老としてしばらくの間、北義憲に政務を見させることにし、近くの植田城には梶原美濃守政景を城将として配置した。

一行は十月五日に大舘城に入城した。

義重は予定より遅れて十一月の上旬に太田に戻っ

てきた。

　翌日、義宣は北の丸に義重を訪ねた。

「父上、お帰り早々でお疲れの所、恐れ入りますが上様から許可を戴きましたので水戸、府中、南方……ほかの成敗を致したいと思います」

　一連の中に額田［小野崎］照通も入れようと思ったが義重は額田のことになると姻戚関係を持ち出して躊躇する所があるので取り敢えず外しておいて、その時になれば勢いで踏み潰してしまえばいいと思っていた。

　この好機を逃すわけにはいかない義宣は京から戻ったばかりの義重に三成からの書付を示した。

　三成からの書付を読んだ義重は怪訝な顔付きで尋ねた。

「この書状には日付もなく治部殿の花押もない。偽書ではないのか？」

「このような危険な書状は発覚した時にどちらにも取れるようにしておくという三成殿の深慮かと、読んだあとに破棄すればよろしいのではないでしょうか。……つきましては早急に軍議を開きたいのでご臨席をお願い致します。内容が内容だけに漏れては元も子もなくなります。中務［東義久］、真崎兵庫［重宗］、和田安房［昭為］、小貫佐渡［頼安］の家老のみにしたいと思います」

　これに先立つこと八月に水戸城の江戸重通に対して使者を送り、この度の仕置きで江戸氏の身分は佐竹預かりの家臣であると認定されたことから水戸城の無血開城を迫った。しかし重通は一顧だにせず、その申し入れを拒否したのだ。

　ここは本家として放っては置けないが義重は上洛中である。義久と相談の上、義重の帰国を待ち、それまでは今まで通りに付き合って油断させておいた方が得策であるということになった。府中の大掾清幹に対しても服従を迫ったが、のらりくらりと話をはぐらかして服従する様子を見せていない。

　義宣としては義重の帰国を待ちに待っていたのだ。

　翌日、館の広間に六人が車座に座り水戸城攻撃の軍議が極秘のもと行われた。

「御屋形から考えを申せ」

義重が口火を切った。

「はっ、では。儂は今年中に水戸、府中を攻略すべきだと思う。ただ、儂と中務は関白様へのお礼言上と官位受領のため、十一月半ば頃には上洛せねばならぬ。それ故、戦に加わるわけにはゆかぬ。そこで……」

と義宣は六人の真ん中に絵図を広げ扇の要で絵図を指し示しながら説明した。

「そこでだ。隊を本隊と別働隊の二手に分け本隊は真崎兵庫と和田安房に任せ二千余で河合から久慈川を渡河し菅谷、後台、青柳で那珂川を渡り、神生平を抜けて水戸城西側から攻め込む。別働隊の父上には補佐として小貫佐渡の一千余を率いて戴き、岡田から茂宮、留辺りで久慈川を渡り村松、足崎、中根、勝倉の海沿いを通り枝川辺りで那珂川を渡河、水戸城の東側より迫って戴きます。ここまでで何かご不明の所あればお伺い申す」

そこで義久が尋ねた。

「久慈川の渡河は地元故、舟を集めるのは容易《たやす》いが那珂川を渡るのは如何致そうか？」

「それは那珂川上流の小場、石塚、大山らにありったけの川舟を回漕させて青柳と枝川辺りに舫《もや》って置くことにしようと思うが如何であろうか」

「なるほど、それは良い。近くの縄曳き舟の衆を手《て》懐《なず》けておくことにしよう」

という義久の言葉で落着した。

「次に瑞ゑのことだが救出は姫付きの川井五兵衛忠兼に命ぜよ。発覚せぬよう慎重にことを運ぶようにと申せ」

「はっ。近いうちに正月の祝いの件で五兵衛が来ることになっておりますのでその折に伝えておきます」

和田安房が請け負った。

「儂と中務が上洛する時は三百ほどを率いてゆくつもりでいるが水戸城下と府中城下を通行する際には城の者に油断させるようなるべく派手にゆっくりと

行進して太田不在を印象付けようと思う」

と義宣が言うと今まで黙っていた義重が満を持していたように付け加えた。

「上洛には北又七郎［義憲］、南左衛門［義種］、石塚源一郎［義辰］、小場六郎［義成］も同行させるが良かろう。これからは京へ上る機会も多くなる故、京のしきたりや宮中、貴族の習わしなど見聞きしてくるのものちのちのためになるものだ」

「そのように大勢で京に上ってしまっては江戸、府中の仕置きに支障はありませんか？」

「なんの、江戸但馬や多気《たげ》［大掾清幹］など物の数ではないわ」

義重はあっさりと言ってのけた。

「あっ、余計なことを申し上げました。上洛の件は仰せの通りに致します」

百戦錬磨の父の言うことに義宣はただ頷《うなず》くほかなかった。

「兵庫、忍びからの報告は上がっているのか？」

義宣は話の方向を変えた。


「はっ。逐一上がってきていますが今の所、別段変わった動きはありませぬ」

「江戸と大掾だけでなく南方や額田の様子も探っていような？」

「そればかりでなく会津の蒲生や米沢の伊達にも探りを入れております」

忍びの管理については兵庫と中務が担っている。

「そうか。今後は江戸の徳川や京、大坂にも放って色々な情報を集めねばならぬな。この仕置きが終わったら組織の改革もせねばならぬ……。あっ、あらぬ方向に話が逸れた」

義宣は小田原から帰国してズ～ッと考えてきたことを口にしてしまった恥ずかしさに少し、はにかみながら話を元に戻した。

「江戸、大掾両家の重臣の幾人かを事前に調略しておかねばならぬが、こちらはどうだ？　内通の褒美は今の禄高に上乗せして召し抱かえるという条件を付けるが……どうであろうか？」

「某に当てがあり申す。お任せください」

小貫佐渡がこの件を引き取った。

「さて、出陣の日を決めねばこれからの動きようがないのぉ」

和田安房が懐から暦を取り出しながら発言した。字がよく見えないのかしばらく暦を眼の前で近づけたり離したりしていたがやがて額に八の字を寄せながら暦で吉凶を占った。

「御屋形様方が出立されるのは西に向かってゆくとなると……日が良いのは……十一月二十日が吉日となります。出陣日はと……えー……十二月の……十九日が吉兆となりますな」

安房の一声で両方の日付が決まった。

「水戸城制圧後は支城の残党狩りを行い、引き続きその勢いのまま府中の大掾清幹を攻撃する。細かな軍割と手順については父上の下知に従うということでよろしいか？」

義宣は続けた。

「さらにもう一つ、頼みがある。上洛時のかかりについてだが三百もの兵を三月《みつき》もの間、連れ回すのじゃ。莫大な費用になるであろう。この算用については儂の近習、荒川弥五郎「この時まだ十七歳、のちの渋江内膳政光」に任せるが皆の協力も必要となろう。近いうちに触れを出すことになる。以上が儂の腹案の全てである」

義宣は五人の顔をぐるりと見回した。

佐渡がその後を引き取った。

「何かございませんか？　忌憚のないご意見を承りたい」

すると真崎兵庫が質した。

「同じ大掾一族の鹿島、行方の面々及び額田久兵衛の成敗は如何するおつもりかお伺いしたい」

「そは、儂が帰国してから来春頃となろう」

これで散会となった。

荒川弥五郎による算用の結果、翌十一月二日に家臣に対して禄高の十分の一を金子にて用意するよう触れが出た。

荒川弥五郎は下野国の小山秀綱の家臣、荒川秀景の子であったが小山氏は小田原征伐時に北条氏の麾《き》下《か》であったため秀吉の奥州仕置きで改易され荒川氏も浪人となった。弥五郎の算用の才能を惜しんだ佐竹家家老の人見藤道が義宣に推挙し弥五郎、十七歳の時に佐竹家に仕官した。その後、同じ小山氏の家臣であったが佐竹氏を頼った渋江兵部氏光の養子となり渋江内膳政光を名乗った。これは、のちの弥五郎二十歳の時である。義宣より四歳年下である。

　懸案の軍議が終わると義宣は上洛するに当たって秀吉やその重臣たちへの土産物の準備に追われた。半月ほど前に義久へ三成の側近である島左近丞勝猛から書状が届き贈答品のことや宮中の作法や服装などの指南が認《したた》められ、文末には「おさおさ怠りなきよう」とあった。

　秀吉への進物である金銀、馬、反物、太刀、常陸の名産品などを目録に認めた。東義久、北義憲、南義種ほか与力大名たちからの進物目録も揃った。献上品は秀吉だけにではない。石田三成、増田長盛ら重臣らにも贈らねばならない。

夥しい量になる。

「父上、関白様方への進物の品は、このようなものでよろしいでしょうか」

　義宣は目録を義重に披露した。

「あの関白秀吉という小男、なかなかやるな。叙位だの任官などといって恩に着せるが奴の腹は一切痛まぬばかりか逆に潤う。よほど、帝と、いや朝廷と持ちつ持たれつなのか、さもなくば弱みを握っておるのか……まあ、いい」

　義重は独り言のようにボソッと呟くと、

「お前に教えておこう。進物というものは、つまらぬ物を度々贈っても余り意味がない。くれてやる時には相手の眼玉がひっくり返るほどの物でなければならぬ。当家は平安の古《いにしえ》よりの名族ぞ」

　佐竹家の出自は第五十六代清和天皇から出た清和源氏の源義光［新羅三郎］を祖とする平安の頃からの名族なのである。義重は同じく義光から出た甲斐武田家の信玄とどちらが源氏の嫡流かを争ったことがある。互いに自己主張し決着はつかなかったようである。

話を戻そう。

日録を見ていた義重は「倍にせよ」とこともなげに言った。

義宣は進物品の準備の合間にも茶の湯の稽古に余念がなかった。京に上れば茶会に招待されるかもしれない。その時に『恥をかきたくない』の一心である。

小田原の陣では多くの武将たちが眼の色を変えて熱中していたのが茶の湯であった。義宣は茶の湯が武将間の重要な交流の手段であり情報の交換の場であることは知っていたが、それが茶室という槍や刀のない戦場でもあることを知ったのだった。密談には、またとない格好の場所だったのだ。

世は権謀術数の戦国である。

だが残念なことに常陸にはまだ「侘び茶」なるものは広まっておらず豪華な茶道具を使い書院の間で点てる「書院の茶」であった。師匠となったのは在京中に一度だけ千利休の茶会に招待された父であった。茶会のあとで義重は利休作の茶杓〝をりため〟を拝領した。

こうして義宣はじめとする一門郎党の三百余は天正十八年の十一月二十日、太田舞鶴城をあとにした。水戸城下と府中城下では「五本骨扱扇に月」の家紋を染め抜いた旗指物を掲げ馬に跨った義宣らの騎馬はわざとゆっくりと進み上洛を誇示した。三百余の兵と夥しい小荷駄の列は約一ヵ月後の十二月十七日に京都二条の私邸に入った。


常陸ではその二日後、予定通り太田舞鶴城大手門の出陣式で気勢を上げた。

義重は久々の緋縅しの鎧に前立は毛虫の兜を身に纏うと武者震いをした。

「敵は水戸城の江戸但馬なり！　いざ、出陣‼」

「えいえいおう！　えいえいおう！」

鬨《とき》の声と共に馬上の義重は采配を大きく前に振り大手門を潜《くぐ》った。

和田安房、真崎兵庫の本隊は義重、小貫佐渡の別働隊と城下の外れで二手に別れ本隊は河合方面に進み、別働隊は左に折れて茂宮方面へと向かった。

本隊は、そのまま南進し河合で久慈川を渡り額田、菅谷を経て後台ヶ原に差しかかった時、額田照通から佐竹急襲の報を受けた江戸重通は水戸城内にいた精鋭百騎と共に那珂川を渡り本隊に襲いかかった。さらに江戸重氏も近隣の兵を集めて重通の助勢に向かったが寡衆敵せず敗走した。額田久兵衛照通は佐竹本隊が額田城下を通過した時、江戸重通に使者を飛ばして急襲を知らせていた。

一方、別働隊は留で久慈川を渡り大橋の茅野弾正が二百、真崎では真崎通宗ら五百が次々と隊列に加わり総勢は二千ばかりに増えていた。江戸氏の支城である金上砦の金上盛忠、勝倉城の飯島縫殿、続いて枝川城の枝川盛重を討ち取り那珂川に係留してあった川船で渡河し東側から水戸城に迫った。

後台ヶ原の戦いを制した本隊が青柳で渡河し神生平を抜けて水戸城の西側に着いた時には城の櫓から火の手が上がり、既に義重隊の小田野刑部義忠が城内深くまでなだれ込んでいた。調略されていた城内の内通者たちは手はず通り開門して佐竹軍を誘導した後、城外へ逃れていった。後台ヶ原で敗れた重通は息子の宣通と共に水戸城を放棄し千波沼の畔で刺し違えようとしたが付き従っていた武熊主水らに止められ義兄に当たる結城晴朝を頼って結城に落ちていった。

日没と共に戦闘は終わり城内に勝鬨が上がった。あっけない勝利に義重は翌日、江戸氏の支城である鯉渕城や河和田城など十城十八砦を攻めた。佐竹方の車丹波守斯忠《これただ》［猛虎］や梶原美濃守政景らの猛攻に耐えられず降伏し、逆らう者は討ち取られた。こうして江戸家の茨城、鹿島、那珂三郡九十九郷は佐竹家のものとなった。その後も江戸氏の旧臣たちが近郷に潜伏していたので旧江戸氏領の村民らに対し「江戸但馬守所縁の者は一人も匿うことを禁ずる」という誓詞を提出させ佐竹への臣従を誓わせた。

義重は十二月二十二日に江戸氏討伐に続いて車丹波を先鋒として大掾清幹を府中城［石岡市］に攻めた。清幹は府中城を出て竹原村から中台に進軍し佐竹軍を迎え撃とうとしたが佐竹方の高梨上野介、平山玄蕃允、古岡図書、上島常阿弥らがこれを打ち破ったため清幹は城に退却し籠城した。しかし多勢に無勢、城を数千の兵でぐるりと囲まれた清幹は「最早これまで」と城に火を放って紅蓮の炎の中、自害して果てた。この戦いで大掾氏の敗残兵が多数逃げ込んだ国分寺及び国分尼寺は火をかけられ焼失した。その後、府中城には南義種が配された。

叙任

十二月十八日、義宣は上洛の挨拶をするため義久や重臣たちを伴って聚楽第に伺候した。二条の屋敷から聚楽第までは堀川通りを堀川に沿って真っすぐ北上し下立売通りを左に折れれば金色に輝く聚楽第がある。

ここで関白太政大臣秀吉が政務を執り、ここが秀吉の城であり居宅でもある。

秀吉が関白に就任した翌年に着工し天正十五年に完成したものだ。因みに聚楽第の黄金の茶室に金を拠出したのは佐渡金山の上杉景勝、北上川砂金が採れる伊達政宗、久慈金山を持つ佐竹義宣の順である。

眩暈《めまい》のするような贅を尽くした豪華絢爛たる建物だけでなく、往来を行き交う人々の多さや華やかに着飾った女性たち、右往左往する物売りの声、中には毛色の違う体の大きな南蛮人もいる。金色の髪に口髭を蓄え赤い袴を履き黒いマントを羽織った南蛮人は顔の黒い男に大きな傘を差しかけられ悠然と闊歩している。

父からの書状にもあった「驚目に候」どころではない。それは経験したことのない文化に対する恐怖と羨望で義宣は慄《おのの》くほどの感動を覚えた。

「まるで夢見心地でござるよ」。誰かが言った。

「全く、全く。夢ではあるまいの」。誰かが返した。

秀吉は応仁の乱以降、荒れ果てていた京の都を建て直し聚楽第の造営や方広寺の大仏を建立したり御所の整備もしたと評価する人々もいた反面、「押し付けて　結《ゆ》えば結《ゆ》わるる　十楽［聚楽］の　都の内は　一楽もなし」［押し付けられてがんじがらめに縛られた聚楽第の政治で京には一つの楽もない］という落首が京都市中に掲げられ秀吉を批判する人々もいたのだ。表立ってお上を批判出来ない庶民たちのささやかな抵抗であった。

その日は三成に上洛の挨拶をし、献上品の目録を渡しただけで退出した。

義宣には叙任のほかに、もう一つ難題があった。茶会である。

義宣が京に着いて間もなく千利休から十二月二十一日の朝会に招待されたのだ。

相客は石田三成と万代屋《もずや》宗安である。

『利休百会記』では霜月十一日朝とあるが義宣が太田を出立したのは十一月二十日で京に到着したのが十二月七日であるので この日付は不可解である］

宗安は利休の弟子で茶頭八人衆の一人に数えられており利休の三女、お三［お吟とも］を妻としている。つまり利休は宗安の岳父に当たる。秀吉のお伽衆で三成のお茶の師匠でもある。

宗安は堺の豪商であるが法体《ほったい》である。なぜなら商人などの町衆が貴族などの高貴な人に謁見するには得度《とくど》して僧籍に入らねばならない。どんなに不信心でもだ。それが礼儀であった。

十二月二十一日早暁、指定された聚楽第の中にある利休屋敷に赴くと既に三成と宗安は寄付《よせつけ》で大きな火鉢に向かい合って白湯を飲んでいた。

「おはようございます。本日はお相伴、よろしくお願い致します」

義宣は二人に向かって深々と頭を下げて丁重な挨拶をした。

「こちらが万代屋宗安殿です。上様の茶頭の一人であられます」

三成は銀鼠《ぎんねず》の法衣を着て同色の宗匠頭巾を被った初老の僧形《そうぎょう》を紹介した。

「お初にお目にかかります。佐竹右京大夫義宣にございます。本日はご指導のほどよろしくお願い致します」

父親以上の歳の差がある宗安の方を向いてもう一度軽い会釈をした。

「そないに緊張せんでも、よろしいがな。それよりもこの度は侍従はんにならはるそうやないか。京ではもっぱらの噂や。おめっとうさん。堂々としとりゃあ、ええさかいな。作法なんか、前の人の真似をすりゃあええ。それにな、茶頭などというても茶坊主に毛が生えたようなもんやさかい、たいしたことあらへんのや。へっへっへっ、しもた、坊主が毛ぇの話したらあかんな」

緊張を見透かした宗安の一言で義宣は気が楽になった。

「こちらへどうぞ」と言う給仕の案内で露地を抜け腰掛待合へと向かう。

「右京殿、この茶席の正客は某が務めますので右京殿は次客となります。お詰めは宗安殿にお願い致します。入室しましたら最初に床《とこ》のお軸を拝見します。次に釜をご覧になって席に着いて戴きます。そのあとに侘び仕立ての懐石料理が振舞われます。一汁三菜の簡単なものですが某の真似をしてお召し上がり戴ければよろしいかと。食事のあと一度、中立《なかだち》といって外に出て戴きますが亭主の合図で再度、入室します。これを後入《ごいり》といいます。入りましたら再び床の花入れを愛でて戴き、その後濃茶から薄茶の順でのお点前となります」

腰掛に座ると三成は手際よく段取りを説明してゆく。その様はさすが秀吉の懐刀といわれる側近だけのことはある。無駄な話が一切ない。これが愛想のないつまらん男といわれる所以だ。

「ご教示、かたじけのうございます。説明を伺ってさらにまた体が強張《こわば》って参りました」

「それは寒さの故じゃ。身共《みども》はちと、厠《かわや》へ」と言って宗安は腰掛を立ち上った。また、義宣は宗安の一言で救われた。

「どうぞ」の声で正客の三成は躙《にじ》り口［二尺二寸四方ほど］脇の刀掛け石に腰の物を立てかけ沓脱ぎ石

から引き戸を両手で開けると身を屈めて茶室の中に消えた。義宣も真似をして入ろうとしたが体躯の大きい義宣は肩がつかえて大きな音を立てた。

「右京殿、どちらか片方の肩から入りなはれ。お頭《つむ》にも気ぃ付けなはれや」

後ろにいた宗安が注意する。子供のようにあしらわれた義宣は顔から火が噴き出るほど恥ずかしい。

末客は入室すると〝ピシャ〟と音を立てて戸を閉め切る。この音で亭主は招客が全員入室したと判断する。

ここまで随分と長かったが、やっと席入りを果たした。茶室は四畳半である。

炉には釜が収まり炭火が焚かれているので暖かい。

次は床の間の掛け軸である。書であるが誰の墨蹟かなどはとんと分からない。次に釜を見るが――ふむふむ。ただの茶釜だ――と思いつつ定席に着く。そこへ茶道口からシュッ、シュッと足袋の音をさせて亭主の利休宗匠が現れ炉の前に座り慣れた様子で挨拶をした。

「寒い所朝早うから来て戴きかたじけない。一服の茶でも振舞いたい」

「お招きを戴き有難うございます」

ここまではどうやら型通りの挨拶のようだ。

亭主利休は炉の火加減を確かめ一欠片《ひとかけら》の香を炉にくべた。仄かな香の香りが部屋を包んでゆく。それを合図に給仕が一汁三菜の懐石料理を運んできた。

「お上がりくだされ」の言葉で食べ始める。くしと鮑、雁の汁、くろめ［昆布］、飯である。義宣は三成を横目で観察しながら、同じように所作を真似した。

食べ終わると次に菓子の皿が出てきた。ふのやき［焼いた麦粉に味噌を塗ったもの］と焼き栗であった。これを食べ終わると中立である。客は一旦茶室から退室する。最後に出るお詰めさんは躙り口を出ると〝ピシャ〟と音を立てて戸を閉め切る。招客は外の腰掛待合で亭主の次の合図を待つことになる。

後入の合図があると再度、正客から順に茶室に入り、再度、床の間に向かい合う。するとそこには墨蹟の掛け軸が外され、床の真ん中の籠へ無造作に投げ入れられたかのように深紅の侘助椿が一輪、活けられている。―なるほど、こういう趣向か―と変に納得した。再度、定座に着くと亭主の濃茶のお点前が始まった。

濃茶は抹茶を茶筅で練り、柄杓で汲んだ湯を茶筅に伝わせて注いだら茶筅で捏《こ》ねるように練り上げる。飲み終わったら呑み口を懐紙で拭《ぬぐ》い次客へ回す。

正客の三成から義宣、宗安の順に同じ茶碗で回し飲みをする。利休はその間を使って話を始めた。

「今日は初客の佐竹殿がおられるさかい茶の湯についての心得を簡単にお話ししましひょ。茶の湯は礼に始まり『一期一会』の心でお客を大切にして最後は礼に終わるのや。そして、ここに入れば人間に貴賤の差はなく位の高低もない。みな同じただの人や。人の悪口や金儲けの話、御政道むきの話はご法度や。身共は『贅《ぜい》』を廃し自然を大事にする『侘《わ》び』『寂《さ》び』を重んじ、その精神を高める茶にしたい思うとるのや。躙り口を造ったのも身共や。ここに入る者は全て頭を下げ、腰を屈めねばならへんやろ。上下貴賤の差をなくしたいとの思いとお武家さんの持つ物騒な腰の物が引っかかって入れんようにするためなのや。だが佐竹殿はお腰の物ではなく肩であったようですな。今井宗久殿などは腹であったが……ほっほっほ」

濃茶が三成、義宣と回ってきた。濃茶は三口で啜り、飲み口を懐紙で拭《ぬぐ》い次の客に回す。最後のお詰めは最後の一滴までズズッと音を立てて飲み干す。

「佐竹殿、濃茶はお湯の量で良し悪しが決まるのや。これは経験でしか習得でけへん。何遍も何遍もやってみることや。濃茶の意味は同じ器で回し飲みをすることで仲間意識や連帯意識を強める意味があるのや。それにお武家は戦の準備で忙しいでっさかいな、何時でも簡単に早く飲める利点もあるやろ」

と言いながら利休は炉の火加減を直し水指から茶

釜に水を足した。

次は薄茶だ。漆塗りの棗《なつめ》から茶杓で茶碗に抹茶を入れ柄杓《ひしゃく》半分ほどの湯を茶碗に注ぎ茶筅で茶を点てる。その一連の所作は流れるようで一つの無駄もない。

三人が飲み終わると茶碗を洗いながら利休が言った。

「以上で仕舞やが、後学のため、教えて進ぜましょ。この茶釜は名工、辻与次郎の手による釜や。それから初めに床にかけてあった軸は古渓宗陳和尚の墨蹟で今、床にある籠は銘を『桂籠』ゆうて桂川の漁師が使こうていた魚籠《びく》を真似して身共が編んだものや。高価な物やのうても身近にある物で作りゃ、安上がりで立派な茶道具になるのや」

利休はしばらく間をおいてから思い出すように話を続けた。

「信長様は曜変天目茶碗のような高価な物がお好きやった。上様は金の井戸茶碗のような派手なお道具がお好みであられたが、黒釉のかかった黒楽茶碗はお嫌いやった」

利休の話はなぜか過去形である。そして突然、話を義宣に振った。

「そうや、佐竹殿がこれからも茶の湯に精進されるなら身共の弟子、古田織部殿と長岡与一郎［細川忠興］殿に話を通しておくさかい常陸に帰られる前に会われるとよろしかろう。お近づきの印として佐竹殿にこの茶碗を進ぜますよって手習いにでも使こうてくだされ。いや、たいしたもんやおへんよってお気遣いのう」

利休は袱紗《ふくさ》に茶碗を包むと義宣の前にそっと置いた。

「有難く頂戴致します」

これで茶会は全て終わり退席となった。

「本日は大変、御馳走になりました。貴重な経験を忘れず精進を重ねてまいります」

義宣は亭主に別れの挨拶を述べ躙り口から退出した。三人は朝来た露地を戻り寄付《よせつけ》で互いに別れの挨拶を交わした。

「宗安殿、御指導有難うございました。これを機に末永いお付き合いをお願い致します」

「なんの、指導なぞと。右京殿は茶に向き合われる姿勢がよろしい、関東一の数寄者になりなはれ。わては、もう歳でっさかいな、いつまでお付き合い出来ますことやら……宗匠にもろた茶碗で腕を磨いてくだされ。気張んなはれや。ほな、さいなら」

宗安は一礼して「お～、さぶ」と肩をすぼめ踵を返すとスタスタと去っていった。

「右京殿、宗匠が言われた古田織部［重然《しげなり》］殿と長岡越中守［忠興］殿には某から使いを出しておきます故、日時などはお互いで打ち合わせて戴きたい。では、明後日の御登城、お待ち申し上げる」

三成は事務的なことだけ言うと会釈して供侍と共に城に戻っていった。

義宣は私邸への帰り道――これが数寄の茶か。水戸に移ったら千波沼が見える所に数寄屋を造ろう――と思うと宗匠から戴いた茶碗を抱く手に力が入った。

私邸に戻ると北又七郎がずかずかとやってきて、

「御屋形、どうだった茶会は？　利休殿は？」

義宣と同い年で遊び友達の又七郎は興味本位で気安く感想を聞いてくる。

「最初は緊張してガチガチだったが相客の助けもあってな、序々にほぐれていったが、あの懐石という食事はいかん。儂は小さい時から早足、早飯、早糞に慣らされてきたので、これが『雅《みやび》』だといわれて一箸ごとの食事は辛い。これに慣れたら戦に間に合わぬ」

「そうか、そうか。で千利休という関白殿下のお茶の師匠は？」

「ああ、あの御仁、流石に只者ではない。これからも利休殿の薫陶を受けたいものだ」

とは言ったものの過去形の話と茶会中に三成と利休の間に挨拶以外の会話が一切なかったことが気になっていた。

十二月二十三日、京の義宣たちは夥しい献上品を持参して聚楽第に公家装束の衣冠束帯姿で伺候し関白太政大臣秀吉に本領の安堵と兄弟たちの身分の保証を謝した。そして叙位任官の儀式は有職《ゆうそく》故事に則《のっと》って厳《おごそ》かに終了した。

秀吉の朝廷への執奏によって義宣は従四位下侍従に補任され、今までは自称、右京大夫であったがこれで公式の官職、右京大夫となった。東義久も陪臣ながら従五位下諸大夫に任じられ正式に中務大輔となった。

さらに二人は秀吉より羽柴姓を賜り義宣は「羽柴常陸侍従」となったが義宣はこの後も自ら「羽柴常陸侍従　花押」の署名を使ったことがない。父の言う「腹の痛まぬ恩着せ」の意味がよく分かった。丹羽長秀も柴田勝家も知らない義宣は些《いささ》かの有難味も感じなかった。佐竹の方が格上だという自負もあり世間の通りもいいと思ったが秀吉の信頼を得たことだけは確かであった。

のちのことになるが徳川政権も松平姓を乱発して同じことをしている。


翌天正十九年正月二日、義宣と義久は衣冠束帯に身を包み秀吉に供奉《ぐぶ》して御所に参内し黄金三十枚を献上して叙任を謝した。

利休宗匠から紹介のあった古田織部と長岡忠興には正月中に賀詞交換をして次の上洛の折に茶会を催すことを約した。

義宣が京で秀吉に謁見したり宮中に参内したりしていた間に北又七郎や小場六郎、南左衛門などは猿楽を観て稽古をしたり神社仏閣を巡っていた。石塚源一郎と北又七郎は田舎では購《あがな》えない物を購入したり遊女屋にも出入りしていたようだ。

義宣も公式行事や茶の湯だけに右往左往していただけではない。何もない時には義久と堺まで足を延ばし鉄砲や弾薬などの流通経路や商人たちとの交流の輪も広げていた。さらに京の文化を取り入れようと猿楽や連歌、鼓などの師匠を呼んで手習いをしたり、たまには息抜きでもと思い又七郎と遊郭で遊び京の暮らしを満喫した。

だが、この時の放蕩が因で唐瘡《とうかさ》［梅毒］という不治の病に罹《かか》ってしまい一生この病を悔やむことになる。

さらに正月十六日の昼に再度千利休より義宣に茶の湯の招待があった。今度は相客がおらず義宣一人の茶席であった。場所は同じ四畳半で床の軸は元《げん》の禅僧、欲了庵の墨蹟。料理は鯉の焼き物、生貝のわた和え、鯉の刺身、カキの汁、飯。菓子はおこし米。使用した茶碗は楽焼の祖、長次郎作の「木守《きまもり》」の茶碗であった。

「侍従はん、今回使こうたこの赤い茶碗は楽長次郎が焼いた茶碗でな。身共が『木守』と名を付けましたんや。来年もおいしい柿が実るように最後の一つだけを残しておく風習があるんだそうや。その柿の実を木守というのや」

利休は全ての所作が終わると木守の茶碗を手に取り、しみじみと呟いた。

義宣は挨拶を済ますと利休屋敷を辞した。

義宣が在京中の天正十九年の一月二十二日、秀吉の異父弟で大和大納言豊臣秀長が大和郡山城で死去した。五十二歳であった。兄、秀吉の引き立てで尾張中村郷の百姓、小竹からの大出世であったが常に秀吉の後ろで補佐役に徹した。在京中の諸将はお悔やみやら葬儀の香典やらと慌ただしかった。この時、香典が黄金で五万六千枚、銀は二間四方の部屋一杯に積み上がったという。

義宣は秀長の葬儀が一段落した閏正月の初めに京都を発ち東山道を太田に向かった。帰りの小荷駄の一部には義宣の茶道具が収まっている。皆に納めさせた金子を使ったがこれも佐竹家の将来のためのものと自分に言い聞かせた。

閏正月二十五日に太田に帰還したが、この時には水戸城は既に佐竹のものになっていた。義宣の帰国と入れ違いに江戸氏より奪還した妹の瑞《みず》ゑ《え》は姫付きの川井五兵衛忠兼と侍女二人をお供に付けて京の母の元へ送り届けられていた。

梅見の宴

帰国した義宣はいつまでも京の余韻に浸っているわけにはいかなかった。常陸南部の鹿島、行方など鹿島灘から霞ケ浦近郷の旧大掾系の不平分子を討伐しなければ常陸統一は出来ない。しかし義宣が太田城に帰還した時には義重と重臣たちで南方三十三館攻略の軍議が開かれ概略は決まっていた。

父義重から話があるというので義宣は北の丸に向かった。

「鹿島、行方衆の仕置きについて皆の意見は関白殿下から常陸一国は佐竹の領土ということは認められている故、領地没収か所替えでいいのではないかという意見もある。しかしそれではいつまた反乱を起こしたり蜂起するか分からないので一挙に潰してしまえという意見もある。大方の意見では減知の上、所替えでいいのではないかという意見だ。お前はどう思うか」

と聞かれて義宣は即座に答えた。

「某も帰ってくる道すがら考えておりましたが、奴らが反乱を起こす度に征伐に赴くのは関白様への聞こえも悪かろうと思いますので、いっそのこと『梅見の宴を催しそこで新たに知行割りを決める』とこの城に誘い出し一挙に成敗してはどうかと考えております」

「そちの考えは分かった。それに忍びからの報告では［額田］九兵衛が伊達の小童と妙な動きをしているようだ。こちらは間を置かずにやろうと思う。これらは儂の責任でやる」

義重は自分の代でやらねばならない最後の仕事だと思っていたが義宣としては今こそ、佐竹家の強い当主を演じたかった。

「いや、これは常陸の旗頭となった某の最初の大仕事です。南方の件も額田の件も某にお任せくださ い」

「だが、行方《なめかた》の島崎安定はそちに随行して小田原にも参陣し関白にもお目通りして進物品を献上している。島崎は我ら佐竹に恭順の意を示しているのだ。かの地を奴に任せて家臣にするも得策と思うがの」

「分かりました」

と言ったものの義宣には自分の考えを変えるつもりはなかった。

当主である義宣が京で猿楽だ、茶の湯だとうつつを抜かしている時に父親にこのようなことを考えさせてしまったことを申しわけなく思うと同時に有難く思っているが反対されると余計に自己主張したくなるのが義宣の悪い癖だ。自分でも直したいが意地っ張りで直らないのだ。

『この度、関白豊臣秀吉様より常陸一国を佐竹が賜った。ついては貴殿方の知行割について通知かたがた梅花を愛でながらの酒宴を催すので二月九日に太田城にご参集戴きたい』という招待状が館主たちに回った。

太田城本丸の一段下がった所に広い梅林があり紅白の梅の花が咲き誇っている。歴代の城主が手塩にかけて育ててきたのだろう。見事な枝ぶりである。

その日の夕刻、梅林の至る所にたくさんの篝火《かがりび》が焚かれ宴が始まった。

義宣は館主たちを見渡すと厳然とこう言い放った。

「幾人か来ていないようだが、これから梅見の宴を催す。書面にも書いたが上様より常陸一国を佐竹が賜った。噂によれば領地召し上げではないかとか知行替えではないかといわれているようだが、そのようなことはない。全て今まで通りと致す故これからも存分に働いてもらいたい。今宵は皆共の今までの労苦をねぎらい感謝の印とする。今宵の宿所は用意してある故、存分に楽しんでくれ」

これを聞いた館主たちは安心したのか酒盛りが始まった。庭に急拵《ごしら》えした能舞台では京帰りの又七郎や左衛門らが猿楽を演じ、義宣が鼓を打つ。酔いが回ったのか館主たちに供をしてきた侍たちが舞台の上で田楽踊りを披露したり館主の一人がどこで覚えたのか下手な詩を吟じ始めた。

宴もたけなわになった頃、義宣が目配せをすると梅林の周りに配した刺客が一斉に飛び出し館主たちに襲いかかった。篝火に映し出された観梅と饗宴の場は阿鼻叫喚の修羅場と化した。

館主たちは「おのれ、義宣！　謀ったな！」と地団駄を踏んでいきり立ったが、既に刺客によって二重三重に囲まれていた。

「斬って斬って斬りまくれー!!　皆殺しじゃあ!!」

義宣は声の限りに叫ぶと自らも太刀を抜き、右薙ぎに一人を切り倒すと逃げる敵を後ろから袈裟がけに太刀を振り下ろした。そこはもう戦場である。

館主たちは逃れようと門まで走って逃げたが門扉はしっかり閉まったままで、そこを守る番兵や追ってきた刺客らによって切り殺され捕縛された。

武田信房、小高治部少輔、相賀詮秀、手賀高幹らは刃向かったため太田城内で非業の最期を遂げた。

鹿島館の鹿島又六郎清秀と玉造館の玉造与一太郎重幹はその場で捕縛された。

鹿島清秀は家来の十人が周りを囲んで防戦していたが、それを止めて宴席にドカリと腰を下ろすとおとなしく縛についた。捕縛後、山方能登守に預けられ助命を嘆願したが会沢刑部に斬殺された。墓碑として山方町に五輪塔が残っているという。

玉造与一太郎重幹は搦手門まで逃げたがそこで捕まり捕縛後は大窪久光に預けられたが久光は重幹を武士として扱い大久保の正伝寺で切腹を認め自刃した。寺内に墓がある。

中には城からうまく逃走出来た者もいた。烟田右衛門大輔通幹と中居式部大輔秀幹である。

烟田通幹と弟の五郎は国見山の麓、常福地の森式部という修験者宅に匿われたが厳しい探索に脱出不能とみて弟の五郎と共に刺し交えて死んだという。常福地には三本杉が墓碑となっているとか……。

中居館主の中居式部大輔秀幹は家臣の沼里助左衛門と共に里野宮村まで逃げたが同地の増子助左衛門に家臣共々討ち取られた。

白鳥館の札幹繁は時間に遅れ太田城の近くまで来た時に変事を聞き引き返して難を逃れたという話も残る。

島崎館主の島崎左衛門尉安定は南方三十三館の中では唯一、義宣の呼びかけに応じ小田原の陣に参陣した。佐竹に恭順の意を表していたため父義重から助命するよう言われていたが義宣の命令によって子の徳一丸と共に岳父である小川大和守に移送途中の奥久慈上小川で小川家家臣の清水信濃によって射殺された。

これら何れの出来事も伝承の域を出ないが「田島村伝燈山和光院過去帳」には「天正十九季辛卯二月九日、於佐竹生害ノ衆」として十五名の名前が記されている。

それによれば『鹿島殿父子カミ・島崎殿父子・玉造殿父子・仲居殿・釜田〔烟田〕殿兄弟・アウカ〔相賀〕殿・小高殿父子・手賀殿兄弟・武田殿、已上十六人』となっている。さらに常澄村の「六地蔵寺過去帳」には島崎氏父子のみであるが「於上ノ小河横死」となっている。これらの殺戮は義宣の生涯にわたる傷として心の深層に刻まれた。

太田城での誘殺と同時に町田備前を鹿島館へ、人見越前を烟田館へ、宇垣伊賀を玉造館へ派遣し各支城を攻撃し悉く殲滅した。ただ鹿島館だけは家来たちが籠城して抵抗したため落城までに半月を要した。これで常陸南方の鹿島、行方地域も統一され義宣は東義久の知行地として鹿島郡を与え、今までの奥州南郷と保内を返還させた。

常陸統一まで残るは未だ恭順せず反抗を続けている額田城に籠る額田照通のみとなった。照通は伊達政宗と連携して佐竹の挟み撃ちを画策していた。だが義宣の父である義重は照通に何度も煮え湯を飲まされているにも拘らず今までは深《ふか》い姻戚関係を重んじ庇ってきていた。しかし今度は違った。

「久兵衛め、また伊達の小童《こわっぱ》と良からぬことを企んでいるようじゃ。此度は許さん」と義重は吐き捨てた。

佐竹氏と額田氏の関係は深く二代前の義昭の側室が額田氏であり、その間に生まれたのが小野崎義昌である。義昌の娘は佐竹一門の石塚、大山に嫁いでいる。当代では北義斯の室が額田従通の娘で北又七郎義憲の母である。

　また、東義久の妻は祖母が額田氏の出である。このように額田氏は佐竹宗家や佐竹洞中《うつろじゅう》と深い関わりがあり強固な姻戚関係を持っているのだ。しかし照通は独立心が強く何とか一廉《ひとかど》の大名になろうと伊達と誼《よしみ》を通じ、天正十七年の摺上原の戦いの時に義重は江戸氏と額田氏の仲裁に手間取り出陣が遅れ、政宗に次男義広の会津黒川城を奪われることとなった。当然、額田照通は伊達と連携していたのだ。

　ついに義重の堪忍袋の緒が切れた。

　天正十九年二月二十三日、佐竹軍は満を持して久慈川を渡り額田城を包囲した。照通は伊達の援軍を期待したがついに現れず城を出て野上原で戦うも破れ、佐竹の包囲網をかい潜り米沢の伊達を頼って逃走した。ここに佐竹の常陸統一が成った瞬間であった。

　その後、照通は慶長七年に佐竹が秋田に移封された時、常陸に戻ってきたものの所領は既に徳川家のものとなっており再起の道はなく水戸徳川家に仕官したという。

二人の死

　それから間もない二月二十八日、義宣の元に千利休が亡くなったという知らせが舞い込んだ。『利休宗易居士《こじ》、自刃ス』という簡単なものだった。

　利休居士の謂《いわ》れについては次のような経緯があった。

　天正十三年九月七日に秀吉が宮中で「禁裏御茶湯会」を催した時、正親町天皇にお茶を献上した。いくら関白であろうと天皇にお茶を振舞うなどというのは前代未聞のことであった。殿上人でもない俗人が禁中に上ることなど許されないことであったので秀吉は千宗易に茶頭役としてお茶を点てさせるため宗易を僧侶に仕立て利休という雅号に居士号を授けて禁中に上らせたのだった。

―利休殿が切腹？―

義宣は俄かには信じられなかった。義宣は書院間の違い棚に収まった茶碗に視線を移した。利休からもらった茶碗である。手捻りの朽葉色をした楽茶碗である。帰国してからも何度も何度もその茶碗で稽古をした。

宗匠のあの流れるようなお点前を思い出しながら……。

その後の情報では利休は秀吉の勘気を被ったということであったが義宣が京から太田に帰還した頃には利休と秀吉の間は執り成しようがないくらい拗《こじ》れていて利休は愛弟子の長岡与一郎忠興に『大徳寺の件で困っている』という書簡と共に筒型茶碗の「引木の鞘」という利休愛用の名品を譲っている。利休は既に何らかの処分があることを覚悟していたのであろう。万代屋宗安は村田珠光伝来の「投頭巾の茶入れ」を秀吉に献上して利休の助命を嘆願したが聞き入れられなかった。

義宣はあの茶会の時、利休が使った過去形や三成と利休の間の微妙な空気感、木守の柿の逸話が今回の事件を物語っていたのだと理解した。

天正十四年四月、豊後の大友宗麟が薩摩の島津氏の侵略行動を直訴のため、大坂城の秀吉を訪れた時に国元の家老に報告した書状の中で「内々之儀者宗易、公儀之事者宰相存候。御為二悪敷事ハ不可有之候」「内々のことは宗易（利休）に、公儀のことは宰相（秀長）がよく知っているからためにならないことはないだろう」と言っているほど秀吉の両腕といわれた秀長と利休であったが、二人は時を殆ど同じくして泉下の客となった。

秀吉の利休切腹下命については諸説ある。

唐入について反対したこと、茶道具で金儲けをしたこと、秀吉が利休の娘を妾に所望したが拒否されたこと、大徳寺の三門の金毛閣に利休像を安置しその下を秀吉に潜らせたこと、家康と諮って秀吉を毒殺しようとした噂があったこと、茶の湯を介して各地の大名たちと交流する中で徐々に権力を持つようになったこと等々が挙げられているが、その全てが少しずつ秀吉の中に蓄積していって飽和状態になったのではないだろうか。そして、その中でも一番、理由を付けやすかったのが大徳寺の木像ではなかったのか。秀吉から切腹の下命が出る数日前に利休が四女のお亀に宛てた詩歌《うた》に、

「利休めは　とかく果報の　ものぞかし　菅丞相《かんじょうしょう》になるとおもへば」

「菅丞相＝菅原道真。利休は菅原道真のようにどこかに配流されると思っていたのではなかろうか？」

が残っている。辞世の句になってしまった。

　人生七十《じんせいななじゅう》　力囲希咄《りきいきとつ》　吾這宝剣《わがこのほうけん》　祖佛共殺《そぶつともにころす》　提《ひっさぐ》る
我得具足《わがえぐそく》の　一太刀《ひとつだち》　今此時《いまこのとき》ぞ　天《てん》に抛《なげうつ》
という遺偈《ゆいげ》を残し皺腹、割捌《かっさば》いて果てたという。

七十歳の一期であった。

「遺偈とは禅僧が末期《まつご》に臨んで門弟や後世のために残す悟りの境地などの宗教的内容を表現する漢詩のこと」

　利休切腹後、秀吉は利休の首実検もせず聚楽第近くの一条戻橋で獄門にかけた大徳寺の木像に雪駄を履かせて柱に結び付け利休の首をその木像に踏ませ晒したという。

　京都巷間に掲げられた落首が長セ河忠実「京にて秀吉殿の評判　かくの如く也　天正十九年二月廿六日」の中に出てくる。

「まつせとは　へちにハあらし　木の下の　さる関白を　見るにつけても」

「木下の猿関白を見ていると末世だなと思う」

千利休自害の二日前のことであった。


　義宣は三十三館主を謀殺した梅見の宴の時、身重だった妻の珠子を懐妊の時から具合を見てきた産婆の家の近くにある寺へ、侍女を付けて遠ざけていたので安心していた。だが、寺ではその前日と当日にも檀家の葬式が続けてあり、ゆっくりと休んでいられないと言って珠子は城に戻ってきていたのだ。

　当日、刺客に追われた数人の南方館主配下の供侍が主殿の奥まで逃げ込み珠子が休んでいる部屋の前庭で斬り合いとなった。珠子の部屋まで乱入した突

然の闖入者《ちんにゅう》は刺客によって斬殺されたが鮮血が飛び散った部屋は血の海となり生臭い血の匂いで覆われた。その惨劇を目の当たりにした珠子の恐怖は計り知れないものであったろう。その場で半狂乱となった珠子はそのまま床に臥してしまった。

義宣は何と慰めて良いか分からぬまま珠子を見舞った。

「御台、気分はどうじゃ？　大事ないか？」

侍女に背中を擦られながら珠子は布団の中で苦痛の表情を浮かべている。

「うーん、おなかが……痛い」

「おお、分かった。すぐ碩庵を呼ぶから、しばらく待っておれ」

槇尾碩庵は大坂堺から呼び寄せた漢方医であるが西洋医学にも精通した義宣の主治医である。

「おなかのやや子が危ぶのうござる。急ぎ産婆殿を呼んでくだされ」

珠子を診ていた碩庵は義宣を振り返ると上ずった声で言った。

「破水もされておる。急がんと取り返しのつかぬことになる。急ぐのじゃ」

碩庵は控えていた侍女を促した。

こうなると男なぞ何の役にも立たない。ただおたおたするばかりである。

突然の破水で産婆に取り上げられた胎児は既に亡くなっていた。

義宣は菩提寺で水子の供養を済ませたが珠子は重なった不幸で心を病むまで落ち込み、床に臥せたまま碩庵の処方した薬湯を呑む日々が続いた。

義宣にとっても死産は残念であったが、それをいつまでも引きずってはいられなかった。普請奉行の東義久と大縄讃岐に任せていた水戸城の修築が進み仮住まいが出来るようになっていた。義宣は北の丸の義重を訪ねた。

先に話しかけたのは義重であった。

「御台はどうじゃ？　少しは元気になったか？　今は女衆がおらんからそちが御台の面倒を見てやるのじゃ」

「このような時に申し上げにくいのですが水戸の方の改築も進みまして寝泊りが出来るような仮屋も出来ましたので近々、そちらに移ろうと思っております」

「御台はどうするのじゃ」

「はっ、今はちと動かすのは無理かと思いますので碩庵と侍女たちに任せ、時折様子を見に帰って参りますす故、元気を取り戻すまでこちらでお世話になります」


三月二十日、義宣は水戸城に入城した。

家老に小貫頼久「頼安改め」、和田昭為、人見藤道の三人を任命し、庶政は小田野宣忠、大窪久光、河井伊勢守、山方能登守、信太右京進の五人に任せた。太田城にいた時とほぼ同じ人事であったが、しばらくの間、落ち着くまではこの布陣しかなかった。

太田城に残った者は義重ほか家老の田中隆定と山方篤貞、安藤義景、黒澤早助らで北からの脅威に備えを固めた。義重は「北城様」「大殿」と呼ばれるようになった。

江戸氏の水戸城は古実城と呼ばれる本丸のみの小さな館であった。大手門は海側の東向きに造られていたが義宣は西側に移し替え、今までの大手門を浄光寺口の搦手門とし、二の丸に城主の居館を建て、その外側に三の丸を整備しそこに重臣たちの屋敷を構える。二の丸と三の丸の間には濠を巡らし大手橋で繋ぎ、三の丸の外側にも大きな空堀を巡らそう。三の丸の外側に徒士《かち》などの下級家臣が居住する長屋と商人や職人が居住する城下町を整備しようと考えていた。

そのような義宣の構想を普請奉行の東義久と大縄讃岐に伝えて縄張りを命じた。城内は人夫や大工たちの威勢の良い掛け声と共に木の良い香りが鼻をくすぐる。

義宣は、城の修築のほか組織の改変や配置換えなど父義重の掌中から抜け出し、自分の思い通りに出来る喜びを味わっていた。

義宣がどうしても造りたかった茶室を建てる計画

は風流なことが好きな南左衛門の助言を受けて二の丸の隅の千波沼が見渡せる取っておきの場所を見つけた。

京都から一流の庭師を招いて竹林に囲まれた庭からは千波沼が一望出来る数寄茶屋を造ろうと決めた。茶室の名前はそのうち呑虎和尚を訪ねて命名してもらおうなどと考えて多忙な日々を送っていると珠子のことを忘れていた。

突然、早馬で使者がやってきて義宣の前で跪《ひざまず》くと「御台様が急変なされ至急太田へお越し願いたいとのことでございます」と告げた。

義宣は近くの者たちに「馬引け！　供をせい！」と言うと馬に跳び乗り尻に鞭を当てた。早駆けすれば一刻足らずの距離だ。

「珠！　死ぬな！　死んではならぬぞ！」

馬に鞭を入れながら何度も何度も叫んだ。

転げ込むように珠子の部屋に入ると碩庵と父義重が心配顔で床に臥せた珠子の顔を覗き込んでいる。

「珠！　儂じゃ。大丈夫か？　しっかりせい！　碩庵！　どうなんじゃ！」

義宣は肩で大きく息をしながら碩庵に向かって訊ねた

「ああ、御屋形様。御台様の脈が細くなっております。今宵が山かと……」

碩庵は脈を取りながら首を左右に振った。

「御台様、御台様。御屋形様がお着きになりました」

侍女が珠子の枕元に、にじり寄り耳元で呼びかけた。

「珠！　遅くなった。許せ」

珠子はその声でうっすらと目を開け義宣と視線が合うと眼元に優し気な笑みを浮かべた。

「御屋形様……あと僅かな……わたくしの命です。……それ故、ご無礼を承知で……お諫《いさ》め申し上げますことを……お許しください。……これからは…余りお怒りになられますな。……ご判断を誤られます。そして義に反することは……お止めくだされませ。……あの梅見の宴は…正義にも…信義にも…仁義にも……悖《もと》ります」

　息も絶え絶えに苦しそうに絞り出した声で義宣に訴えると眼を閉じた。

「相分かった。これからはそうしよう。ん？　こと切れたのか?!」

「いえ、お休みになられました」

　碩庵の声が虚ろに響いた。

　義宣は珠子の言葉を噛み締めていた。

――儂は何と独りよがりだったのだろう。家督を相続したがいつも前に義久がいて父がいた。何をするにも義久の意見を聞き父の同意を得なければならなかった。あの梅見の宴も重臣や父の意見に従うべきだったのに意地を張って「儂が御屋形だ。儂の言う通りにしろ」と反抗心を剥き出しにしたため、引っ込みがつかなくなったのだった。珠子がこんなに冷静に自分を見ていたことを初めて知った。六歳の時に政略的に婚約させられ十三年後に那須から常陸へ輿入れしたが義母からは、やること為すこと全てに小言を言われ、ことあるごとに嫌な顔をされ那須家が改易されれば実家の悪口を言われ、義父からは石女《うまずめ》ではないのかとも言われた。それに自分も那須の義兄を嫌い珠子に当たったこともあった。那須家が改易された時には御家安泰と豊臣政権内の地位の維持に汲々としていたため、二人の間は急速に疎遠になっていった。珠子は佐竹家では四面楚歌だったのだ。義母には侮《あなど》られまいとして気丈に振舞うとますます憎まれ、夫に愚痴を言っても無視され不安と孤独で押し潰されそうな心を支えてきたのはお腹の子であったに違いない。その支えがなくなった今、耐えに耐えてきたものが一挙に崩れ去ったのだ。その因を作ったのは、自分のあの大儀名分のない謀殺だったのだ――

「御屋形様」という声で義宣は我に返った。いつの間にか部屋の外には又七郎や源一郎らが水戸から見舞いに駆け付けていた。

「御台様が……」

　珠子が力なく手を差し伸べた。

「御屋形様…わたくしは…これで……永《なが》のお暇《いとま》を…

戴き…とう…存じます。…長い……問……」

消え入るような声でそれだけ呟くと静かに息を引き取った。

脈を取っていた碩庵は珠子の手を布団の中に仕舞うと合掌した。

「只今、身罷《みまか》られました」

天正十九年四月十八日逝去。不遇で薄幸な珠子の一生であった。

葬儀は耕山寺において執り行われ、導師は曹洞宗耕山寺十六世、天州呑虎。

戒名は正洞院殿明室珠光大姉、二十四歳だった。

「義……か」

義宣は呟いた。

水戸一新

珠子の葬儀を終え水戸城に戻った義宣は早速、組織の改革に当たった。

小田原や京で見た豊臣政権に倣って家臣団の統制を強化し指揮命令系統の整備と上意下達の徹底を図った。これは戦法の変化による所が大きい。兵農を分離して軍隊の精鋭化を図らねばならない。最早徒士や騎馬戦の時代ではなく鉄砲と情報の時代になっていた。

江戸氏や大掾氏、額田氏のように土着した豪族たちが佐竹本家にあからさまに刃向かったり軍役を拒否したり出来ぬよう支城主とその領民の関係を切り離し兵農を分離すると共に義宣の寄騎を組み単位で各支城に配することにした。

これは偏《ひとえ》に有力家臣を城代として配置し本家への反逆を未然に防ぐ役割もあった。譜代の家臣たちは旗本として水戸城下に集住させて本家の優位性を担保したのである。

これを踏まえた上で家臣たちの知行割変更を家老の小貫頼久、和田昭為、人見藤道の三人に人事の腹案を作るよう命じた。

それに小田原陣や上洛で得た教訓のもう一つは情報の重要性であった。情報網の拡充を早急に図らねばならない。勿論、佐竹でも忍びを使い情報を得ていたがその情報収集は戦闘相手国と仮想敵の近隣諸国の情報を得ることと情報の霍乱《かくらん》が主で上方の中央政権や遠国の動静に疎かったことは否めなかった。情報の遅い東国の田舎では世の流れを把握しなければ今何をすべきなのか判断出来ない。上方の情勢を逐一、早急に報告させねばならなかった。

秀吉が天下人であり続ける世の中ならば「惣無事令」でもう近隣諸国との領土を巡る小競り合いはなくなる。信長が目指し秀吉が継承した世は天皇を中心とした律令制度で公地公民になれば今後は豊臣政権や朝廷に関わる多くの情報を持っている方が有利に立ち回ることが出来るはずである。

それには正確な情報が必要不可欠だと義宣は考えた。今まで忍びは東義久の配下にあったが南方三十三館のあとの鹿島郡を義久の知行地としたためその仕置きに時間を割かねばならなくなった。そこで組織的な忍び集団の結成を何かと頼りになる北又七郎と義宣の近習で二歳年下の梅津半右衛門の二人に任せることにした。義宣はどうしても若い力で思い通りの組織を作りたかった。

梅津半右衛門は下野宇都宮の出で北又七郎義憲に仕えて諱に一字をもらい憲忠と称していたが、十五歳の時、義宣の目に止まり又七郎から譲り受け童坊の善阿弥と名乗り近侍した。その後、髪を蓄え祐筆となり十九歳となった今は義宣の馬回りを務めている。

「又七郎、厄介なことを頼むが半右衛門と共に、お主らの力を貸してくれ。お主の生涯の仕事になるかもしれんぞ。ただし、このことは秘密裏に進めてくれ」

「おう、望む所だ。久米の城は、まだ元気な親父殿［義斯《よしつな》］に任せて御屋形の意に沿うような忍び集団を作ってみようではないか」

又七郎は人懐っこい笑みを浮かべると平然と言って退《の》けた。

「御屋形、それ以外にもやることはたくさんあるぞ。水戸の町割りだろう、人材の育成だろう、金山の開発それに商売だ。見ただろう。京や堺の繁栄を」

指折り数えて熱く語る又七郎の頭の中は京や大坂の町並みで溢れているようだ。

「確かにあの活気に満ちている町は凄いと思うが、ここで南蛮貿易が出来ると思うか？」

「それは無理だが、才覚のある商売人を育てるのだ。上方にはない常陸の特産物を上方で売るとか上方の文化や物を常陸に合うように作り直すのだ。そうだ市だ。水戸の中心に市を作って自由に商売をさせるのだよ。堺や近江、宇都宮の商人たちにも自由に商売させて売れ高に応じて運上金を取るのだ」

又七郎の構想は止め処《ど》もなく広がってゆく。

さっきから又七郎の言ったことを懐紙に書き留めている半右衛門に興味を持った義宣は尋ねた。

「半右衛門、何を書いておるのだ？」

「左衛門督［義憲］様のお考えを参考に私なりの思い付きを書き留めておりました」

「ほう、ちと見せてみよ」

と言って又七郎は半右衛門から奪い取るように懐紙を手に取った。

「さすが元祐筆だな。見事な字だ」

しばらくフンフンと言いながら読んでいた又七郎はそれを義宣に回した。

そこには

『忍び　雲水　連歌師　修験者　行商人　興行師
馬借
情報元　旅籠屋　居酒屋　芝居小屋　市場
町割り　水路　三の丸武家地　街道沿いに上町、
中、下
人材　水戸と太田に教所　呑虎和尚　好雪斎どの
武道場　調練場　馬場　平沢小七郎どの　大蔵坊どの　薬師医者　碩庵先生　太庵先生　道策先生
金しろがね　奉行　蔵入管理石井修理　掘子　精錬場　金工　山師
市　上中下町に一つ又二つ　運上の徴収　撰銭

商人　深谷どの　小川どの　遠山どの
くろがね細工　大原鍛冶』
等が整然と綴られている。

今の会話の間にこれだけのことを発想したのかと半右衛門の頭の回転の速さに義宣は舌を巻いた。

「水戸の町づくり奉行に向右近［宣政］、脇役として渋江弥五郎に命じたがお主らも手伝ってくれ。忍び組には高根藤馬と滑川甚九郎を手伝いに付ける。それに半右衛門、お主の考えをもそっと詳しく記してみよ」

後日、義宣は二の丸に建ち上がった仮の屋敷に重臣らと町衆の代表らを集めた。床の間を背に義宣が座り重臣らが左右に並び、さらに下の板敷きの広間に町衆代表の十数人が額づいたまま畏まっている。

「小田原の陣、宇都宮の仕置き、江戸、大掾、三十三館の討伐と続いた軍役ご苦労であった。本日はやっと落ち着いて皆の意見を聞く場を設けることが出来た。これから儂は水戸を一新したい。皆の忌憚ない意見を聞かせてほしい。又七郎、進めてくれ」

進行役を仰せつかった又七郎は広間の町衆たちの方を向いて隅々まで見渡した。

「面《おもて》を上げられよ。町衆には御足労をおかけ致した。水戸の町づくりについて皆の意見を聞きたいとの御屋形様の御意向である。今回、初見参の方もお見えのようじゃ。深谷どの、紹介をお頼み申す」

指名された深谷右馬允助七は今までも太田城に出入りの商人で紙役以外の業種の課役権を与えられており義宣も商人役安堵状を発し、その特権を保証している。

「はい、畏まりました。右端より手前どもと同業の小川市右衛門。遠山嘉平。刀剣師の吉田修理亮。大原鍛冶の根本三郎衛門。大工の奈良民部。同じく大工の石橋左馬助」

名を呼ばれた者は次々に義宣に低頭し十数人の紹介が終わった。

「これからは向右近を奉行とし渋江弥五郎と梅津半右衛門を脇役に付ける故、気付いたことがあれば遠慮なく申し出られよ」

又七郎が言い終わらぬうちに重臣の一人、河井伊勢守忠遠が異論を唱えた。

「我々、重臣に一言の断りもなく中心になっているのは浪人者ばかりで、これでは家中にまるで人材がいないと言わんばかりではないか」

又七郎も負けてはいない。

「人選は御屋形様のご意向でな。伊勢殿、これは戦ではない。戦なら貴殿に頭を下げてでもお願い仕るがの」

「これはしたり。水戸のお城は戦に備えてつくっているとばかり思っておったわ」

「如何にも。城は戦に備え主君や領地を守るものであると共に多くの領民を守るための物でなければならない。如何に堅固な城を造るかだ。そのためにはどれだけ多くの軍資金を作れるかということにほかならない。今までのように民百姓から年貢を搾り取っているだけではいかんのだ。町をつくるというのはその財力を豊かにするための手段の一つだ。戦《いくさ》場《ば》に赴けば伊勢殿のような勇猛果敢な将も必要だがな」

それを聞いた河井忠遠は顔から火を噴き出さんばかりに真っ赤になった。

「な、な、何だと！　儂は戦場だけだと！」

二人のやり取りを聞いていた東中務が口を挿んだ。

「これ、二人とも止めぬか。伊勢も北城様の御上洛に付き従って京に上った故よく存じておろう。御屋形様は京の繁栄に倣い水戸にもそのような町をつくりたいと仰せなのだ。城の普請が進めばお主の力も必要となろう。その時はお主の力を存分に発揮してもらいたい」

この場はこの一言で落着を見た。

が……十数年後、この時の河井忠遠の恨みがとんでもない事件を引き起こすことになる。

重臣たちの口論が終わったのを見定めてから深谷助七が口を開いた。

「町にはどの辺りの地を賜れるのでしょうか。それによって区割りや路地の割り付けをしなければなりませぬ故お教え願いたく存じます」

「右近殿、町賦《まちくばり》の絵図をこれへ」

奉行の向右近が差し出した土地の区割を描いた絵図を受け取ると又七郎はズカズカと町民たちの間に割って入って胡坐をかいた。

「これが地割図じゃ。三の丸の外側だな。今、掘っている空濠の西側になるな。その地区を御屋形様はでっかい町にしたいと大町と名付けられた。おおーい、奉行殿。細かい所の説明をしてくれ」

又七郎は手招きをしながら大声で右近を呼びつけた。

傍らで河井伊勢が苦虫を噛み潰したような顔で睨んでいるが自らの座に戻った又七郎はそれを知ってか知らずか無視した。

「町割りの件はあっちで奉行と町衆に任せるとして城普請については普請奉行の大縄讃岐殿に説明願おうか」

指名された大縄讃岐は懐からくしゃくしゃになった絵図面を取り出した。

「江戸但馬どののおられた古実城は、只今御屋形様の仮住まいとなっておりますが何れ解体し使える木材は梁や根太に再利用して少しでも節約をしようと存じます。礎石は数寄屋の庭に飛び石として使用し形の良い物は庭石として使うようにと御屋形様からの御下命です。大手門は現在、海側の東向きに造られておりますが西側に移し替え、今までの大手門を浄光寺曲輪の搦手門とします。本丸には南と北の隅にそれぞれ二階建ての物見櫓と籾蔵三棟を建て本丸と二の丸の間には濠を穿《うが》ち橋詰門［移築して薬医門として現存］を建造致します。二の丸には天王郭を新築しここを政庁と致し奥御殿を御屋形様のお住まいと致します。二の丸南西にも隅櫓を設置します。二の丸と三の丸の間は空濠と致し大手橋で繋ぎます。三の丸は御重臣の方々のお屋敷となります。千波側の坂下と那珂川沿いの坂下に徒士《かち》などの家臣が居住する長屋と馬場を造ろうと考えております。ああ、そうそう、言い忘れておりましたが天守閣は建ち上げませんが石垣普請の上に築地塀を巡らすようにとの御下命であります。さらに那珂川より米蔵まで水路を付け直接荷揚げが出来るようにする予定であります」

大縄讃岐が城普請の概略を説明した。

「本日はこれぐらいにするが城づくり、町づくり共に今後も寄合の機会を設けて皆の意見を聞き、住みやすい水戸に一新していかねばならない」

又七郎は締めにかかったが義宣が口を挿んだ。

「まだまだ決めなければならぬことが山ほどあるが、これから何があるか分からぬ故、時をおかずやらねばならぬことが四つある。まず第一に上様からの御軍役を果たすため槍や弓矢などを大量に造ること。二に城や屋敷の造作のため、三間の板と七尺の板をたくさん調達すること。三に人の売買《うりか》い、博打、喧嘩は禁止し喧嘩は両成敗とすること。四に鉄砲の出入りを厳重に監視するために鉄砲留番所を作ること。至急これらの法度を作り高札を上げるように致せ」

義宣はこれらのことを奉行の向右近に命じた。

向右近宣政も渋江弥五郎や梅津半右衛門らと同様に常陸に流れ着いた新参者である。飛騨国小鷹利城主であった父の死で幼少にして跡を継いだため後見役であった家臣に城を乗っ取られ母の故郷である常陸へと逃れて佐竹氏に仕官した。永禄三年の生まれとされるから義宣よりも十歳年上である。

「次いで金山のことであるが領国内の金山は上様の直轄領となり、その産金の中から分一［十分の一］が上様の元に運上金として納められておる。直山《じきやま》、請山《うけやま》に限らず開発の手を緩めてはならぬ。これらは今まで通り石井修理亮に任せる。最後になったが知行割の件は今、家老たちにその腹案を作るよう申し付けている所であるが各地の城を水戸城の支城として城将は城代とする。これは一気に推し進めるわけではなく徐々にやってゆこうと思う。これが上様の言う公地公民ということなのだ。であるならば我が常陸もいつ何時、替地を賜ることになるやも知れぬ。そうなれば常陸丸ごと動かねばならぬことになる。

かくならぬことを願うが、それには上様からのどのように厳しい命令であっても必ず応えねばならないのだ」

　ここで義宣は一旦、言葉を切って水を打ったように静かになった周りを見渡して大上段から有無を言わせぬ通告を発した。

「儂から各々に替え地を黒印状にて申し付ける。これに異論あるものは知行地召し上げと致す。以上である。大儀であった」

弐の章

際限なき軍役

九戸の乱

義宣が水戸の町づくりを夢見ていた矢先の六月二十七日に秀吉から出陣の命令が届いた。佐竹にも二万五千人の割り当てがあり「宇都宮国綱、岩城親隆、相馬義胤と共に三成の指揮のもと相馬口から北上せよ」という指示であった。

天正十八年の宇都宮仕置きで一応の決着を見たはずの北陸奥で燻《くすぶ》り続けていた熾火《おきび》に薪をくべた奴がいた。それが南部一族の九戸左近将監政実であった。

南部家当主の信直に対して反乱を起こしたのだ。

小田原陣後の仕置きで秀吉の小田原参陣命令に背き不参だった陸奥国大崎義隆と葛西晴信の所領を没収しその遺領に木村吉清父子を配した。しかしこの木村氏が強引な統治をしたことに不満を持った大崎、葛西の浪人たちと農民らが蜂起し一揆を起こした。その　揆を裏で扇動しているのは伊達政宗であった。

伊達政宗は葛西、大崎一揆を後ろで操り九戸政実を支援し、あわよくば南部領を我が物にしようと企んでいた。

その南部領では年初めから九戸政実が南部信直にあからさまに反抗し南部側の城に攻めかかった。信直も軍勢を派遣したが裏切り者が続出し窮地に陥った。

四面楚歌状態となった南部信直はここに至って秀吉に直訴するに及んだ。秀吉が所領安堵した直信に盾突くことは秀吉に対する反逆である。秀吉は直ちに「余に刃向かう奴らは逆賊じゃ。女子供も全てなで斬りにせえ！」と総大将の羽柴秀次に命じ九戸征伐軍を編成し六月二十日、陸奥に向け進発させた。

白河口からは羽柴秀次に徳川家康が加わり仙北口からは上杉景勝、大谷吉継が、相馬口からは石田三成ほか義宣、宇都宮国綱らが北進した。今まで九戸氏と通じていた津軽為信や秋田〔安東〕実季も秀吉の威光を恐れて征伐軍に寝返った。南部氏の近隣出羽から小野寺義道、松前慶広、最上義光、六郷政乗、戸沢光盛らも参陣し征伐軍は総勢六万を超えた。

　征伐軍は九戸側の支城を次々に落とし政実が兵五千で立て籠もる九戸城を孤立させたが九戸城の守りは固くなかなか落ちない。

「このような大軍をもって小城一つにいつまでも拘《かかずら》っては征伐軍の沽券に関わる。何か良い手はないか？」

　奉行を務める浅野長吉は軍議を開きその細い眼で周りを見回した。

　すると南部信直が「恐れながら……」と前に進み出た。

「和議は如何でござろうか？　九戸兄弟のみを処罰し、あとの者は助命するということで……某、恨みは九戸兄弟のみでござる」

「では、政実と実親の首二つと開城を和議の条件とし、そのほかの者はお構いなしということで使者を送り、その後のことは某に任せられよ」

　長吉は細い眼をさらに細めてクックッと笑った。

「して使者は誰かいるか？　大膳大輔［信直］殿」

　長吉はお主のためにやっているのだとばかりに尊大な態度で信直に問うた。

「はっ、九戸家の菩提寺の住職で薩天和尚が適任かと……」

「左様か。それでは早よう連れて参れ。それまでに和議文を認めておく」

　そして披露された和議文は次のようなものであった。

『此度の戦い、武辺の誉高く思いますが天下を相手に戦をしても本懐を達することなど出来ましょうか。早いうちに降参して天下に対して全く逆心がないことを上洛し申し述べれば貴殿のみならず一族郎党まで許され、かえってその功に感じて知行を与えられるかもしれません』

　これを読んだ南部信直は驚いた。

「これでは……先ほどの和議の条件とは違いますが……」

「案ずるな。お主の悪いようにはせぬ」

長吉は〝まあ、まあ〟というように手で制した。

のちに、この和議文が秀吉の意に反していると逆鱗に触れ浅野長吉は謹慎処分を受けると共に秀吉から諱の一部を譲り受けた吉の字の使用を禁じられて浅野長政に改名することになる。

使者となった薩天和尚はその和議文を持って九戸城に入城した。

和議文を読んだ政実はしばらく瞑目《めいもく》していたが薩天和尚の方を向くと苦渋に満ちた顔で和することを承諾した。

「此度の戦は天下に弓を引いたわけではござらぬ。元を質《ただ》せば猿面の強引な仕置きによる大膳の専横でござる故、猿面に謝るつもりもござらぬ。然れども儂一人の義を貫くために皆の者を道連れにするわけにはゆかぬ。されば儂と実親の素っ首二つを差し上げる故、家臣と老人女子供らの助命を願いたい。この条件を呑んでくれるのなら開城致そう」

「儂は嫌じゃ。おめおめと腹を切るなどもっての外だ。何としても大膳めに一矢報いてくれるわ」

と言い放ったのは傍にいた弟の実親であった。

「政実よ、腹を切るなら、いつでもどこでも出来る。実親、生きることを考えてみてはどうじゃ。浅野殿の仰せでは早々の開城に御同意戴ければ一族郎党に限らず城内の者全てを許し解き放つとのことじゃ。信直様や連署の方々からも上様への御助言を戴けるそうじゃ。よもや拙僧にまで嘘は申すまい」

薩天は開城受諾の返事を持って帰った。薩天は政実と実親の叔父でもある。

ところが長吉は政実が重臣たちと共に城を出ると城門を閉ざし城内にいた兵と領民らを鉄砲の一斉射撃で皆殺しにした。

山のように折り重なった亡骸は火を付けられ三日三晩燃え続けたという。

その後、政実ら八名の重臣たちは刎首《ふんしゅ》で処刑された。政実、行年五十六歳。

甥たちを死に追いやってしまった薩天和尚は南部屋敷の門前で自分を騙した信直を恨みながら割腹

し、はらわたを門に投げつけて果てた。

ここに下剋上の国盗り合戦は終結したといっていい。

義宣は、というと気仙で後詰として気仙城を改修し、その後じりじりと南下し乱の終結時は磐城平城に在陣中であった。

九月十六日、陣中の義宣に唐入の動員令が届いた。割り当てられた軍役の人数は五千人であった。既に三成からはそう遠くない時期に唐入があるから兵力を温存しておくように言われていたがこれほど多くの割り当てがあるとは思っていなかった。

義宣は国元の和田昭為に、来月十日に三成が京への帰路、水戸に立ち寄るので俵子《たわらこ》［兵糧米］などの準備をすること、その時、催促されている黄金五十枚を渡すので年貢を金で納めさせること、唐入の動員令に従って人数を確保すること、三成麾下の手で縄打ち［検地］が行われ年貢を倍増させる計画であること、槍二百丁を新たに作ること、城下の金商人に品質の良い金を精錬するように命令することなど六つの指示を出した。

義宣軍は一兵の犠牲もなく九月下旬には帰国したが常陸では九月八日に佐竹の客将という立場であった片野城主太田三楽斎資正が七十八歳という高齢で死去していた。

息子の景資はしばらくの間、兄の梶原美濃守政景に預け、片野城のあとには石塚源一郎義辰《よしとき》［十七歳］を配した。

征明の夢

実は秀吉が日本以外の国に目を向けたのは天正十三年、関白に叙任された頃に腹心の部下に「唐国まで征服する」と言ったのが初めである。

九州の外れに対馬があり、対馬の先には対馬の属国朝鮮がある。その先に唐国がある。その程度の認識である。『～高麗の王を供奉申さるべくの由に候。

今迄対馬の屠形二したかハレ候間～』』『九州御動座記』によって朝鮮を対馬の属国と見ていたのは明らかである。

そこで秀吉は対馬の宗義智に朝鮮国王の来日交渉を任せた。しかし現実は対馬が朝鮮との交易に依存している宗氏としては秀吉の指示通り朝鮮国王に臣下の礼をとらせる使節を送れなどと言うわけにはいかなかった。そこで宗氏は秀吉の命令を無視したが、度重なる秀吉からの催促に困り、窮余の一策として宗義智け自らが使いとなり、その返礼に通信使を派遣するという形で落着した。

天正十八年十一月七日、秀吉は朝鮮からの通信使節を聚楽第で謁見したが、その使節を朝鮮からの降伏の使者だと思っている秀吉は横柄な態度で接し使節が持参した国書には『大王［秀吉］が日本を統一したことをお祝いします』と書いてあるにも拘らず五山禅僧の　人、相国寺の西笑承兌《せいしょうじょうたい》に書かせた返書は『私は日輪の子である。……貴国が先駆けとなって大明国に攻め入れ［征明嚮導《せいみんきょうどう》］』というものであった。自らを神格化し、あくまで降伏の使いとして命令している。

朝鮮に帰国した通信使は国王の宣祖《ソンジョ》に復命しているが正使と副使の見解が異なり議論となったが結局、秀吉は朝鮮に攻め入ることはないだろうという結論に達した。

天正十九年に入ると弟秀長の死去、千利休の自害、嫡子鶴松の死去と秀吉の周りに色々なことが起こり朝鮮出兵が行われなかったため、李氏朝鮮は侵略がもうないものと油断していたが秀吉は着々と出兵の準備を整えていた。

天正十九年の正月二十日には朝鮮国へ渡海するための船の建造が命ぜられた。

東は常陸以南の沿海諸国、北は秋田、酒田から中国地方までの国々に十万石に付き大船二隻ずつの割り当てがあり、そのほかの国々は蔵入りの石高十万石に付き大船三隻、中船五隻ずつが割り当てられた。そのほか水夫の徴用についての規定、船の経費や船頭の給与、残された家族に対する扶持など細かい所まで規定されていた。これらを間違いなく準備した上で翌春までに建造した軍船は播磨、和泉、摂津の何れかの港へ回送するように指示された。

常陸の義宣にも大船二艘の割り当てがありこれは真崎浦を拠点とする真崎水軍に任せた。

八月二十三日には小西行長や加藤清正ら九州の諸大名に肥前名護屋城の築城を命じた。十二月十八日になると秀吉は関白職を辞し二十七日には甥の羽柴秀次を嗣養子にして関白職を譲り豊臣秀次として聚楽第に入れた。

そして秀吉は自らを太閤と呼ばせた。この秀吉の関白職辞退は朝廷の雑事から離れ朝鮮侵略に専念するためでもあった。

関白になった秀次は即座に「人掃令《ひとばらいれい》」を出して六十六カ国の戸籍調査が行われた。その調査は武家奉公人、百姓、職人、町人の職業別の戸数や人数を把握するものであったが本当の目的は「唐への夫《ぶ》［朝鮮出兵の夫役］」を確保するためのものであった。

当時の日本の人口は二千万人前後のようである。

天正二十年正月五日、秀吉は各大名に朝鮮出兵の動員令を下した。

「さても、さても際限なき御軍役だのう」

と嘆いても仕方がない。

豊臣政権内での地位を保証された代償としての義務なのだから。

かくして正月十日、義宣は水戸城を出立した。

動員令の人数は五千人であったが実際は二千八百六十九人［大和田重清日記］でそのほか人夫や舟子、番匠［大工］などで四千人は優に超えていたであろう。「普州《チンジュ》城攻陣立書」に宇喜多秀家の組で十六番衆、羽柴常陸侍従三千人となっている。

佐竹家からの主な従軍者は東義久、北義憲、南義種、小貫頼久、石塚義辰、小場義成、大縄義辰、人見藤道、向宣政、大和田重清、大山義則、戸村義和、長倉義興、梶原政景、真崎宣宗、荒川弥五郎、真壁氏幹、大塚親成父子、梅津憲忠、車斯忠、茂木治良、岡本良哲、江戸舜通、太田景資らと多賀谷重

経、相馬義胤、芦名盛重などである。小場義宗、和田昭為が水戸城の留守居役で義重は太田在城である。

二月十四日に遠州掛川から水戸城留守居の和田昭為に戦費や城の普請について使いを出している。かなりゆっくりした行軍である。その中で「石田三成殿が二月十八日に京を発つという書が届いたのでそれまでには京に着くようにする」と言っている。

人員の差の言いわけと遅れていた黄金五十枚の納入であった。

京都四条の私邸に入った義宣はとても一年ぶりとは思えないほど、昔のことのように思える。目まぐるしい天正十九年であった。

織部の茶

しばらく経った月末近くに古田織部からの文を使いの者が持ってきた。去年、茶会を約した茶席への招待であった。

『晦日に堀川の屋敷にて夕刻より夜噺《よばなし》を催したい。相客は長岡忠興殿と広橋兼勝卿である』という。

広橋兼勝卿とは初めて聞く名前で何者か分からない。

「ちと、つかぬことをお伺い致すが広橋兼勝卿という御仁をご存じか?」

玄関脇で片膝ついて返事を待って控えている使者に尋ねた。

「いいえ、詳しくは存じ上げませんがお公家様と聞いております」

「左様か。相分かった。織部殿には承《うけたまわ》ったとお伝え願いたい」

と言って使者を帰した。

当日、堀川の織部屋敷へ出向き表門で門番に用件を伝えると談古堂という寄付《よせつけ》に案内された。六畳ほどの部屋に恰幅の良い青年がポツネンと一人で白湯を啜っている。整った口髭を蓄えた好青年である。

「失礼仕ります。佐竹右京大夫義宣にございます。お初にお目にかかります。本日はお相伴よろしくお願い仕ります」

義宣は初対面の人に対する丁寧な挨拶をした。

「あ、これは丁寧なご挨拶、恐れ入りますな。広橋貢《みつぐ》兼勝と申します。以後、よろしゅうお見知りおきを。常陸侍従殿は麿《まろ》のことなどご存じないやろな」

「はっ、……いえ……」

「まあ、よろし。麿は藤原北家の日野の流れでなあ、兄が本家筋の日野家を継いだよって麿は広橋家の跡取りになったんやが……」

兼勝は小さな扇で口元を覆い話を続けた。

「実は麿が侍従殿にお会いするのは初めてやあらしまへんのや」

「へっ？」

「実は一昨年の末でしたかな、佐竹殿が聚楽のお城で叙位任官の折に佐竹侍従殿と東諸大夫殿の有職故事の仕切りをさせてもらいましたんが麿や」

「へっ！」

下品な言葉の二連発である。

「兼勝卿は正三位権中納言殿であらせられる。侍従殿。これだから茶会の席は面白い」

いつ入ってきたのか長岡忠興が横から口を挿《はさ》んだ。

義宣は二人の会話で完全に委縮した。

「侍従殿よ。まあ、そんな固くなるな。師匠の茶碗を落とさんようにな」

忠興は「がっはっはっ」と大笑いをすると、

「さて、次に行くか」

と我家の庭でも散歩するかの如く趣のある露地の飛び石の上をゆっくりと歩いてゆく。庭では竹柵越しに遅咲きの枝垂れ梅が見事に咲いている。

腰掛待合でしばらく待つと家人の案内でさらに中露地を通り抜け小門を潜り茶室の内露地に入る。その石畳の先に茅葺で入母屋造りの「燕庵《えんなん》」という茶室がある。

途中に蹲踞《つくばい》［手水鉢］があり、そこで手や口を清める。

「右京殿、この灯籠《とうろう》が織部灯籠といってな、今の流《は》行《や》りじゃ。今は下草が茂っていて竿の部分が見えないが、そこにマリアの像が彫ってある」

忠興が、したり顔で蹲踞《つくばい》の後ろに立っている背の低い灯籠を指差した。

いつの間にか義宣の呼び名が侍従殿から右京殿に代わっている。

「はあ、話には聞いたことがございます。何でも切支丹《キリシタン》灯籠というとか……」

「左様、左様」

と言いながら忠興は和泉守兼定の佩刀《はいとう》を腰から抜き刀掛けにかけた。義宣も忠興に倣って備前三郎国宗の愛刀を立てかけた。この愛刀は「夢切り国宗」といい、父義重が上杉謙信から贈られたもので、義宣が家督相続の時、義重に請うて譲られたものである。

今日の正客は忠興、次客が義宣で末客が兼勝の順に茶室に入った。燕庵の内部は三畳台目《さんじょうだいめ》といい三畳の客座を中心に右に台目の手前座、左に一畳の相伴席を配している。

この時、主人の古田織部は四十九歳、広橋兼勝三十五歳、長岡忠興三十歳、義宣二十三歳である。

「今宵は皆様、筑紫の陣へ赴く前の忙しい時に息抜きになればとの思いからお振舞い申し上げます。今は亡き利休宗匠の遺品として某が拝領した茶杓『泪《なみだ》』と越中殿からお借りした『古雲鶴』の茶碗を使わせて戴きます。ここでの話は口外無用が決まりでござる故、何なりとお話しくだされ」

茶道口から入室した古田織部が振舞いの挨拶をしたあと、茶会が始まった。夕刻からの夜噺《よばなし》という茶会は義宣にとって初めての経験である。食事の時に酒が付くのが夜会であるらしい。

織部は茶事が進む中、棗の抹茶を茶杓で碗に入れる前に、茶杓を納める黒塗りの筒を押し戴くと一礼して所作を続けた。

そんなことには構わず酒の酔いが回ってきた忠興は大声で義宣に話を振った。

「右京殿。実はな、松坂の少将殿［蒲生氏郷］が会津に移られた時、危うく儂が貴殿の隣国、会津へ移される所だったのよ。儂は寒い所が苦手でな。上様に直談判して何とか勘弁してもらったのだ」

「そうでしたか。しかし蒲生様は、かの地で九十万石の大大身になられました。越中守様も受けておられれば……」

忠興は首を左右に振りながら義宣の言葉を遮った。

「いやいや、儂はかような地で二百万石を頂戴しても断る。寒さもさることながら京から遠過ぎる。京に変事があっても、ひと月かけて上洛した頃にはあとの祭りじゃ。その上、近くに酒癖も性格も悪いめっかちがおるでの」

他人《ひと》の顔を云々《うんぬん》する前に忠興の顔は傷痕《きずあと》だらけである。右の額には親指大の古傷があり顔の真ん中にけ鼻から頬にかけて大きな刀傷がある。額の傷は忠興が十五歳で初陣し信貴山城を攻めた時に城の石落としからの落石で受傷したが一番乗りを果たし信長公から感状をもらった時のものである。

もう一つの向こう傷は歴戦の証《あかし》かと思いきや実の妹に斬りつけられたものであった。天正七年、忠興は信長の命で父藤孝［幽斎］や岳父明智光秀と共に丹後国を攻略し同じ足利一門であった一色氏を騙し討ちで皆殺しにした。忠興の妹、伊也は嫁いでいた一色義定が忠興に謀殺されたことを恨んで懐刀で忠興の鼻を真一文字に斬り裂いたものであった。忠興も残虐であったが妹もなかなかの者である。このような忠興の若い頃の残虐性については枚挙に遑《いとま》がないほどである。

「伊達政宗のことですか。某の従兄弟に当たりますが、なかなか厄介な奴でして親類縁者に何じゃかんじゃと難癖を付けては土足で踏み込んでくるので閉口しております。叔父や叔母だけでなく某の弟も領地を追われました」

「おお、存じておる。最上、相馬、岩城、二階堂、芦名の面々だな」

「はあ、そんなことまでご存じでしたか」

「そのために茶会がある」

「利休宗匠からは、その類の話はご法度とお教えを戴きましたが」

「がっはっはっ。建前はな。こんな密談に適した所はないではないか。やんごとなきお方から坊主、商人《あきんど》に至るまで付き合えるのはここだけじゃよ。儂も若い頃は短気でその上暴れん坊でな、無茶なことをしたもんだが茶を嗜《たしな》むようになってやっと落ち着いてきたわ。当初、父幽斎に茶を勧められた時には茶や詩歌など女子のするものと馬鹿にしておったが、なんの茶の湯というものは実に奥深いものでな、情報の収集も含めて病み付きになってしもたわい」

忠興は膳に残っていた煮芋をポンと口に放り込むと盃を煽った。

「儂は九番衆で朝鮮国都の漢城まで出撃せねばならんので二、三日のうちに京を発とうと思っておる。織部殿の持ち場はどちらでござる?」

忠興が赤くなった顔で尋ねた。

「身共は後備え衆ということでござる。故に上様が着陣される前に名護屋に着かねばならぬのであと半月ほど後に京を発つつもりでおります」

「ほう、で、右京殿は?」

「某は名護屋に在陣するようにと三成殿からのお達しでした」

「ふん、治部か。上様の威を借りた猫か」

忠興は如何にも憎らし気に言うと一気に盃を飲み干した。

「ほっほっ、それは狐でおじゃる。それはそうと麿は……」

兼勝は口元を小さな扇で覆いながら話を逸らそうとしたが忠興は元に戻した。

「そうですな。猫では可愛らし過ぎる。そうじゃ、あれは狐じゃな。口のうまい狡賢《ずる》い狐じゃ」

忠興の感情の火に油を注ぐ結果になってしまったようだ。

「利休宗匠のことも、あ奴めが上様にあることないことを讒言《ざんげん》したからじゃ。いつか『歌仙兼定』で叩き斬って歌仙を一人増やしてやろうではないか」

「まあまあ。越中殿が虎になっては洒落になるまいで」

織部の頓智に兼勝も合いの手を打つ。

「いかさま、いかさま。虎の威を借る狐かな。それでは虎は狐を討てまへんな」

「越中殿、召され過ぎましたかな？　ここらで仕舞と致しましょうか」

ここだけの話とは言ったものの余りに過激になった忠興の話に辟易した織部はここが潮時と見たようだった。

「ふうーっ！　なんの、なんの。あと一樽ほども戴こうかの？」

忠興は酒臭い息を大きく吐いた。

「麿は戦には行きまへんさかい何とも言われしまへんが皆はんは、この唐入をどう思われとりますのや？」

織部の困惑顔を見た兼勝はこの場の完全な軌道修正を図った。

「朝鮮や唐という異国の地に攻め入って我が国の領土が広がるのでしょうか？　その先は大きな大陸となっていると聞きました。仮に唐が我が領国となろうと、何れその先の国々との戦になりませぬか？」

義宣は話を大きく盛って見せたが考えていることは、この軍役が早く終わって水戸に帰り城の修築と組織改革のことに専念したいという実に小さな思いであった。

「そうやなあ。その先にはムガル国とかオスマン国があり、もっと先にはポルトガルやイスパニアがあるらしいよって。太閤はんも気宇壮大なことを考えたもんやなあ。日本の関白には大和中納言殿［羽柴秀保］か養子の宇喜多秀家殿を、朝鮮には甥の豊臣秀勝殿［小吉秀勝］か宇喜多秀家殿を将軍とし、豊臣秀次殿を明の関白にして、今の帝、後陽成天皇は北京にお遷《うつ》り戴き皇帝となられ、日本の後任の天皇には良仁《かたひと》親王か弟君の八条宮様に即位して戴く。そして太閤はんはアジアの覇王となって寧波《ねいは》で暮らすという構想をお持ちやそうや」

兼勝は博学であると共に情報通でもあるらしい。

「それでは今宵はここらで仕舞と致しましょうか」

織部は忠興がまた、騒ぎ出さぬよう余計なことを言わず締めようとした。

「そうか。卜様はそのような考えをお持ちであったか。丁度いい。小吉殿は儂の九番衆の主将じゃ。いい戦働きをして朝鮮の半分も戴こうか。なあに、朝鮮など儂と主計《かずえ》［加藤清正］と左衛門［福島正則］それに吉兵衛［黒田長政］がおればそれだけで十分じゃよ。治部さえ邪魔をしなければばな。がっはっはっ」

忠興は話をまた元に戻した。

「時も二刻《ふたとき》を過ぎた頃やし、織部殿に迷惑をかけるわけにもいかんやろし。ほんまに仕舞と致しまへんか」

兼勝の一言で今宵の夜咄はお開きとなった。

義宣にとって今宵の茶会に同席した三人、特に古田織部や長岡［細川］忠興とは、のちに深い関わりを持つことになる。

門を出ると微薫《びくん》を帯びた義宣の体が酒で揺れる。

文禄の役

天正二十年三月十三日の太閤朱印状による陣立図では総大将が宇喜多備前宰相秀家であり渡鮮した部隊は全九番隊で十五万八千八百人全てで二十八万五千六百九十人となっている。

天正二十年三月十七日、前田利家八千、徳川家康一万五千、伊達政宗千五百、上杉景勝五千に続いて佐竹義宣の軍勢三千が聚楽第前で秀吉の見送りを受けて肥前名護屋へ向かった。全員名護屋在陣の東国武将たちである。

その十日後、太閤秀吉は淀殿を同伴して物見遊山の出で立ちで京を発ち名護屋へ旅立った。

義宣は京を発って約一ヵ月後の四月二十一日に肥前名護屋に着陣した。

名護屋城下は徐々に商人町が造られてきている。簡単な筵《むしろ》掛けであるが野菜や魚、雑貨などを売る店や鍛冶屋、砥ぎ師や居酒屋もある。春を鬻《ひさ》ぐ女たちがあちこちに立って行き交う男たちに声をかけ誘っている。殆ど日本全国各地から九州の片田舎、名護屋に集結したことになる。その総勢は三十万人を超える。これだけ全国津々浦々、津軽から薩摩までの人々が一堂に会せばそれぞれのお国訛りで同じことを喋ってもまるで通じない。意味が分からないので喧嘩やいざこざを誘い耳慣れない言葉で喧嘩をする怒号が聞こえてくる。どこからともなく槌の音や威勢のいい番匠たちの掛け声に交じって木のいい香りが鼻腔をくすぐる。

そんな喧騒の中、義宣は名護屋城下を通り過ぎ岬に向かう。佐竹に与えられた陣地は東松浦半島の先端である波戸岬近くの丘の上にある。丘の上にしては意外に広く先遣隊によって普請中の陣所はまだ寝るだけの仮小屋であるが少し干らに均《なら》せば五千人位は優に収容出来そうである。

そこからの景色は東に加部島、西に馬渡島《まだら》、北は加唐島と壱岐島、その先に対馬が見える。

秀吉が肥前名護屋に築城を命じた天正十九年十月から完成した翌年二月まで工期は僅か五ヵ月であった。縄張り［設計］は加藤清正、普請奉行は黒田長政、小西行長、寺沢広高ら殆どが九州の大名たちであった。

名護屋城は京の聚楽第に匹敵する規模であったといわれている。四万三千坪の敷地内に天守、本丸、二の丸、三の丸のほか五つの曲輪《くるわ》があり、その中の山里曲輪などは茶室専用の出丸である。城門は大手、搦手など五門、堀として鯱鉾池があり、そこに浮かぶように台所丸が造られている。

この城は戦闘を前提とした城ではないので攻められることは想定していないが反秀吉派の大名たちが謀反を起こすことは想定している。そのため名護屋本城の周りは子飼いの連中が多く秀吉の一族である浅野長政などは名護屋城内に弾正曲輪を設けている。

この狭い地域に百二十以上の陣屋が立ち並んでいるが数ヵ所に番所が設けられ人の出入りを見張って

おり許可なくしては大名同士の往来も自由に出来ないようになっている。

四月二十五日、在陣の諸大名たちが名護屋城大手門前に居並ぶ中、秀吉一行が着陣した。

これに先立つ四月十二日、名護屋から出航した先陣の小西行長、宗義智の率いる一番隊一万八千人が朝鮮釜山浦に上陸した。

小西行長は外交僧で妙心寺の天荊《てんけい》に交渉させ仮道《かどう》入明《にゅうみん》［明まで朝鮮の道を借りて進軍する案］を提案したが釜山城守に拒否されたため釜山城に鉄砲による一斉攻撃を仕かけると驚いた城兵たちは戦意を喪失し難なく陥れた。翌日には東萊城、その後も機張、梁山、密陽、大邱の各城を落とし尚州から忠清道に入った。小西軍は俄かに結成された三道都巡辺使の申砬率いる朝鮮軍を忠州城外で撃破し忠州城に入城した。

四月十七日　二番隊の加藤清正、鍋島直茂が率いる二万人は釜山浦に上陸すると彦陽、慶州、永川、新寧を経て忠清道の忠州に向かい四月二十七日に忠州城内で小西一番隊と合流した。

両隊は首都漢城［現ソウル］攻略の軍議を開き小西隊は右路から漢城の東大門に向かい加藤隊は左路から南大門を目指すことで合意した。しかし翌二十八日に仲州敗北の報が漢城の朝鮮国王宣祖に届くと国王は首都防衛隊に漢江での死守を命じ自らは開城に向け漢城の王宮を脱出した。

同じ四月十七日　黒田長政、大友吉統の三番隊一万二千人と島津義久が主将を務める四番隊は主将の島津軍一万人が渡海に遅刻したため毛利吉成らの四千人だけが三番隊に合流し釜山近くの島に上陸した。

三、四番隊合流軍は金海から星州、清州、龍仁を経て漢城に向かった。

小西軍は五月一日、清正軍は五月二日に漢江に到着したが対岸に陣取った首都防衛隊はその夥しい数の日本軍を見て一戦も交えることなく退却。

五月二日、一番乗りの小西隊が漢城に着いた時には王宮は民衆によって放火、掠奪されており無血入城を果たした。三日には加藤隊、七日には黒田隊、七番隊の宇喜多秀家は八日に漢城に入った。

朝鮮に上陸した諸将は朝鮮統治の分担を決める漢城会議を開き「八道国割」で平安道《ピョンアンド》は小西行長、咸《ハム》鏡道《ギョンド》は加藤清正、黄海道《ホアンヘド》は黒田長政、江原道《カンウォンド》は毛利吉成、京畿道《キョンギド》は宇喜多秀家、忠清道《チュンチョンド》は福島正則、慶《キョン》尚道《サンド》は毛利輝元、全羅道《チョルラド》は小早川隆景に決まった。

名護屋陣中

大正二十年五月十六日には早くも朝鮮の国都である漢城陥落の報が名護屋本陣に届き名護屋陣はお祭り騒ぎである。各陣屋では酒盛りや歌舞曲で喧《かまびす》しい。

最も喜んだのは秀吉である。

「治部！　余が行かにゃあ、らちかんわ。早よう準備せい」

と早速、秀吉は渡海の計画を指示した。

しかし秀吉の朝鮮渡海は徳川家康や前田利家らの諫止《かんし》により延期となった。

六月三日、代わりに石田三成、大谷吉継、増田長盛ら朝鮮三奉行と四人の軍監が渡海して戦況を逐一報告することになった。

その後も名護屋にもたらされる報告は良い知らせばかりである。在陣の将たちは連日連夜の酒盛り、茶会、猿楽、蹴鞠などにうつつを抜かした。

そんな中、七月二十二日に秀吉は母の大政所が危篤との報を受けると淀殿を名護屋に残したまま海路で京の聚楽第へ向かったが同日既に大政所は死去していた。

二十九日に秀吉は京に到着し、お袋様の亡骸を見ると「おっ母ぁ！」と絶叫して気を失った。

翌月六日に大政所の法要を大徳寺で行いその翌日、茶毘《だび》に付したあと喪に服し十一月一日、秀吉は大政所の喪が明けるのを待たずに名護屋城に戻った。

十二月八日　改元して文禄元年［一五九二］となる。

文禄二年の四月になって間もなく義宣の元に芳賀高武から使いが来て「相談したいことがあるので兄の結城朝勝《ともかつ》とお伺いするので時間を作って戴きたい」とのことである。義宣にとって朝勝は一歳年上、高武は二歳年下の父方の従兄弟に当たる。

二人とも宇都宮国綱の弟でこの陣にも国綱に従って参陣していた。

「承知した。今宵、お待ち申し上げると伝えてくれ」

夕刻になって急に雨が降り出し玄界灘を渡ってくる風は冷気を含んでいる。二人は冷たい雨の降りしきる中、陣屋を訪ねてきた。

「ご無沙汰致しております。急なお願いに時間を割いて戴き恐縮です」

「なんの、なんの。ここでは刻がゆったりと流れる故、時間はあり余っとる」

義宣は二人を茶室に案内した。滞在期間も分からない異郷の地に立派な茶室を造作する余裕などないので母屋の離れに四畳半の茶室の間を拵《こしら》えた。炉と床を備えただけの質素な造りである。

炉では茶釜の湯が松籟《しょうらい》の音をたてチンチンとたぎっている。

「で、相談とは？」

義宣は二人の盃に酒を注ぐと本題に入った。

今度は高武が盃をクッと煽ると話し出した。

「実は、小田原以来家中の纏まりがなくなり塩谷伯耆、笠間長門、中村日向らの重臣共が長兄を差しおいて好き勝手なことをするようになったのです。その因は何なのかを調べさせてみますと兄国綱には未だ嫡男がおりませぬ故、兄に何かあった時には跡を継ぐ者がいないのです。そこで重臣たちは自分の筋から養子を入れようと画策しているようなのです」

「それでは簡単に言えば重臣たちによる御家乗っ取りではないか」

話を聞けば、これは佐竹の問題でもある。宇都宮国綱の母親［南呂院］は義重の妹であり父の広綱が天正三年に亡くなると宇都宮家を相続した九歳の国綱を元服するまで義重が後見をしていた。さらに国綱の御台所［小少将］は東義久の娘を義重の養女とした上で国綱に嫁がせているからだ。

そのような関係から豊臣政権でも佐竹の与力大名と見做されている。国綱は義宣より三歳年上だが御台所と祝言を挙げてから、既に五年近く経っているのに未だ子宝に恵まれていない。

義宣は言葉を継いだ。

「それに、もしもの時には七郎殿［朝勝］が宇都宮に戻っておられるではないか」

結城朝勝は結城晴朝の養子として結城氏を継いだが家康の次男で秀吉の養子になっていた秀康が養嗣子として入嗣《にゅうし》したため晴朝は秀吉に取り入るため朝勝を当主の座から外し宇都宮家に戻していた。弟の芳賀高武の方も昨年、宇都宮氏の重臣、芳賀高継の死去に伴い入嗣し芳賀氏六万石を継いで真岡城主となっているという経緯があった。

「重臣共は某のように他家を廃嫡された出戻りなど目にも入れてはおりませぬ」

朝勝［のちの宇都宮宗安］が自嘲気味に言うとそれを引き取って高武が続けた。

「次兄は家臣に対する統制を強化して知行割を変えればいいと申すのですが某はそのような邪《よこしま》な考えを持った重臣共はいっそのこと、誅殺してしまおうと思うのですがどのようなものでしょうか？　右京様のお考えをお聞かせ願いたい」

義宣は子を亡くし身につまされる思いを感じながら茶を点て始めた。

「儂も小田原陣以来、家中の改革をしたいと思っているが次から次への御軍役でなかなか先に進まぬのだ。こういう時は、余り多くの意見を聞くと〝船頭多くして〟のたとえのように纏まらなくなるであろう。儂なら、その良からぬ考えを持っておる者たちの城を召し上げ、宇都宮城詰めとし怪しい動きを封じるがのう。それぐらいで御した方がいいのではなかろうか。重臣共を殺したのでは内紛となり上様の覚えも良くなかろう。それに儂から言うのも何だが、其方らが弥三郎殿［国綱］に側女《そばめ》でも探しては如何じゃ？」

点てた茶碗を高武の前に置いた。

「戴きまする。側女の話は兄に任せますが重臣たちを本城詰めにするのは妙案だと感服致しました。参考にさせて戴きます。叔父上様［義重］にも御相談すべきでありますが、この陣がいつまで続くのか分からず帰国したらお伺いさせて戴きます」

こうして茶会と二人の相談は終わった。

外はさらに冷え込んで雨が降りそぼっている中、従者が足元を照らす提灯の灯りを頼りに二人は帰っていった。義宣はおっとり型の国綱と直情型の高武の顔を思い浮かべ、これには何かもっと深い所に根差す漠然とした不安のようなものを感じた。

これがのちに宇都宮家に起こる不運の伏線となることなど誰も知らない。

五月十三日に石田三成、増田長盛、大谷吉継らの奉行衆が帰国し、その二日後、小西行長が講和使の謝用梓、徐一貫を伴って名護屋に戻ってきた。

奉行たちから戦況を聞いた秀吉は二十日、昨年十月に長岡忠興らが落とせなかった釜山と全羅道を結ぶ要衝、晋州城への再攻撃と慶尚南道沿岸に倭城の建設を指示し十二万四千人の増派を命じた。

その三日後に秀吉は謝用梓と徐一貫の講和使に謁見し盛大な宴を催して歓待した。秀吉は先に示した七カ条の和平案の了解を求め講和使にも異存はなく謝用梓は徳川家康の陣屋、徐一貫は前田利家の陣屋に宿泊し連日の歓待を受けた。

七つの和平案を京に坐《おわす》天皇の裁可を仰ぐ間、明使はしばらく名護屋に留まることになった。この辺りから虚々実々の講和交渉が始まることになる。

講和交渉は明と日本の間で進められ直接侵略を受けた朝鮮は蚊帳の外に置かれた。そこで朝鮮は明に対し日本軍の傍若無人ぶりを訴えて秀吉の国王任命や貿易再開の中止を強く迫ったが宗主国である明の要求を拒否することが出来ず逆に講和交渉に協力するように命じられたのである。

　秀吉による講和条件に対し明皇帝からの回答があるまで駐留守備隊を残しそのほかの者には帰国命令が出された。明や朝鮮と勝負の決着が着いたわけでもなく和議が結ばれたわけでもないが名護屋城下はもう終戦を迎えたような浮かれた空気に包まれている。

【戦国余話―秀吉編】

　ここで秀吉に関する伝説、逸話はあまた存在するが、余り知られていないと思われるものを二、三紹介しよう。

　秀吉の身体的特徴について伝説となっていることが二つある。

　一つは先天性四肢障害の多指症のため右手の親指が一本あり右手指が六本あったとされる。幼い時は手を握って指を隠していたが天下人になってから自分で切り落としたという。信長は〝六ッめ〟と秀吉のことを呼んでおりルイス・フロイスの「日本史」の中にも多指症の記述がある。それ以外に容姿をたとえて信長は「猿」ではなく「禿《はげ》ねずみ」と呼んでいた。

　二つ目は重瞳《ちょうどう》であったという伝えがある。重瞳とは目に瞳が二つ以上あることをいい、偉人に多いと聞く。「多瞳孔症」といって現代でも、まま ある症状であるらしい。

　また、将棋の駒には双玉といい玉将が双方にある。玉というのは宝石という意味でほかの駒も金、銀、桂、香、龍、馬で宝物などを表しているのだそうだが秀吉が家康と将棋を指した時に〝天に二人の玉将は要らぬ。儂は一人の王が良い〟と家康に向かって言ったという。それ以来、王将と玉将になったといわれているが果たして……。

　因みに秀吉の血液型は血判の分析でB型だそうである。何となく彼の性格が分かるような……。つまらぬことを書きましたが何かの折に薀蓄《うんちく》を傾けてください。

千波夕景

義宣は水戸留守居の和田安房にも近いうちに帰国出来る旨を知らせ大和田重清に長崎への買い物を依頼した。国許や京の女房衆から頼まれていることもさることながら名護屋在陣中の苦しい台所をやり繰りしてくれた重清への感謝と慰労の意味もあった。

重清は義宣から銀一貫二百匁と注文品の明細を預かり野上右馬介らの従者を連れて七月二十七日、波戸岬を船出し二十九日に長崎に着いた。平戸のゼロリニモの紹介状を持って長崎のポルトガル商人アンシアンディ・リンスとその兄ジャコウベに会い義宣から頼まれたものを買い入れた。

その内訳の一部は段子二巻　百十匁、緋段子半反　二十二匁、金襴端切　五匁五分、あせんやく三斤余　三匁八分、沈香三斤　四十五匁、しゃぼん二ヶ　三分、合羽　百四十匁、針二束三千本五匁二分、手火矢［短筒］口薬入附　一挺　百二十匁二分などを八百三十匁三分の銀子で東南アジア産の香料［薬種］や明からの衣料品のほか短筒も購入した。重清は同じ国際都市でも堺の街とは全く違う異国情緒を漂わせている長崎を堪能した。

ほかにも依頼されたビードロの器やべっ甲細工の簪《かんざし》、硯箱などや重清本人の土産を買い求めて八月二日に長崎を船出したものの風向きが悪く何度も停泊を繰り返し波戸に帰り着いたのは五日の夕刻であった。

重清は義宣から預かった銀の残高三百六十九匁七分を返金した。

天文十九年［一五五〇］にイエズス会の創始者の一人であるフランシスコ・ザビエルによって日本にもたらされたキリスト教は瞬く間に浸透しパードレ［宣教師］やイルマン［修道士］らの布教によって大名だけでなく一般の町人や農民、漁民たちまでが九州地方の広い範囲でキリスト教に帰依《きえ》していった。

　重清は義宣の傍に仕えている五島から来たよねのことを思い出した。名護屋の佐竹屋敷に雇われて義宣の側女となったよねはキリシタンだと言っていた。

　重清を長崎で道案内をしてくれたのはよねの兄、茂平である。洗礼名は知らないが家族中で洗礼を受けているらしい。

　いつものように閨《ねや》でよねは胸の前で両手を組んで跪《ひざまず》きコンタツ「ロザリオ」に向かって祈りを捧げた後「アーメン」と言ってから義宣の床の中に入ってきた。

「いつも何を祈っておるのだ？」

「天にまします神に今日一日無事に生きられたお礼を言うとっと」

「そのようなことは日の本の神仏でも良いのではないか？」

「聖母マリア様の思し召しで生きられっとぞ」

「儂のお蔭とは思わんか？　いや……戯言《ざれごと》じゃ。それはそうとよねには兄者がおったな？」

「へぇ、おるとです。漁師ばやっとるとがほんまは学問ばやりたかとです」

「そうか、学問が好きか。名は何という？」

「ルジオ茂平」

「幾歳だ？」

「十八か……九」

「では儂が帰国するまでに一度この陣屋に尋ねてくるよう茂平に使いを出そう。ちいと話がある故……」

「……そぎゃんとこ……こちょばいか……」

　若いよねの瑞々しい体は義宣を深い眠りに誘うには充分であった。

　それから十日ばかり経った頃、茂平が義宣を訪ねてやってきた。

　茂平は義宣に挨拶をするといつも妹よねが世話になっていることの礼を言い「おいの着物ば汚《きたな》かけん、話ばここで良かですか」

　玄関先で話を聞きたいと言う。

「よね！　風呂を沸かして兄者に入ってもらえ。新しい小袖と股引も用意せい」

　しばらくしてよねがこざっぱりした茂平を伴って義宣の部屋を訪れた。

「先だってけ大和田近江の道案内ご苦労であった」

　義宣は労《ねぎら》いの言葉をかけ瓶子《へいし》を取って茂平の盃に酒を注ごうとした。

「おいは酒ば飲まんとです」

「キリシタンと聞いておる。キリシタンは酒が飲めんのか？」

「そがんこつはなかですが、おいは飲まんとです。神父様たちはキリスト様の血だという葡萄で作った赤い酒を飲むとです」

「そうか、では酒は止めておく。ちと儂の話を聞いてくれ」

　そして二人は夜更けまで部屋を出てくることはなかった。

　翌早暁、茂平は帰っていった。


　文禄二年八月三日に淀殿が男児を大坂城二の丸で出産した。淀殿二十五歳、秀吉五十七歳である。捨て子は元気に育つという迷信から「お捨」と名付けた第一子の鶴松は二歳で夭逝した。そこで秀吉と淀殿の間に出来た第二子にも同じ理由から「お拾い」と名付けた。のちの秀頼である。

　秀吉の喜びは尋常《じんじょう》ではなく朝鮮のことなどどこかに置き忘れたかのように十四日にはそそくさと名護屋を発って大坂に戻っていった。

　ここから秀吉は煩悩地獄への道を真っしぐらに駆け抜けてゆくことになる。


　七月中旬頃には慶尚南道の倭城駐留軍を除いた大名と兵たちが続々と朝鮮から帰還してきた。李如松らの明軍も九月にかけて朝鮮半島から撤兵した。

　八月八日になって佐竹三番隊として六月十五日に出航した佐竹一門である戸村摂津守義和が熊川城で戦病死したとの報告がきた。

　八月十五日には佐竹軍最後の小貫頼久たちが帰国

し皆で無事の帰還を喜び合った。佐竹軍は東義久らの後始末部隊を残して十八日に名護屋を発って帰国の途に就いた。よねは騎乗した義宣が見えなくなるまで丘の上から手を振り続けた。

　再びこの地へ戻ってくるかどうかは分からない。秀吉の胸三寸であろう。

　唐津道から長崎路を経て中国路で大坂に向かう。途中の尾道で高野山参詣のため家老の小貫頼久ら数人が別行動を願い出た。

　九月十一日に大坂に立ち寄り秀吉に謁見し下向の挨拶とお拾い様誕生のお祝いを述べ退出した。その後、義宣は北又七郎と大和田近江を伴って堺に足を延ばし二日ほど、堺に逗留し十四日に京二条の私邸に入った。

　人質として上洛していた母の大御台は義宣の名護屋在陣中に父の義重と人質を入れ替わり常陸へ帰国していた。

「只今戻りました。父上には京まで御足労をおかけ致しました。書状で存じておりましたが母上に何かございましたか？」

「長陣であったがお役目ご苦労であった。実はな、二階堂の阿南《おなみ》殿が大御台を頼って太田に来ておるのだ。二人の孫を伴っての」

「そうですか。証人なら何も父上でなくても盛重辺りで良かったのではありませんか」

「いつもの我がままであろう。生来のもの故、致し方なかろうて」

　義重が大御台のことを言う。

「叔母上は忠次郎［岩城貞隆］の所におられたのではないのですか？」

「うむ、岩城親隆殿は常隆殿が亡くなってから気の病を得て奇行甚だしいと聞く。居心地が悪かったのであろう」

　義重は阿南の気持ちを慮《おもんぱか》った。

　阿南［大乗院］は伊達晴宗の長女に生まれ須賀川を本拠とする二階堂盛義に継室として嫁いだ。阿南は盛義の死後、跡継ぎがいなくなった二階堂氏を継ぎ須賀川城の女城主となるが次世代の跡継ぎのため、芦名家に嫁いだ妹の長女である真瑠《まる》姫を養女として引き取り、何れ真瑠姫に養子を迎えて家督を譲ろうとした。

ところが芦名家の嫡男亀王丸が三歳で早世してしまい今度は芦名家で相続争いが生じてしまった。

伊達家と佐竹家がその相続を争ったが結局、阿南の妹［晴宗五女で義宣の母］が嫁いでいる佐竹家から義宣の弟、義広が芦名家を継いだ。

相続争いに敗れた政宗は天正十七年四月に突如として芦名領に侵攻し六月五日、猪苗代湖畔の摺上原で芦名盛重［義広］を打ち破った。その後、芦名盛重は妻と僅かな家臣と共に兄の義宣を頼って常陸へ逃れた。

一方、政宗は芦名を破った勢いで須賀川の阿南にも降伏を迫ったが阿南はそれを拒否して一戦に及ぶも味方の内通や裏切りで寡衆敵せず自害する間もなく捕縛された。伊達軍の狼藉は甚だしく女供は凌辱の対象となりことが済むと欲望を満たした男どもに素裸のまま刺し殺され、使えそうな男子《おのこ》は小脇に抱えて連れ去られたのだ。孫のうち左京進は難を免れたが真瑠姫［のちの岩瀬御台］は雑兵から凌辱を受け、この体験が幼い岩瀬の心の深層に刻み込まれ生涯にわたる深い傷となった。洋の東西を問わず戦争の歴史は凌辱の歴史と重なる。

政宗は捕らえた叔母たちに新築の住居を与えるなど大切に扱ったが阿南は悉く拒否した。

その後、阿南は岩城家を継いだ実兄の親隆を頼っていった。しかしその親隆は跡を継いだ常隆が小田原陣の帰路、鎌倉で病没すると心に病を得て奇行を繰り返すようになったため、いた堪《たま》れず二人の孫、真瑠姫と左京進を伴って佐竹に嫁いだ末妹の宝寿院を頼り常陸へ身を寄せたのである。

真瑠姫は十五歳になっており、盛隆が側女に産ませた子の左京進は長じて黒澤氏を継ぎ国替え時には秋田に従い、秋田では黒澤若狭道薫と号した。

義宣は父が人質の代わりになっているのに御台の於江を連れて帰るわけにも行かずそのまま留めるこ

とにし二十二日に京を発って東山道を北上した。

閏九月六日、義宣以下全員が一年八ヵ月ぶりに帰国を果たした。普請中の水戸城大手門前には出陣将兵の家族や留守居の将兵たちが歓声と共に出迎え、未だ普請中の二の丸天王郭の玄関には留守居役の和田昭為や小場義宗ら重臣が座して居並ぶ中、どん突きには母、大御台が鎮座している。

「此度の御陣、無事で何よりでした」

相変わらずぶっきら棒な言い様である。

「只今、戻りました」

「次郎殿、長の御陣、お疲れ様でしたね。無事の御帰還おめでとうございます」

頭《こうべ》を垂れ丁寧な言葉を発したのは大御台の後ろに控えている阿南叔母であった。

「ああ、叔母上様。お久しゅうございます。よもやこのような所でお会い出来るとは思いませんでした」

「まあ、次郎殿も頼もしゅうなられて。此度は孫共々御厄介になります」

「はあ、どうぞごゆっくり。落ち着いたら太田に寄せて戴きます」

出陣将兵たちは義宣に挨拶をするとその日のうちに喜び勇んで地元に戻っていった。今宵は家族団らんで過ごすのだろう。

今回の出兵は佐竹にも莫大な金銭的負担となったが領民にも年貢として金納を要求して大変な苦労をかけた。十月中旬に殿《しんがり》の東義久が帰国するのを待ち家臣や領民を水戸城に招いて無事帰還を祝しその労をねぎらった。

年も暮れようとする十二月二十五日、義重に依頼されて高野山に赴き佐竹廟所の下調べをしていた家老の小貫頼久ら数人が帰国した。

この遠征で義宣が最も頼りにしたのは水戸城留守居役の一人である家老の和田安房守昭為であった。金の無心は勿論、城の普請状況、領内の取り締まり、義宣個人の頼みごとまで悉く昭為を通じて行われた。義宣はそれらの依頼を卆《そつ》なくこなす昭為の行政面での手腕を高く評価していた。この時既に還暦を過ぎている昭為は祖父の義昭に仕え父義重そして義宣と三代にわたって佐竹に仕えた忠臣である。

名護屋遠征前に大縄義真と大山義景に託した水戸城の改修は義宣が不在中にも進んではいたが人夫や大工などの殆どを名護屋の陣に連れていってしまったのだから期待したほど進行してはいなかった。

第一期工事の二の丸と三の丸周りの外郭部の掘割と築地はほぼ出来上がっていたが義宣の意向を聞かねばならない二の丸天王郭の一部が進行中であった。

久々に帰った水戸の地であったが義宣は十九日には早々と普請の突貫工事を指示した。唐入で培われた軍役の体制はそのまま城普請に活かされ家臣を軍役同様に招集し総動員が可能になっていた。

しかし唐入の莫大な出費は改築にも倹約を余儀なくされ江戸氏の古実城を解体し柱などの廃材を再利用し礎石なども転用するように遠征前に大縄讃岐に指示していたが本丸の古実城は改修して政庁とし二の丸に義宣の住まいとして御小屋を建てることに規模を縮小した。さらに念願の石垣の普請は石を他国より調達し、その加工と石積みを専門集団に依頼しなければならず手間暇がかかるだけでなく莫大な費用を要するため、義宣の夢であった石垣の上に天守が聳《そび》える城は幻《まぼろし》と消えた。

第二期工事は政庁とする本丸の古実城の改修と城主の住まいとなる二の丸天王郭の新築で、これは十月を待たずに完成した。

義宣による突貫工事の指示以来、毎晩のように開かれた寄合には町衆も参加し談合の結果、大町の指南は人の居場所が適切な所へ徐々に決まっていった。

第三期工事となる三の丸造成工事のため、その辺に住んでいた庶民たちの大町への移住と共に造成出来た所から上級家臣たちが自分の屋敷を建て始めた。

十一月になると太田にいた商人や職人たちがこぞって水戸へ移住してきて水戸じゅうが槌音と木の

沓りで充満した。

義宣は矢継ぎ早に指示を出した。

まず、重要なのは収入源である金山の開発や商業による経済の活性化と上方情勢の収集であった。

常陸の金山には既に大窪、太田の瀬谷、大宮の部垂、大子の保内、金澤、八溝、棚倉の南郷などがあり保内、南郷、部垂などは直山《じきやま》と呼ばれる佐竹氏直営の金山で金山奉行が統括し検使が現地に行って堀子を監督して採鉱させる。大窪、瀬谷、金澤、八溝などは請山《うけやま》と呼ばれる山師の持山で産出量に一定の金役を課するだけなので手間は省けるが詐称が横行するという欠点がある。

義宣はその欠点の改善と直山と請山に限らず新鉱山の開発を命じた。

金山、銀山は全て秀吉の蔵入地で佐竹が管理地として預かり、その産出量の一割を中央政権に納めねばならない。これは全国どこの金、銀、銅山も同じである。

今まで通り太閤蔵入地の管理は奉行の石井修理亮〔弥七郎〕に任せ、新鉱山の開発を急ぐよう金堀勘兵衛、伝兵衛兄弟とその子四郎兵衛に指示した。

奉行を任せた石井弥七郎は鋳物刀剣師であるが他所《よそ》から流れてきた荒くれ者の扱いが上手く義重の時から家臣として抱えている。

次に義宣が力を入れたのが大町の町づくりであった。

深谷右馬允助七や小川市右衛門、遠山嘉平らの御町衆に特権を与えて保護し義宣の蔵入地千七百余石を管理させ城下町の統制を任せた。

市での商売は大町の広場で農産物や水産物とそれらの加工品を近在の農民や漁民たちが市に持ち寄って毎月三と八の日に六回開かれる六斎市である。

しかし一番、経済効果が高いのは佐竹領外からの商人がもたらす高価で、しかも品揃えの豊富な高級衣料や特産物であった。絹織物、反物、染物、袴、帯、足袋、雪駄、筆、宇治茶、印籠、櫛、糸、椀、蒔絵重箱等々が上方まで行かなくても購《あがな》えるのだ。

庶民はこれまで知らなかった文化を目の当たりにし

たことで上方文化に心を強く惹かれ、生活を飾ることで豊かさを覚えたのだ。

これらは堺商人や伊勢衆、京商人、宇都宮衆などで他所から来た旅人衆によってもたらされた。彼らの営業法は城下の定宿《じょうやど》に宿泊して、そこに荷を下ろし取引をするやり方だ。深谷、小川、遠山らは彼らに定宿と営業の場を与えて客との間を取り持ち取引価格の交渉や手形の裏書、さらには代金の立替などの信用取引にも介在し「亭主」と呼ばれた。

義宣は深谷助七に外来商人に対して俵別［品物ごと］六分の商業税を徴収する商人役の特権を与えていただけではなく撰銭令《えりぜにれい》を出して代金として受け取る銭は上質な明の永楽銭で取引し新銭や欠損している銭で取引をせぬよう指示を出した。

もし悪銭があった時には相手に返すように助七に指示して各商人に徹底させた。常陸にも貨幣流通経済の波が押し寄せていた。

義宣は名護屋陣から度々、水戸留守居の和田宛に軍資金を送るよう指示している。これは既に各地で納米を金《きん》と交換する仕組みがあり年貢米や蔵入地から上がった米を金商人に持ち込み手数料などの交渉をして買入れることが出来たからである。水戸城下にも二十人ほどの金商人がおり、金に銀などを混ぜて流通させないよう取り締まりを厳しくしていた。

義宣は京の佐竹屋敷に出入りしている上方商人の大島宗喜や大森宗巴にも常陸で商売をするよう要請する一方、自分が京や名護屋で経験した茶の湯のほか連歌や蹴鞠、猿楽、将棋、囲碁、相撲など上方文化の普及に努めた。

向右近や深谷に任せた町づくりも着々と進み街道を挟んで両側に建屋が並び始め三の丸にも重臣たちの屋敷があちこちで出来始めていた。

あと早急にやらねばならないのは又七郎と半右衛門に任せた忍び組の結成である。これは重臣たちにも極秘で行っているため二人に聞かねばならないが又七郎は人集めに奔走して他国にまで足を延ばしているようだし半右衛門は向右近の町づくりに付き合わされているので又七郎の帰りを待たねばならない。

小春日和の一日、義宣は供の者数人を伴って太田の城へ出向いた。

父は上洛中なので城は家老の田中隆定ら八百余が守っている。母と伯母もいるはずである。義宣が太田城に足を向けたのは珠子の葬儀以来であった。

義宣は城に着くと母と伯母に挨拶する前に耕山寺の呑虎和尚宛てに今宵、寺に立ち寄る旨の使いを出した。

それから徐《おもむろ》に母の部屋を訪ね「母上、次郎にございます」と部屋の外から声をかけた。

「や！　次郎殿かえ。姉上たちと遊びに興じておった所じゃ。入れ、入れ」

部屋へ入ると孫二人も交えて双六の最中であった。

「伯母上様も別来、お元気でしたか？」

居住《いず》まいを正した阿南は孫二人と共に義宣に向かって深々とお辞儀をした。

「はい次郎殿、こちらの郷でゆっくりとさせて戴いております。次郎殿は孫たちとお会いするのは初めてでしたね。こちらが真瑠といいます。そちらが左京進です」

阿南は並んで座っている二人を紹介したが姫の方は尻込むように阿南の背中に隠れた。

「次郎義宣でござる。で、真瑠姫殿は幾歳になられた？」

「十五でございます」

伯母の影から覗くように顔だけ出して答えた。

「左様か。で、左京進は？」

「十三歳になりました」

「そうか、もうそろそろ元服せねばならぬな。そうだ、黒澤の所は男子《おのこ》がおらず養子を探しておったな。父上が戻られたらお願いしてみるとしよう」

「次郎殿、色々お世話をおかけします。そうそう、それに過日は九州土産の珍しい物を色々戴きまして有難うございました。あのビードロとかいう足の長い綺麗な器では何を飲むものなのでしょうか」

「あれは異国のバテレンたちがキリストの血といわれる赤い酒を注いで飲むそうです」

「まあ、血ですか」

伯母は眉根に皺を寄せた。

「いやいや、本当の血ではなく異国の赤い酒のことですよ」

と義宣が言うと、すかさず左京進が反応した。

「旨そうですね」

笑いがその場の雰囲気を和やかにした。

「ところで母上、京にはいつ頃お戻りですか？」

義宣は再度、人質の交換を三成に報告しなければならない仕事がある。

「そうね、いつまでも大殿様にいて戴くわけにもいきませんね。私も、そろそろ京が恋しくなりました。近々、戻ることに致しましょう」

「伯母上様も一緒にどうですか。一度、京に上ってみるのは」

「いえいえ、わたくしは孫たちもおりますので、ここに置かせて戴けるなら、こちらにいとうございます」

阿南は二人の孫を交互に見やりながら言った。

「それではこうしましょう。水戸の城も間もなく出来上がります。父上が戻られたら、伯母上様方はそちらにお移り戴くというのは如何でしょう？」

「まあ、それは有難いお話ですこと」

義宣は控えめな真瑠姫を一目で気に入り、何れ側室にという思いがあった。

そこに呑虎和尚に遣わした使者が戻ってきて復命した。

「耕山寺の和尚様より粗餐を用意してお待ち申し上げますとのことでございます」

「うむ。ご苦労であった」

「まあ、これから耕山寺ですか？　次郎殿余りお呑みにならぬよう。あの生臭坊主にお付き合いすると碌なことにはなりませんよ」

「母上、それはちと言い過ぎでしょう。仏の道はさることながら漢籍や詩歌の手ほどきを受けた我が師ですからね。ちと和尚の知恵をお借りしたいことが出来ましたので相談に行ってまいります。では伯母上、そう言うことで。明るいうちに着かぬと珠子の墓参が出来ぬ故、行って参ります。何れまた」

　皆に会釈をして太田の城をあとにした。

　師走になり母は京に戻ったが父は太田に帰ってこなかった。

　何か事情があるのか京の魅力に後ろ髪を引かれたのかは分からないが義宣は左京進を黒澤の養子として元服させたあと阿南と真瑠姫を水戸城に迎え入れた。

　同じ頃、又七郎も戻ってきた。

「御屋形。六郎「小場義成」殿の所にいた介川新九郎を儂がもらい受けてきた。奴を忍びの頭領にしようと思う。御屋形は新九郎を存じておられるか？」

　又七郎は義宣の部屋に入るなりドカリと胡坐をかいて尋ねた。

「ああ、六郎の所で何度か会っている。眼つきの鋭い男だな」

　小場六郎義成は義重の弟、義宗「出家して幽庵と号す」の嫡男であり義宣より二つ上の従兄弟である。

「新九郎という奴は眼つきも鋭いが頭も鋭い。奴に忍びを束ねさせれば抜かりなく務めるだろう。それに無駄口を叩かんのが、この仕事に向いている」

「この仕事はお主に任せたのだ。お主の思い通りにやればいい。ほかには？」

　又七郎は召し抱えた者たちの素性を語った。

　末次と名乗る、その男は身の上を聞いても多くを語らないが天正九年の第二次天正伊賀の乱で柏原城に立て籠り信長に攻め立てられたものの九死に一生を得て百地丹波と共に紀州に逃れた男であった。この男、体が小さくしなやかな身のこなしが猿のようだ。その動作から誰からともなく〝猿《ましら》の末次〟と呼ばれていたという。歳は五十前後だ。

　修験道の山伏は武蔵坊弁慶らと共に奥州平泉まで源義経に付き従った常陸坊海尊にあやかって自らを常陸坊快尊と名乗った。犬や猿、オウム、蛇などを自在に操る大道芸人の犬丸。平家琵琶を持ち平家物語を語って全国行脚する夫婦。

それに元々、東義久の元で諜報活動をしていた数人が加わる。

取り敢えず忍びの組織が出来た。

「怪しまれず全国各地を往来出来る者を選んだつもりだ。各々が知り得た情報は、まず新九郎に上がる。それを僊か御屋形に伝えることになる故、火急の時は儂や新九郎、それに末次が御屋形の寝所に夜中でも訪《おとな》うことがあることを承知しておいてくれよ。子作り中でもだ。聞く所によると岩瀬の姫を側室にしたそうではないか」

又七郎はニヤニヤしながら義宣の顔を覗き込んだ。

年の瀬も押し詰まり師走の夜風は肌を刺すように冷たい。それに先刻から少し白いものも混じってきたようだ。時折、横殴りの突風が旅人宿「ふかや」の店先の雨戸をカタカタと揺らしている。

ここは深谷助七が営む旅籠《はたご》兼居酒屋である。居酒屋を謳っているわけではなく宿泊人に食事を提供する場なのだが食事の時に酒を頼まれて酒を出すようになると酒だけを目当てに飲みに来る客が増えてきたのだ。

一階の土間には飯台と腰掛が並び普段はここが商人たちの取引所であり夜になると食堂兼居酒屋に変貌する。

亭主の助七は商人役や町づくりの寄合で忙しく店には殆どいないので手代の平蔵が奥の帳場に座って目を光らせている。

ひと月前は尾張の商人たちが、半月前には伊勢からの商人が泊り、今晩は京都の小間物屋と堺の薬屋が宿泊している。この商人たちの下世話な噂話の中に核心を突く情報が含まれていることがある。

この商人たちの噂話は平蔵を通して新九郎の耳に入る。

新九郎からの指示を受けた忍びは密かに水戸と江戸、上方を往復して情報の収集に当たるのだ。

「ふかや」だけでなく「小川屋」や「越後所」から

の情報も亭主や手代らから新九郎に伝えられる。

こうして文禄二年は各家臣たちも自宅を新築して太田から水戸城下に移り住むようになり、町場の形も整いつつ暮れた。


文禄三年の正月は皆、木と畳のいい香りに包まれて新年を迎えた。

正月三日、義宣へ賀詞を述べるため家臣たちが水戸城に参集した。まず正装した東中務が御屋形様に賀詞を述べると家臣たちも一斉に声を揃えて新年を賀した。

そのあとで中務は家臣一同に向かい、

「新年おめでとうござる。昨年の正月は九州の果てであったが今年は皆も真新しい屋敷で新年を寿《ことほ》いだことであろう。さらにおめでたいことがある」

と言い上座に座している真瑠姫を紹介した。

「御屋形様の側室となられた岩瀬の姫君、真瑠姫様であられる」

紹介された真瑠姫は家臣たちに軽く会釈をした。

中務は紹介が終わると緩んでいた顔をキッと引き締めた。

「正月早々であるが、また太閤様から伏見城の普請に三千人の賦役が命じられた。近いうちに伏見に向けて出立せねばならん。工期は十月《とつき》とされておるから帰国は秋口になろう。軍割に従って人数を出してもらうことになる。城下の整備も進み、これからという時に残念であるが御下命故、致し方ない。軍役同様、存分に力を発揮して早く終わらせるよう努力してもらいたい」

中務のあとを継いで義宣が一段上の座から一同を見渡して言った。

「いま中務からあったように上様より伏見城の普請を仰せつかった。普請場は当初、石垣の普請ということであったが石垣普請不案内を理由にお役目を惣構堀普請に変えて戴いた。この城は和議で来日する明使のために贅を尽くして築城すると聞いておる。今回の賦役は唐入の渡海に代わるものだそうだ。つまり渡海しなかった大名たちにツケが回ってきたということになるな。我が軍は半数が渡海しており理不尽であるがご命令なら仕方がない。受け入れざるを得ないのだ。だが完成の暁には伏見に私邸を賜ることになっている故、それぞれの持ち場で励んでもらいたい。普請奉行は河井伊勢守に命じた。伊勢、概略を説明致せ」

義宣は敢えて譜代の河井伊勢を奉行に命じ新参者との確執を取り除くことを選択したのだった。

「ははっ」と一歩ほど膝行《しっこう》した伊勢は徐《おもむろ》に説明を始めた。

「御屋形様より此度の普請奉行を拝命致しました。当家の分担は御城周りの堀普請であります。御屋形様から普請期間は七ヵ月を目途に終わらせるようにとの御下命でありますので詳しくは現場にて説明致しますが六十人ほどの組に分け部署ごとに競って戴き手落ちなく早く出来た組には御屋形様からご褒美を戴くお許しを得た所であります」

伏見城普請

伏見城と呼ばれる城は指月伏見城と木幡山伏見城の二つがある。

最初に出来たのが観月の名所、指月に建てた指月城で文禄五年閏七月の慶長伏見地震で倒壊したため近くの木幡山に築城し直したのが木幡山城である。

文禄二年十一月、秀吉は淀殿とお拾いを大坂城二の丸に置き自分は京の伏見に隠居屋敷を建て、そこに隠居すると言い出したのだ。幼い子に大坂城を譲り、跡を継がせる下心があることは誰が見ても明白であった。

伏見は京、大坂、奈良、近江を結ぶ交通の要衝である。つまり関白秀次のいる京の聚楽第には一里半ほど、淀殿とお拾い丸がいる大坂城なら淀川を下ればわけもない。初めは隠居所のつもりであったが二元統制が出来るようにと隠居屋敷は秀吉の居城に設計変更され総構えの指月城となったのである。

今度の普請は朝鮮へ渡海しなかった大名たちに一万石に付き二十四人の割り当てで賦役を担わされたのだが佐竹に課せられた賦役は三千人であった。計算すれば倍以上の課役といえる。しかし文句は言えない。豊臣政権内での地位を保証された代償としての義務なのだから。

当初、義宣は「石垣普請」に推挙されたが今までに石垣普請をしたことがないことを理由に辞退した。今まで、佐竹は天然要害の地に城を築いてきたので、そもそも石垣工事の職人集団を持っていない。

その代わりとして与えられた分担は「惣構堀普請」であった。惣構堀普請というのは城郭の最も外側の防衛ラインに掘を巡らす土木工事である。

義宣は二月初旬に三千人の人夫や石工などを率いて伏見へ向かった。東中務と和田安房に水戸城の留守を預けた。東中務を留守居にしたのは、もう三年前から予定されていた佐竹領の竿入れ［検地］が秋口から実施されることになっていたからである。

指月城の普請奉行には佐久間政実ら六人が任命され工事が始まった。動員された人数は二十五万人といわれる。

常陸以外の大名たちも土木工事や小豆島から取り寄せた石での石垣工事、出羽の秋田杉や信州の木曽桧など材木の供出と運搬、本丸御殿の造作、淀城から天守閣や櫓の移築等々の賦役を命じられた。

惣構堀普請は佐竹義宣三千人のほかに上杉景勝四千人である。

義宣の惣構堀普請は二月中に開始された。

佐竹家の工事責任者である奉行の河井伊勢守忠遠の発案で六十人ずつ、いろはの順に四十七組に分けられた小部隊が割り当て部所を担当する。月ごとに割り当てられた個所が手抜かりなく早く普請目付の許可が下りれば褒美を出すことになっている。

ただし、ここでは証文のみで現物は常陸に帰ってからになる。忠遠は『人足掟』なるものを作って皆に周知徹底させた。宿所以外では必ず家紋入りの鉢巻きを着用すること、他国者との交流や喧嘩沙汰はご法度とし破った者には罰を与えること、十日に一回、順番で休みを取らせることなどであった。その甲斐あってか予定通り七ヵ月で秋口には見事に完成した。

城周りの普請は未だ続いていたが天守や御殿は各所から移築しただけであったので八月一日には入城式が大々的に行われた。

この頃になると各大名たちの屋敷が続々と竣工し、その度に招待を受けた義宣は忙しかった。九月末には義重の縄張りによる佐竹屋敷も完成し義重夫妻、於江や瑞ゑも京の屋敷から移ってきた。

父義重が太田に戻らなかったのは三成から前もって屋敷割を知らされたため、その縄張りをするためであった。父が京で遊び惚けて帰国しないのかと思った義宣は恥じ入った。

十一月晦日に義宣は秀吉に招かれ堀普請の功によって伏見城下に私邸を正式に下賜され金屏風五双や茶壺などのほか石造りの舟形大手水鉢《おおちょうずばち》などが与えられた。

この花崗岩で出来た舟形大手水鉢は文禄の役撤収時に加藤主計頭清正が朝鮮から秀吉への土産として持ち帰り献上したものであった。

秀吉の御前を辞去した後、西の丸の端にある治部少曲輪の三成屋敷に挨拶に立ち寄った。

「右京殿、此度のお役目ご苦労であった。上様は掘割の上手さを褒めておられた。儂もそう思う」

「有難きお言葉、恐れ入ります。只今、水戸の城を普請中でその経験がお役に立ったのならこの上なき喜びにございます。ご城下に屋敷地も戴き、これも偏《ひとえ》に治部少様のご配慮と感謝しております。その上、戴いた大手水鉢は主計頭［清正］様が朝鮮から持ち帰って上様に献上したものだとお聞きしました。主計頭様が命がけで持ち帰った上様へのお土産を某が賜ってもよろしいのでしょうか。聞いた所によりますと治部少様のお口添えがあったとか」

「ああ、某が上様に常陸侍従殿に下賜して戴くよう申し上げたが……」

三成はそこまで言うとしかつめらしい顔になった。

「上様は主計頭どのが持ち帰ったあれは余りお好きではないようだ。上様はまだお怒りで主計頭どのの蟄居をお解きになっておられない」

「朝鮮での小西殿に対する悪口雑言のことですね」

「左様、『薬屋ごときが何を偉そうに』などと朝鮮人の前でこき下ろしたのだ。上様は特に下賤な話には敏感であられる」

三成はここまで言うと話を変えた。

「その手水鉢は大坂城にあるのだ。此度、拝領の伏見屋敷に持ってこられても常陸に持ち帰られても構わぬが重うござるぞ」

この舟形大手水鉢には後日談がある。

義宣がこの手水鉢をその後どうしたか詳細は不明であるが常陸から秋田に転封後、秋田の東根小屋町の東家屋敷にあったこの手水鉢を秋田土崎の越中谷《えちゅうや》氏が買い取った。

そして時は移ろい明治十四年に明治天皇が巡幸で秋田を訪れた時、付き従っていた大隈重信の目に止まり五百円で譲り受けようとしたが断られ昭和六十一年に秋田市が買い取り、今は久保田城跡の霊泉の池に鎮座している。

歴史を元に戻したということだろう。因みに、この手水鉢は長さ九尺六寸、幅二尺一寸、高さ三尺二寸の重量物である。

三成邸を辞した義宣は私邸までゆるゆると歩を進めた。

大手門を出て池田輝政の屋敷を左に見ながら辻を左に折れると徳川家康の上屋敷に突き当たる。そこを右に折れる。二本目の辻が丹波橋通りである。そこを左に折れる。丹波橋通りを横断する二本目の辻の左角が義宣の屋敷である［現伏見区桃山福島太夫西町辺り］。右隣は田中筑後守吉政の屋敷で左隣は福島左衛門尉正則の屋敷だ。

師走には城周りの普請も終わり完工した伏見城の西の丸に淀殿とお拾い丸が入り淀殿は西の丸殿とも

呼ばれるようになった。

この普請の最中であった七月十日に平の岩城親隆が亡くなった。気の病を患っていたとはいえ岩城家の大黒柱が亡くなったのである。

岩城家の跡目を継いだ弟の岩城貞隆は十三歳になっていたがまだ幼い。謀反が起きても何ら不思議はない。

能化丸［貞隆］が佐竹家から養子に入る時に随行した根本里行や岩城家の佐藤大隅守らに補佐されて岩城家当主として政務をこなしていたが共に補佐役で随行して睨《にら》みをきかせていた岡本好雪斎は病を得て常陸へ戻ったあと、京で静養していたため、もしもの時に備えて後見役を頼んでいた北又七郎を急遽、岩城へ派遣したが何事もなく越年した。又七郎は、そのまま磐城平に滞在し義宣の指示で岩城領の検地を実施することになった。

文禄の縄

太閤検地は秀吉が信長の死後すぐに始め、その死まで続いた。

それまで日本の土地は貴族や寺社が私有する荘園と朝廷が国司を派遣して治める国衙領《こくがりょう》から成り立っていた。しかし鎌倉時代になると幕府が任命する地頭によって荘園や国衙領が侵され土地の所有が複雑になってしまったことから秀吉は全国各地の土地の所有関係を把握し公地に戻す作業に着手した。

佐竹領では文禄三年十月から十二月まで三ヵ月にわたって竿入れ［検地］が石田、増田の名のもとに実施された。検地奉行として三成家臣の藤林三右衛門、大島助兵衛、山田勘十郎が下向し佐竹家からは東中務を奉行として補佐に渋江内膳政光と梅津半右衛門憲忠を伏見城普請の最中であったが常陸に帰して検地に立ち合わせた。

検地の地域は常陸国内と下野の一部それに南郷で

ある。

この検地に際して東義久は田畑の境目の誤魔化しや隠田などの不正行為をしないよう各家臣にきつく言い渡した。それに違反した場合や検地を拒んだ場合には知行地の半分を没収するという罰則まで申し付けた。

常陸で検地の最中に事件が起きた。

梅津半右衛門が境界を巡って佐竹一門の真崎氏流の真崎孫三と諍《いさか》いを起こした末に斬り殺してしまったのだ。これも、その根っこには譜代と浪人者の間に不信という溝があった。

隣地との境目を巡っては昔から問題のある場所だったのだが半右衛門は双方の意見を聞き真崎孫三のゴリ押しと判定した。それを不服に思った孫三は直談判に及んだが聞き入れられなかったため抜刀して半右衛門に斬りかかった。半右衛門は咄嗟に一太刀目を交わすと右薙ぎに斬り上げた。孫三は悲鳴とも絶叫ともつかぬ声と共に絶命した。

それを聞いた又七郎は磐城の検地を部下に任せて飛んで帰ってきた。

半右衛門は又七郎義憲にとって憲忠という諱に一字を許した男だ。

「御屋形、大変なことになりましたな。喧嘩両成敗は、つい先だっても御屋形が皆に向かって言ったばかりではないか。奴を許すわけにはいかんだろう」

又七郎は無精に生やした顎髭を擦りながら考え込んだ。

「又七郎、お主が匿《かくま》ってやれ。儂は『見つけ次第打ち首に致す』と言っておく。逐電したことにしてそれ以外は知らぬ存ぜぬで押し通す故、お主の屋敷から一歩も出すな」

「がってん承知」

その二年後、半右衛門は又七郎の執り成しで佐竹家帰参を果たした。

常陸で検地が終了してから半年後の文禄四年六月十九日に知行安堵の朱印状が交付された。

佐竹知行割の事（原文ママ）

一　拾五万石　此内五萬石御加増　義宣
一　拾万石　無役　此内九萬石御加増　内義宣蔵入
一　五万石　無役　此内四萬石御加増　義重
一　六万石　此内壱萬石無役　佐竹中務大輔　此内五萬石御加増
一　拾六万八千八百石　此内四萬石御加増　与力家来
一　壱万石　太閤様御蔵入
一　千石　佐竹中務　御代官徳分ニ被レ下
一　参千石　石田治部少輔
・　三千石　増田右衛門尉
都合五十四万五千八百石
右今度検地の上を以って御支配成され候也
文禄四年六月十九日
羽柴常陸侍従どのへ
［御朱印］

内訳は常陸国内五十万二百石、陸奥南郷二万六千八百石、下野一万八千八百石であった。

五十四万石のうち一万六千石は太閤と三成、増田への知行分である。

そのほか東中務の一万石を含めて無役分が十六万石になる。知行の三割が無役である。

換言すれば三十八万石相当の軍役、賦役を負うだけで済むということになる。

知行高五十四万余石というのは豊臣家の大名の中で徳川家康二百五十五万石、毛利輝元百二十万石、上杉景勝百二十万石、前田利家八十三万石、伊達政宗五十八万石、宇喜多秀家五十七万石、島津義久五十五万石に次いで八番目の石高であった。［慶長三年大名帳］

北又七郎が昨年から磐城に留まり実施していた岩城氏の検地は十二万石、そのほか、佐竹氏の与力大名では相馬氏が四万八千石、江戸崎の芦名氏は四万五千石、下妻の多賀谷氏は六万石、そのほか与力大名と見做されていた宇都宮氏は十八万石の朱印状が交付され与力大名を合わせると九十万石以上の大大名となり「豊臣六大将」の一人といわれた。

大大名の仲間入りを果たした義宣はかねてより京屋敷の下賜を願い出ていたが、この年になってようやく京都に屋敷が与えられた。京二条の借家から千本今出川［現上京区六軒町通今出川通り上ル佐竹町百十九番地の燈明寺辺り］に私邸を持ったのだった。

この検地の結果、全国総検地石高は千八百五十万石で太閤蔵入地は二百二十万石となった。徳川家康の所領は二百五十五万石であるから家康の方が豊臣秀吉より三十余万石多いのである。

常陸でも家臣の統制を強化するため給人の配置換えを二年ほど前から徐々に進めていたがこの検地の結果を受けて七月十六日に義宣黒印による知行宛行状の交付が行われた。

主な配置は次の通り（［　］内は現市町）。
一　赤館城［棚倉町］和田昭為
二　車城［北茨城市］車斯忠
三　久米城［常陸太田市］北義憲［三〇二〇石］
四　太田城［常陸太田市］佐竹義重［五万石］
五　月居城［大子町］野内広忠
六　小場城［常陸大宮市］小場義宗、義成
七　石塚城［城里町］東義堅
八　真崎城［ひたちなか市］真崎宣宗
九　水戸城［水戸市］佐竹義宣［二十五万石］
十　片野城［石岡市］石塚義辰［三七七六石］
十一　柿岡城［石岡市］長倉義興［二三二一石］
十二　府中城と外城［石岡市］南義種［六二四六石］
十三　宍倉城［かすみがうら市］東義久［六万千石］
十四　真壁城［桜川市］真壁房幹［四五七一石］
十五　下妻城［下妻市］多賀谷重経［六万石］
十六　小田城［つくば市］梶原政景［二七〇三石］
十七　江戸崎城［稲敷市］芦名盛重［四万五千石］
十八　鹿島城［鹿嶋市］東義久
十九　嶋崎城［潮来市］小貫頼久
これらの配置換えはかなり大規模に行われ土豪的な性格を持つ領主は先祖代々受け継いできた地を離

文禄四年頃の支城主

一　赤館城　和田昭為
二　車城　車斯忠
三　久米城　北義憲
四　常陸太田城　佐竹義重
五　月居城　野内広忠
六　小場城　小場義宗、義成
七　石塚城　東義堅

八　真崎城　真崎宣宗
九　水戸城　佐竹義宣
十　片野城　石塚義辰
十一　柿岡城　長倉義興
十二　府中城と外城　南義種
十三　宍倉城　東義久
十四　真壁城　真壁房幹

十五　下妻城　多賀谷重経
十六　小田城　梶原政景
十七　江戸崎城　芦名盛重
十八　鹿島城　東義久
十九　嶋崎城　小貫頼久

れて全く土地勘のない所に新恩を与えられたため、その独立性は失われた。結果的に佐竹宗家の支配力が強化されたのだ。

天辺の男たち

秀吉は天正十三年、近衛前久の猶子《ゆうし》となるという禁じ手を使って藤原姓を取得して関白となり翌年には豊臣姓を賜り摂関家である近衛、九条、二条、一条、鷹司に堂々と肩を並べ永代にわたる摂政関白家を手中にした。

これによって今までは公家の権限だけを持っていた関白職は武家の権限も併せ持つ最強の権力を持つことになったのだ。その六年後の天正十九年末に秀吉は突如として関白職を甥で養嗣子の秀次に譲り自らを太閤と称した。

「治兵衛［秀次］、おみゃあに関白を譲ったるわ。儂ゃあ、太閤として唐入を指揮するで。これからはおみゃあが氏長者として豊臣家を引き継げ」

という秀吉の意向を受けて天正十九年十二月二十八日に関白に就任した。

時に秀次、二十四歳であった。

関白というのは天皇を補佐する後見役で天皇の代わりに政治を行う重要な官職で天皇の坐《おわす》京を離れるわけにはゆかない重責を負っている。

秀次はその関白職を引き継いだことで豊臣政権の継続性を担ったのだ。このような立身出世は全て叔父秀吉のお膳立てに拠るものであった。

関白となった秀次は後陽成天皇の聚楽第への行幸を成功させ内外に権力世襲を示し、人事においても官位授与や昇叙なども行うようになり叔父の枠を徐々に外れていった。

人事権を掌握した者が忖度される立場になるのは今も昔も変わらない。

さらに伏見指月城築城の統括管理や八月に執り行われた大政所の葬儀を取り仕切って管理能力も内外

に見せつけた。秀吉は秀次の才能を見抜き焦りと妬みを覚えざるを得なかった。秀吉とすれば自分の頭越しに関白秀次にすり寄る大名たちを見て歯軋《はぎし》りをしていたに相違ない。

そして文禄二年の八月、淀殿がお拾い丸を生んだ。この時から煩悩地獄に嵌《は》まった秀吉は我が子可愛さ故の後悔が始まった。

秀次に関白を譲ったのは早計であったと後悔したがもう遅い。

お拾い丸が誕生してからというもの秀吉から邪魔者扱いになっている自分をヒシヒシと感じていた秀次は気鬱な日々が続き何をするにも、やる気が起きないという気の病に陥った。持病の喘息に加え重度のストレスから来る精神疾患が重なったのである。

ぎくしゃくした二人の関係が致命的になったのが秀次の病であった。秀次は余りの辛さに耐えかねて主治医宗巴の師匠である曲直瀬玄朔に診察を命じ、天皇の侍医である玄朔も天皇の診察よりも秀次の命令を優先したのである。

秀吉は「身のほど知らずめ！」と烈火の如く怒った。

天脈拝診怠業事件といわれるものである。

そして秀次切腹事件が起きた。

七月三日、秀吉は甥である秀次の行状について奉行の石田三成、増田長盛らを上使として聚楽第の関白秀次に送り詰問した。

一つ「若君様を太閤殿下の実子ではないと宣教師に語ったのは事実か」

返答「フロイスという宣教師に巷間ささやかれている噂話が本当かと聞かれたので、そのような話を聞いたことがあると答えた」

一つ「毛利輝元に忠誠を誓わせて謀反を企てたのではないか」

返答「毛利殿とは〝今後ともよろしく〟という程度のやり取りはしたが謀反を企てたことはない」

一つ「軍備を増強して市中を行軍しているのは本当か」

返答「狩猟に鉄砲隊を伴ったのは新しい鉄砲を購

入したので試し撃ちに狩りに行ったまでのことである」

一つ「乱行に耽《ふけ》って政務を等閑《なおざり》にしているのは事実か」

返答「酒ぐらいは嗜《たしな》むが酒池肉林などもっての外、何をもって乱行というのか。巷間、噂されている刃傷沙汰のことなら咎人《とがにん》を打ち首にした政事《まつりごと》の一つに過ぎない。政事を疎かにしたことはない」

の四カ条の詰問に口頭で返答し、逆心なきことを誓う起請文を認めた。

しかし八日には三成と増田長盛ら上使がやってきて登城も拝謁も許されず「ご対面及ばざる条、まず高野山へ登山然るべし」

と告げられただけであった。

その日の午後、秀次は剃髪し伏見を発って高野山に向かった。小姓、近習合わせて十一名と東福寺の僧、玄隆西堂だけが供を許され十日に高野山清厳寺［現金剛峯寺］に幽閉された。

秀次が高野山に向かったその晩には聚楽第にいた秀次の子供や妻妾らが捕らえられ徳永寿昌［秀次家老］の屋敷に連行され十一日には小早川秀秋の丹波亀山城に軟禁された。

十二日、秀次に対して三カ条の高野住山令という秀吉朱印状が出された。
一、召使などの人数制限と帯刀の禁止
二、全山の厳重な警備
三、見舞いの禁止
などを命じた。そして秀吉は十三日に切腹命令書を出し福島正則が三千の兵で高野山の周りを囲んだ上でその命令を伝えた。ということに通説ではなっているが……。


十五日の朝、秀次は玄隆西堂と将棋を指していたが寸止めにして盤を離れた。

「玄隆、面を崩すまいぞ。次の一手で儂の勝ちじゃ。冥途まで持って参れ」

と言い残し行水をして身を清め近習たちと別れの盃を酌み交わした。

「これから儂は上様からどのようなお裁きを受けるか分からぬが、会っても戴けぬのだから重いお裁きとなろう。幼少の砌《みぎり》から今まで、上様には大変お世話になった。本来であれば今でも百姓であったであろう儂が関白などという身に余る官位にまで登り詰められたのは偏《ひとえ》に上様のお蔭である。感謝してもし切れないほどだ。しかし上様もお歳を召されて気が急《せ》いたのであろう。残った者はこれからお拾い様をしっかりお守りして豊臣のために尽くしてほしい。残念であるが儂は腹を斬って身の潔白を示す以外に手立てがなくなった」

「殿！　今、仰られたことを書付けて上様にお残しください」

と言う近習の言葉に秀次は頭《かぶり》を振り「いや、いい」と言うと文机に向かった。

『月花を　心のままに　見つくしぬ　なにか浮き世に　思い残さむ』

辞世の句をサラサラと認め、さり気なくそれを文机の上に置き部屋を出ると柳の間に移った。

前庭で「殿！　お先に仕ります！」というと近習の山本主殿助、山田三十郎、不破万作と将棋盤の上に座った玄隆西堂が次々と腹を斬った。

四人の介錯は秀次自らが行った。

秀次はしばらく瞑目し無言で一つ頷くと雀部淡路守重政に向かって命じた。

「淡路！　介錯せい」

秀次は柳の間で庭に向かって着座すると脇差を腹に突き立て真一文字に斬り裂いた。多くを語らず見事な最期であった……と思う。

法名は善正寺殿高岸道意大居士。享年二十八歳。

図らずも秀次の自刃は秀吉の誤算であった。秀吉への抗議の切腹や無実を証《あか》すための切腹などという噂が拡散しては秀吉の権威失墜である。

「治兵衛のたぁーけが！　儂の親心を踏みにじりやがって。治部、右衛門、何とかせい。このままじゃあ、儂が悪者になってまうがっ！」

秀吉は秀次切腹の報を受けると、すぐさま三成、長盛ら奉行と善後策を講じた。

秀吉暗殺の企てが露見したことにして秀吉の怒りを殊更強調し木村常陸介らの家老たちを監督不行き届きということで切腹させることにした。

「さて上様、関白様の御首級《みしるし》は如何致しましょうや？」

「治兵衛の首は改めたで三条の河原に晒したれ。ほんで、聚楽第は跡形もなく壊せ」

秀吉は甥の首を衆目に晒し、主のいなくなった聚楽の城の破却を命じた。

さらにお拾いへの禍根を絶つため丹波亀山城に軟禁されていた秀次の子や妾たち全員を処刑するよう三成、長盛、徳善院の三人に指示を出した。


八月三日早暁、三条河原の鹿垣《ししがき》で囲まれた周りには野次馬の人だかりが出来ている。その中の土饅頭《どまんじゅう》の上には十五日ほど前に晒された秀次の首級が据えられている。

そこに台車に乗せられ白装束を身に纏った女、子供たちが運ばれてきて五歳になる長男仙千代丸の公達らから始まり姫、側室、侍女、乳母に至るまで三十九名が次々に斬首された。遺体は傍に掘られた大穴の中に無造作に放り込まれた。埋め立てられた塚の上に秀次の首を納めた石櫃が置かれ、その首塚の石碑には「秀次悪虐」と彫られていた。

その夜、無残な処刑を見た京の人々は次のような落首で表現した。

「天下は天下の天下なり。今日の狼藉甚だ以て自由なり。行く末めでたかるべき政道に非づ。ああ因果のほど御用心候へ、御用心候へ」と。

【秀次切腹事件とは……】

文禄四年七月十五日、関白である豊臣秀次が高野山で自害し、その半月後の八月三日に秀次に関係した者、三十九名が惨殺された。

これが秀次切腹事件の事実である。事実はこの二つのことしか分からないのが事実なのだ。通説にも諸説あり何れが一番事実に近いのかすら不明なのだ。いくつかある説を見てみる。

一、老秀吉の子煩悩説
秀次後継後悔説。一般的に最も知られている説。

二、秀次の悪行説
秀次が往来を通る者を捕らえて試し切りをした、殺牛禁断の比叡山で鹿狩りをした、妊婦の腹を裂いて胎児を取り出したなどという残虐な秀次を罰した説。

三、三成讒言説
秀次は毛利輝元と誓紙を交わし謀反を企んでいると三成が讒言したため、秀吉は秀次に疑いを抱き切腹に追い込んだ説。

四、天下統治の確執説
国の統治権を巡って確執があったとされる説。

五、秀吉に対する謀反説
秀次が謀反を企んでいるという風聞があり、修復不可能な事態に陥った説。

六、潔白証明説
秀吉は秀次に切腹命令を出していないが秀次が自発的に高野山に出奔し自刃して秀吉の誤解を解こうとしたという現在最も注目されている説。

七、暗殺説
秀次が秀吉を聚楽第で饗応して暗殺を企てた説。

八、天皇侮辱罪説
正親町天皇が崩御した際、喪に服せず鹿狩りなどの殺生を行なって天皇を侮辱した説。

などなどである。

これに関し私見を述べるのはおこがましいが一、四、六説がごちゃ混ぜになってこの事件が起きてしまったとするのが一番妥当ではないかと思っている。

つまり秀吉にしてみれば、ゆくゆくは我が子に豊臣政権を継がせたいとは思っただろうが秀頼がまだ幼児であることを考慮すれば、しばらくの間は秀次に関白を務めさせたのち勇退させる道を模索するだろう。禁じ手を使ってまで、手に入れた関白職を一時の感情から我が子、秀頼に継がせる前に自ら秀次に切腹を命じて、その要職を手離すであろうか。又、五や七のように秀次が謀反や暗殺を企んでいたという事実が発覚していたら高野山追放や切腹命令などという手緩い処置では済まず即刻、斬首か磔刑であろう。

　天下統治の確執説については関白になった秀次が政事において関白の持つ裁量と権限を行使したため秀吉が手放さなかった知行宛行権と軍事統率権を侵すことになり秀吉の反発を買い、さらに秀次が大名たちに金を融通して公金である聚楽第の御金蔵に手を付けたことを怒り、お灸を据える意味で高野山への蟄居を命じたがしばらくしたら元に戻そうと思っていたのではなかったのか。

　高野山は殺生禁断の地である。同じ殺生禁断の比叡山で鹿狩りをした通説の二を秀吉が咎めたのなら自分も同じ過ちを犯すことになる。しかも清厳寺は秀吉の生母、大政所の菩提寺である。ここでも切腹命令の発令は否定されることになる。さらに言及すれば高野山へ追放の朱印状はあるが切腹命令書なる秀吉朱印状はない。このように大事な決定に秀吉の朱印許可がないのは不思議だ。

　福島正則の兵たちは高野住山令を守るために派遣されたのであり切腹命令を伝えにきたのではなかったのではないか。

　知恵と権謀術数でここまでのし上がってきた秀吉が多少耄碌《もうろく》したとはいえ後先も考えずに切腹命令など出すとは考えにくい、という説が有力である。

　秀次事件で上洛した義宣はお拾い丸に忠誠を尽くす血判書に署名し事件が一段落すると帰国して完成間近の水戸城の修復に専念した。

　文禄五年［一五九六］に入り二月に水戸城大手橋の欄干に擬宝珠がかけられて水戸城修復工事は一応完了した。

　六月に入ると明からの講和使が来日するというので再度上洛した。今度の上洛は義宣にとって水戸城完工も相まって晴れ晴れしい気分での伏見屋敷であったのだが閏七月十二日深夜、物凄い音と共にグラグラと揺れ屋敷全体がギシギシと音を立てて悲鳴を上げる。

隣に寝ていた於江が「いやぁー！　怖い！」と言って義宣にしがみ付いてきた。

「慌てるでない！　落ち着け！」

と自分を鼓舞するように言いながら起き上がろうとするが足元が定まらず立ち上がれない。

「地震《なえ》でござぁる！」

宿直《とのゐ》で隣室にいた梅津茂右ヱ門政景が大声で急を知らせた。

「茂右ヱ門！　火の元を確かめよ！　警護を怠るな！」

義宣はそれだけ言うと布団の中で小さく丸まっている於江に声をかけた。

「大事ないか？　儂はこれから上様の所に馳せ参じる」

義宣は廊下に出ると梅津半右衛門に大声で指示した。

「半右衛門！　これから上様の警護で城に上がるぞ！　百人ほど準備致せ！」

具足をつけようとするが断続的に襲ってくる揺れで、その度に着替える手が止まる。やっとの思いで着替え終わりあとは城まで早駆けである。

「えっほ、えっほ」の掛け声に合わせ暗い路地を駆け抜けるが四辻の所で島津家の築地塀が崩れ落ちている。それを乗り越え大手門に辿り着くと城の石垣が所どころで崩れている。

大手橋を渡って大手門を潜ろうとした時、行く手に加藤主計頭清正が現れた。

「おお、常陸侍従殿であったか。ご苦労でござる」

「ああ、主計頭殿。お早いお着きで。上様はご無事であられるか？」

「皆様ご無事だ。上様は庭先に幔幕を張って、そこで過ごしておられる」

義宣は庭先の秀吉の前に伺候し片膝をついて見舞いの言葉を述べた。

秀吉は義宣の手を取り喜んだ。

「おお、おお、有難う常陸殿。どえりゃあ、往生こいたがぁ。お虎が一等先に来てくれたで助かったわ。お拾いもやっと落ち着いて眠った所だわ」

『地震加藤』の話はこの時のものである。この奉公で清正は朝鮮での愚行の弁明機会を与えられ蟄居を解かれた。

指月伏見城は築城から二年後、この慶長伏見大地震［一説にM七・〇とか］によって倒壊した。秀吉は指月城縄張り時に六人の普請奉行に対し『伏見普請、なまつ［鯰］大事にて候』と地震対策を指示していた。

この地震で城内にいた女臈七十三人、中居五百余人が死亡したという。無事であった秀吉一家は被害の少なかった向島の屋敷に移り、その二日後に指月城からほど近い木幡山に城の縄張りを命じた。

この地震騒ぎで明の講和使、沈惟敬と秀吉の会談は延期され大坂城で開かれた会見は九月一日のことであった。

文禄五年十月二十七日、改元し慶長元年となる。

慶長元年十二月、お拾い丸は秀頼と改名し秀吉の後継者であることを示した。

秀吉は慶長二年五月に完成した木幡山伏見城へ入城した。

慶長の役

明との講和交渉は明皇帝の返事待ちとなっていたが小西行長によって派遣された内藤如安が一年四ヵ月後に北京入りを果たし明の万暦帝に謁見し『秀吉の国王任命は認めるが日本軍は全軍朝鮮から撤退し再侵略はしないこと、勘合貿易に関しては許可しない』という条件を受け入れた。小西行長は秀吉に明使の来日と講和成立の条件である朝鮮からの撤兵を至急行うことを要請したため秀吉は提示した七条件が認められたと思い込み駐留守備隊の即時撤退を命じた。

明の冊封使《さくほう》［秀吉の国王任命使］一行が堺に着船したのは北京を発って実に一年八ヵ月を要して文禄五年八月末であった。

行長と三成は前もって明皇帝からの書状の通弁を担当する承兌を呼び秀吉の意に沿わない部分は読まず適当に誤魔化すように下工作をしておいた。

九月一日になって秀吉は大坂城で明の冊封使、楊方亭と沈惟敬を引見した。

まず初めに明皇帝からの贈り物が披露され、そのあとで皇帝からの金印と国書が秀吉に渡された。

そして明皇帝からの誥命《こうめい》と諭書《ゆしょ》の朗読が始まった。

まず、楊方亭が誥命と諭書を中国語で朗読し、それを西笑承兌は三成らの依頼を無視し全文を日本語で読み下してしまった。

しかし承兌の翻訳は漢文の直訳であり聞いている方は内容など殆ど分からない。

案の定、聞いている秀吉にはチンプンカンプンである。

秀吉とすれば行長や三成から聞いている講和七条件を明は受け入れて和睦のために来たと思っている。意味など分からなくてもいいのだ。

朗読が終わると秀吉は、やおら立ち上がり北京の方角に向かって〝バンザーイ、バンザーイ〟と万歳をしたのだ。

しかし、これが全て行長と三奉行による作りごとであると分かった時、三年にわたる虚々実々の講和交渉は脆《もろ》くも崩れ去ったのだった。

秀吉から見れば信頼していた部下に騙され、属国であるはずの朝鮮は人質も連れずに来日して臣下の礼も取らず明使に至っては上からの態度で日本国王に封じてやるでは明征服を豪語した手前、引っ込みがつかなくなり再度、朝鮮出兵の準備を命じたのである。

文禄五年十月二十七日　改元し慶長元年となる。

慶長二年［一五九七］一月一日に秀吉は再び朝鮮

への再征を西国大名たちに命じた。慶長の役と呼ばれるものである。佐竹には出兵命令は出なかった。

秀吉は再征軍の陣立てを通知し、その作戦目標は慶尚道、全羅道、忠清道、江原道の南四道の領有であった。

再征の顔触れは殆ど西国大名たちである。

この慶長の役では秀吉が名護屋城に赴くことはなく伏見城から指示を出した。側近の三成も伏見にあり奉行の代わりに福原長尭、熊谷直盛ら七名の軍目付が現地から渡海軍の動向を逐一、三成に報告を上げ三成がその報告を秀吉に取り次ぐという形で進められた。

日明講和決裂後も朝鮮南部の倭城には守備隊が駐留していた。行長は皮一枚で繋がった首を守るため、十二月には早々と釜山城に入った。

一月十四日には加藤清正が朝鮮上陸し浅野幸長らと共に蔚山に本拠を構えた。その後、続々と上陸した日本軍は文禄の役の時に攻略出来なかった全羅道、忠清道の制圧に乗り出した。日本軍を右軍と左軍及び水軍の三軍に組織し、右軍は毛利秀元を総大将とし加藤清正、黒田長政、鍋島直茂、長宗我部元親らの二万七千。左軍は宇喜多秀家を総大将として小西行長、宗義智、蜂須賀家政らと水軍の藤堂高虎、脇坂安治、加藤嘉明、来島通総ら合わせて五万七千である。

七月、日本水軍は巨済島沖で朝鮮水軍を撃破し、これにより慶尚道沿岸から全羅道順天までの制海権を確保したが九月に入り全羅道南端の珍島における鳴梁海戦で日本水軍は朝鮮水軍の李舜臣に破れ制海権を失い兵糧補給路を遮断された。日本軍はまたしても前の文禄の役と同じ轍を踏み寒さの襲来と兵糧不足に悩まされ、冬になると朝鮮の日本軍は慶尚道南部の倭城に分駐して防衛に専念しなければならなくなった。

南海島に立花宗茂と九鬼嘉隆、東萊に黒田長政、釜山に宇喜多秀家、蔚山に浅野幸長、西生浦に加藤清正、梁山に毛利秀元、泗川に島津義弘、順天に小西行長らが立て籠もった。

慶長の役で最も過酷な戦いがあった。第一次蔚山城攻防戦である。

十二月二十二日未明、浅野幸長が築城していた完成間近の蔚山城に明軍五万七千と朝鮮軍一万二千も加わった連合軍が突如として襲いかかった。まだ普請中の城には三千ほどの兵しかおらず、しかも城外の工事小屋で寝泊まりしていたため多くの戦死者を出した。

清正は自分の居城である西生浦城にいたが急襲の知らせを聞き急ぎ駆け付けたが普請中の城内には武器や兵糧など殆どなく全ての兵を本丸に集め必死の防戦を強いられた。

兵糧を絶たれた兵たちは壁土を頬張《ほおば》り軍馬を殺して貪《むさぼ》り食った。ついに飢餓は人の死肉にまで群がる地獄を作ったのであった。

それを察知した明朝連合軍は二十九日に総攻撃を仕かけると共に捕虜となった降倭兵をして清正に降伏を求めた。清正は援軍に期待し一月二日に会談すると返答した。

蔚山城内では惨憺たる慶長三年の正月を迎えたが四日になり救援に駆け付けた蜂須賀家政、黒田長政、毛利秀元らが明朝軍の背後を衝いたため統制が取れなくなった明朝軍は慶州に向け敗走し清正らは九死に一生を得たのだった。

ここで敗走する明朝軍を追撃すれば慶州を攻略出来たにも拘らず援軍も余力なく殆ど追撃せず撤収し、その後の会議では蜂須賀家政が蔚山、順天、梁山などを放棄する案を唱え、主戦派であった清正ですら戦線の縮小を言い出した。

三成派で軍目付の福原長尭らはこの戦闘で蜂須賀家政や黒田長政には戦意がなく蜂須賀家政に至っては会議で三城放棄案を主張したことを秀吉に具《つぶさ》に報告したため、秀吉の不興を買った蜂須賀家政と黒田長政の両名は謹慎蟄居の上、領地の一部没収を命じられ、加藤清正、浅野幸長、藤堂高虎らの同調者は譴責処分を受けた。

これは三成派の「軍目付があることないことを三

成に報告し三成はそれを歪曲して上様に取り次いだからだ」と不毛な戦いの不平不満の矛先を三成一派に向けたのであった。

この蔚山城戦は、戦後処理を巡って武断派と文治派の対立が顕在化し豊臣政権の根幹にかかわる分裂を生じさせた戦いであった。

のちにこれが関ヶ原合戦のトリガーを引くことになる。

秀吉は前線諸将の意見を却下し、なおも蔚山城、順天城、竹島城［金海］の固守に拘《こだわ》ったため、朝鮮戦線は膠着状態に陥った。


日本では八月十八日に秀吉が伏見城で死去し九月四日、四大老［上杉景勝を除く］は朝鮮在陣諸将の士気に影響を与えないよう秀吉の死を秘匿したまま、徳永寿昌と宮木豊盛を朝鮮に派遣し明との和議を進め撤退するよう指示した。

蔚山城で大敗を喫した明軍は体制を三路軍と水軍に編成し直して「四路並進作戦」なるものを作って実行に移した。

東路軍は加藤清正らが拠る蔚山城を攻める。

中路軍は島津義弘らが拠る泗川城を攻める。

西路軍は小西行長らが拠る順天城を攻める。

水軍は陸軍と連携して海上から日本水軍を牽制し攻撃を加える作戦だ。

九月半ばから始まった明軍の三路の戦いは西路軍の順天城を除いて悉く失敗に終わり巨済島に撤退した島津義弘はそこで小西行長らが順天城で孤立していることを知り行長救援のため先に撤退していた立花宗茂、高橋直次、宗義智、小早川秀包らと水軍を編成し数百艘の軍船で救助に向かった。

それを聞き付けた明朝連合水軍は順天城の海上封鎖を解き南海島北部の海域に向かい十一月十八日の夜、露梁津で海戦となった。

その間に行長らは戦闘海域を避けて南海島を大きく迂回し二十日に巨済島に上陸を果たした。

その頃には秀吉の死が明軍にも伝わり激しい抵抗を受け苦戦を強いられたが十九日に李舜臣が銃撃を

受け戦死し、その報が全軍に知れ渡ると湾内封鎖が突如として解けたため日本軍は南海島を迂回して巨済島へ帰陣した。

十一月二一三日に慶尚道東部の倭城に展開していた加藤清正、黒田長政、鍋島直茂らは釜山を発ち二十四日には毛利吉成などが帰国し最後の二十五日に島津義弘、小西行長らの慶尚道西部方面隊が釜山港を離岸し朝鮮半島出征部隊の全てが帰還した。

七年間で二度にわたる朝鮮を蹂躙した無謀で無益な戦いは終った。

莫大な戦費を費やし両国で多くの人命を犠牲にした朝鮮出兵は一寸の領土も増えずに終了した。

秀吉による朝鮮侵略は日本の完全敗北であった。

秀吉は最期に異国を侵略するという愚行を犯し晩節を濁す結果となったばかりでなく豊臣政権内に大きな亀裂を生み自ら豊臣家の寿命を縮めたといっていいだろう。

宇都宮崩れ

慶長二年十月七日、伏見に滞在していた義宣は三成より石田邸に呼び出された。

「宇都宮殿が上様の御勘気に触れ、改易との御沙汰が出た。佐竹殿も宇都宮殿と深い関わりがある故、同罪となる所であったが某が執り成してことなきを得た。貴殿は勿論のこと、常陸介殿［義重］にも御上洛戴き上様にご挨拶をされたがよろしかろうと存ずる」

義宣にとってまさに寝耳に水の話である。

しばらく何も考えられなかったが義宣は絞り出すような声で尋ねた。

「して上様の御勘気の因は何でござろうか？」

「不奉公に付きとの仰せであるが恐らく浅野殿の差し金で過日、養子縁組を破談にされたことへの逆恨みであろう。某が取次なら何とかなったのだがな。上様にはそれとなくお執り成しをしておこう」

「かたじけのうござる。何から何までお気遣い戴き有難く存じます。早速、父に上洛するよう、申し伝えます」

「うむ。常陸介殿の上洛に当たっては浅野殿の検使が宇都宮城の受け取りに下向する故、道中かち合わぬよう細心の注意を払うがよろしかろう」

早速、義宣は義重へ書を認《したた》めた。

「宇都宮殿、御不奉公有之ニ付て、欠所ニ被仰付候……就之我等、身上などへも上様より仰出の儀も御座候。治少御念を入れられ仰せ分けられ候間、身上相続候て満足仕り候　云々」。つまり佐竹は三成の口添えで処分されなかった。

十月十三日に義宣の与力大名であり従兄弟でもある宇都宮国綱は秀吉により突如、改易を命ぜられた。宇都宮崩れという。

表向きの理由は「不慮の仔細」ということであった。

【宇都宮崩れとは】

前にも触れたが宇都宮家と佐竹家は浅からぬ関係にある。

名護屋の陣で国綱の弟である結城朝勝と芳賀高武から宇都宮家の重臣らが不穏な動きをしていると相談を受けたことがあった。

陣から帰国後、宇都宮家では義宣の進言を容《い》れて高武が強権を振るい塩谷氏らの重臣たちを本城に呼び戻し家臣団の統制を強化したことで家中での発言権を増したが、それがかえって国綱の側近らとの摩擦を引き起こした。

文禄の役で軍功を認められ知行地が甲斐府中に与えられ宇都宮家の取次となっていた浅野長政は宇都宮家中の実情を全て知り尽くし三十歳になっても嫡男に恵まれず跡継ぎを巡って家中が争い分裂しているのを見逃さなかった。

慶長二年正月、国綱が秀吉への年賀に大坂城に上がった時、秀吉から浅野長政の三男、長重と養子縁組をするよう要請があった。

そこで国綱はこのことを大坂詰めの側近、北条勝時と今泉高光に任せ浅野家と養子縁組を結ぶことになった。

こうして養子縁組は進むかに見えたが、このことを知った国許の弟芳賀高武は急遽、京に上り兄の国綱を説き伏せこの養子話を破棄させたのだった。

さらに高武はこの話を主導した二人の重臣を許さず北条勝時の宿所に出向き四条河原に連れ出し有無を言わせず叩き斬った。この事態を知った今泉高光は危険を察知して取る物も取り敢えず国元の上三川城に逃げ帰り城の守りを固めた。追いかけるように帰国した高武は上三川城を包囲し籠城戦を強いられた高光は奮戦するも芳賀軍の猛攻に耐えられず近くの寺に逃げ込み自害した。

今度はこれを伝え聞いた浅野長政が激怒した。

「あの小僧！　上様からの養子話を破談にした上、今度は取次の儂の面目を丸潰しにしおった。許さん！」と。


三成の言う逆恨み説のほか石高詐称説、政権内の確執説などがあるが何れにせよ浅野長政の私怨によるものであることは間違いないだろう。

今回のように佐竹改易の危機が取次の三成によって救われたことで義宣と三成の関係は抜き差しならぬものになったのだった。

皮肉なことに宇都宮家では改易された翌年の慶長三年に国綱の嫡男、義綱が誕生している。

たらればの話になるが浅野長重がこの時、宇都宮家を継いでいれば赤穂四十七士による吉良邸討ち入りという赤穂事件は起こらず後世の歌舞伎演目『仮名手本忠臣蔵』や年末恒例のテレビドラマ『忠臣蔵』は生まれなかったに違いない。

なぜなら長重の嫡男、長直は初代赤穂藩主となり三代目が江戸城松の廊下で殿中刃傷事件を起こす浅野内匠頭《たくみのかみ》長矩であるからだ。なお、赤穂浪士で有名な大石内蔵助《くらのすけ》良雄は長重流浅野家の永代家老職大石家の出である。

醍醐の花見

日本軍が朝鮮で乏しい食料を食い繋いで倭城の維持に汲々としている頃、そんなことを忘れたかのように、いや忘れたくてなのか秀吉は京都の醍醐寺で花見の宴を催した。

慶長三年三月十五日、新暦でいうと四月二十日のことである。この頃の桜は殆どが山桜なので遅咲きである。

これをプロデュースしたのは秀吉本人である。花見の責任者には前田玄以が命じられ醍醐山全体に大工事を施した。

新たに造った道の両側に七百本の桜の木を植え、その途中には八軒の茶屋を新設した。醍醐寺には金剛輪院［現三宝院］を造り五重塔を改修すると共に庭園の造作では池に橋を渡し中の島に護摩堂を建て岩陰からは二筋の滝を落とした。

庭石は主《あるじ》のいなくなった聚楽第跡から運ばせた。

当日は秀吉、秀頼のほかは正室北政所、淀殿らの側室と千三百人に及ぶ女房、女中衆という女性だけの花見であった。

男で招待されたのは前田利家のみであった。その日、伏見城から醍醐寺まで輿の長い行列が続き輿の順は北政所、西の丸殿［淀殿］、松の丸殿［京極竜子］、三の丸殿［織田信長の娘］、加賀殿［前田利家の娘］、前田まつ殿、その他十数人の側室と続いた。

輿の行列が終わると煌《きら》びやかに着飾った女御衆の行列である。沿道には幔幕が張られ諸大名の軍勢が警護に当たるという物々しさであった。

義宣も醍醐寺境内の警備に当たった。

八軒茶屋の主人は一番茶屋が益田少将、茶屋の前の小川に反り橋をかけ欄干を渡してある。二番茶屋は新庄新斎、山から落ちてくる清水で池を造り鯉や鮒を放っている。女御衆は魚に餌をやりキャッキャッとはしゃいでいる。三番は小川祐忠、茶室の中には有名な絵師に描かせた迫力のある馬や鷹の絵が壮観であるが秀頼や女御衆は花より団子である。

そこから一五町ほど上り坂が続くと増田長盛が主人の豪華な四番茶屋へと至る。

ここには長い山道を登ってかいた汗を流せるように岩屋の奥に湯殿がある。行水をした女御衆はここで衣装を着替えた。秀吉の命令で女御衆は二度の着替えをしなければならないのだ。

秀吉は伏見屋敷に滞在していた薩摩の島津龍伯入道［義久］を呼びつけて女御衆の着物の調達を命じていた。

加藤清正や浅野幸長が朝鮮で生きるか死ぬかの戦いをしている時にである。

「おみゃあさんに一つ頼みがあるんだがぁ。あんな、今度、醍醐の山で花見をすることになったでぇ、女御衆の衣装を調達してくれにゃあかね」

「はあ、お安い御用でごわす。良かですたい」

龍伯は安請け合いの返事をした。

「女御衆は全部で千三百人おるが、ええかぁ？」

「良いもなんも……分かりもした。着物千三百領、承りもした」

「ちょう待て」

秀吉は頭《かぶり》を振ると三本の指を立てた。

「一人が二度着替えるで、一人三領はいるがや」

「……よ、四千……」

龍伯は二の句が継げなかったが先の九州攻めで秀吉の軍門に下った以上、文句の言える立場ではなかった。龍伯は京の呉服屋に三千九百領の着物を発注し今の値段で約四十億円を支払った。島津氏の台所が火の車になったことは想像に難くないだろう。

話を元に戻す。

衣装を着替えてさっぱりした所で午餐となり、その時ちょっとした騒動が起こった。秀吉が「珍しい平野酒ちゅう酒が手に入ったでぇ順に飲ましたるわ」と言って最初に北政所の盃に酒《ささ》が注がれた。

次に盃を受けに行ったのが松の丸殿の京極竜子であった。

「松の丸殿！　次の盃をお受けするのはわらわじゃ！」

甲高い声で叫ぶと秀吉と松の丸殿の間に割り込んだのは淀殿であった。

「あらあら、茶々様ではありませぬか。わらわは浅井長政殿の主家筋である京極家の出でありますぞえ。それに上様の御寵愛を受けたのはわらわの方が先であります故、わらわが順番は先でありましょう」

松の丸殿は横目使いで意地悪そうに鼻を鳴らした。

淀殿の狐目がさらに吊り上がった。

「わらわは上様のお子を生《な》したのです。当然わらわが先でしょう！」

秀吉は瓶子を持ったまま眼玉だけで二人の顔を交互に見やった。

そこに「まあ、まあ」と中に入ったのは前田まつであった。

「今日は上様が奥方様たちを労《ねぎら》うために催してくれた花見ではございませんか。仲良く仲良く。次は歳の順ということで私がお受け致しましょう」

というまつの一言で丸く収まった。

その後、前田玄以の五番茶屋を経て長束正家の六番茶屋では再度、女御衆の着替えがあり茶会と歌会が催された。

七番茶屋は御牧勘兵衛景則、最後の八番茶屋は新庄東玉が主人であった。

趣向を凝らした八軒の茶屋で点茶を楽しんだ老猿、秀吉の最後の豪遊とされる。

参の章

天下騒乱

頼み申し候

二年ほど前から体調が優れなかった秀吉は有馬温泉に度々湯治に行って寝たり起きたりを繰り返していたが寝付くことはなく、たまに無意識に寝小便を垂れるぐらいであった。

しかし病魔は突然、秀吉を襲った。端午の節句で秀頼の成長を祝った日の深夜に激しい下痢に見舞われた。

そのことを宣教師パシオはイエズス会総長あて書簡に「国王［秀吉］は赤痢を患い胃痛を訴えた」と報告した。それ以後食事もままならず秀吉の小さな体はさらに痩せ細り衰弱していった。

急遽、秀次に連座して常陸へ流されていた曲直瀬玄朔を呼び戻し京の名医、竹田法印や施薬院たちと共に診療に当たらせた。その甲斐あって小康状態を取り戻した秀吉は六月十六日に「金堂の普請場を見たいで輿を準備せい」

と、か細い声で命じた。

今、高野山金剛峰寺の金堂を伏見に移す工事の最中であった。その工事現場を視察したいというのだ。さらにその視察ののち、疫病を祓う嘉祥《かじょう》の行事を済ませた。その日の行動が碌な食事も取っていなかった秀吉の病状を一層悪化させることになった。

それを聞き付けた家康は城に急ぎ伺候した。畳を三枚重ねた上の布団に臥せている秀吉の周りには曲直瀬玄朔はじめ医師団が取り巻き部屋の隅には三成、浅野長政らの奉行衆が沈痛な面持ちで控えている。

「お加減は如何でござるか」

家康は医師団に目を向け尋ねた。

「ここの所、食が進まず重湯と薬湯のみを召し上がっておられます」

半月ほど前に会った時とは想像も出来ないほどの変わりようであった。布団の端から出ている腕は持ち上げたら折れてしまうのではないかと思われるほど細い。

「おいたわしや」

と家康が言った所で、それまで眠っていた秀吉が目を覚ました。

「おお、おお、内府殿《だいふ》。儂もそろそろあかんわぁ」

布団から、はみ出た細い手で人払いをすると、

「内府殿、千姫様を秀頼の嫁にくださらんか。子をなせば内府殿の曽孫となるで、徳川家と豊臣家は親戚同士になるがぁ。ほんだで縁組を早よしてくれんかね」

秀吉は絞り出すような声で家康の方へ細い腕を伸ばして懇願した。

「ははっ。承知致しました」

こうして五歳の秀頼と一歳の千姫の婚約は決まった。豊臣家とすれば徳川家の姫を人質に取ったといっていいだろう。

七月に入ると北政所や淀殿の奏請による病平癒の神楽が催されたが効果なく何度も昏睡状態に陥り、その衰えようは甚だしく死期が近いであろうことは誰の目にも明らかであった。


「御屋形様、周りの様子が変だと番士が知らせてきたので外の様子を見て参りましたが上様、御危篤とかで福島様や堀尾様の所では提灯や篝火などを焚き、まるで戦の前のような騒ぎでございます」

今夜の宿直の者が義宣に告げた。

「そうか。急ぎ城に上がる。用意を致せ」

早々に支度を整え城の大手門を潜り二の丸へ向かう途中で提灯を灯《とも》して前から歩いてくる一団がある。提灯には三つ葉葵の紋が入っている。

義宣は道の端に身を寄せて今では秀吉に次いで高位にある家康の列を待った。

「やあ、常陸殿ではないか。見舞いでござるか？ご苦労でござる」

でっぷりと肥えた家康はにこやかに会釈をして付け加えた。

「そうそう、茶の湯でも進ぜようほどに我が屋敷にも足を向けてくだされや」

今そんなことをやっている場合か？とも思ったが

誘ってくれることに悪い気はしなかった。

「はあ、何れそのうち……」

どうも、この人に面と向かってものを言われるとどういうわけか委縮してはっきりと意思表示が出来なくなる。この人の醸し出す雰囲気に完全に呑み込まれているのだ。苦手だ。

軽く会釈をして、その場をやり過ごそうとしたが、その集団の最後にいた一人がジロッと横目で義宣を見ると前で立ち止まり
「太閤殿下亡きあとのことをお考えになっておいた方がよろしいかと……」

とボソッと意味深長な言葉を耳元で呟くと去って行った。

本多佐渡守正信、家康の参謀として知られる。家康とは対照的にガリガリに痩せて半白の髷に長い顎髭を蓄えている。この男、一時家康に逆らって一向一揆に身を投じ松平家［のち徳川家］から出奔した過去を持っている。

義宣は秀頼様をお守りして三成と共に今まで通り豊臣家を盛り立ててゆくのが筋ではないかと思う反面、家康に就いて新しい世をつくっていく生き方も面白いなという思いもある。新しいものをつくり出す面白さは水戸の町をつくり上げたことで義宣の自信になっていた。

その水戸の町づくりを主導した又七郎が病を得て常陸に帰っており世情が混沌としてきて、これからという時に義宣の良き相談相手であった又七郎が義宣の傍にいなくなった。

その心細さも相俟《あいま》って正信の声が耳に残り義宣の頭の中で反芻《はんすう》する。

秀次の死後、徳川家康、前田利家、毛利輝元、小早川隆景、宇喜多秀家、上杉景勝の六人体制で始まった大老制であったが慶長二年六月十二日に大老の一人であった小早川隆景が六十五歳で死去し五大老制になっていた。

秀吉は自身の死後も豊臣政権の体制維持を考えて石田三成、長束正家、増田長盛、浅野長政、前田玄

以の五人を奉行とする五奉行を制度化し、以後は十人による集団指導体制を組ませていた。

八月五日になると秀吉は五大老に自筆の遺言状を与え秀頼を託した。

最も油断のならない家康に後事を託したのである。

「秀より事、なりたち候やうに、此かきつけ候しゅ［衆］を、しんにたのみ申候。なに事も、此ほかには、おもひのこす事なく候。かしく。いへやす、ちくせん、てるもと、かけかつ、秀いへ」

さらに追而書《おってがき》［追伸］で
「返々、秀より事、たのみ申候。五人のしゅ［衆］たのみ申すべく候。いさい五人のものに申しわたし候。なごりおしく候、以上。」

と五奉行にも涙ぐましいほどに秀頼の保護を懇願している。

秀吉は老いさらばえた細い腕を精一杯伸ばし、

「秀頼んことよろしう。秀頼んことよろしう」

泪と鼻水でぐちゃぐちゃになった顔を拭おうともせず一人一人の手を握り、か細い力のない声で同じ台詞《せりふ》を繰り返した。

「藤吉郎、また昔のようにねね様とまつと四人で紅葉狩りでもしよまいか。秀頼様のことは……うう っ……必ず……」

利家の後の言葉は嗚咽でかき消された。

この遺言に対し五大老、五奉行は起請文を記し血判を押した。

慶長三年八月十八日、秀吉は昨年完成したばかりの木幡山伏見城で六十三歳を一期として黄泉の国へ旅立った。

医師たちが残した医療記録から死因は糖尿病による合併症か脳梅毒、消化器系がんなどと推測されるというが沈惟敬による毒殺説もある。

織田信長が本能寺で横死してから十六年。

「露とをち露ときへにし我が身かな　難波のことも夢のまた夢」

羽柴秀吉の見た夢は果たして一炊の夢だったのだろうか。

秀吉の死は唐入の最中であったため、その死を伏せねばならず身内だけの簡素な葬儀が行われ亡骸《なきがら》はしばらく伏見城内にあったが、その後、城の裏手から密かに運び出され生前に造営させた京の阿弥陀ヶ峰の山頂にある墳墓に安置された。秀吉の死は極秘とされ北政所や淀殿などの家族と政権中枢の数人しか知らない。

疑心暗鬼

天下人の死は諸人に影響する。

これは秀吉の遺言でもあったが政権中枢の者たちは秀吉の死を秘した。

とりわけ唐入で朝鮮に渡海して戦っている将兵たちに動揺を与えないことと明の反攻の因になってはならないという理由からであった。

大老らは秀吉の死を秘匿したまま、徳永寿昌と宮木豊盛を朝鮮に派遣し明との和議を進め撤退するよう指示すると共に石田三成、浅野長政、毛利秀元を博多に派遣し帰還業務に当たらせることにした。

在京の諸将や伏見の在民には秀吉の死について箝《かん》口《こう》令を敷いたものの諸将間での多数派工作が顕在化し集団指導体制は崩壊しかけたが九月になり五大老と五奉行は「諸事御仕置等之儀、十人之衆中多分二付いて相究《きわ》むべきこと」と十人が対等で多数決の原理による結束を誓った起請文を交わした。

しかし五大老のうち、上杉景勝は転封先の会津に帰国中であり五奉行である長政と三成は撤兵作業で筑前博多に赴き伏見に不在となる。

そこで三成は博多に赴く前に毛利輝元の屋敷を訪ねた。

「中納言殿、某と浅野殿はこれからふた月ほど博多に下らねばなりませぬ故、先に取り交わした起請文を内府殿が違《たが》えませぬよう目配せをお願い申し上げます。内府殿は最近、頓《とみ》に諸大名方とやり取りをされているようでございます」

「うむ、儂もそう思っておった所じゃ。内府殿がおらのおらぬ場で奉行衆の言うことも聞かず好き勝手に振舞うのではないかと思っておったのじゃ。貴殿の言うこと承知した。目と耳を空《あ》けて置こう。それを盾に取るわけではないが小早川の遺領の件の処理を良しなに頼むぞ」

この輝元も長らく実子が出来ず従兄弟の秀元を養子にして跡継ぎとしていたが文禄四年に嫡子、秀就が誕生したため話がややこしくなった。さらに慶長二年六月には一門である小早川隆景が死去しその遺領が問題となった。輝元は秀就を後継とするため養子である秀元に代償として領地を与えねばならなくなった。

秀吉による裁定があったのだが、その死によってご破算となってしまっていた。

そこで三成は毛利両川［小早川と吉川］である吉川広家の所領である伯耆、出雲、隠岐を秀元に与え広家には瀬戸内の三原を与える案を提案したのだが輝元、広家、秀元の三人はその案に賛同せず結論が先送りになっていた。

「はっ、畏まりました。御三方に納得のいく方法を探っておりますれば今しばらくお待ちください。それでは某の不在中、くれぐれもよろしく」

と念を押して毛利邸を辞去した。

だが三成が懸念した通りになった。

鬱陶《うっとう》しい三成のいない間を狙って家康は味方を作るべく奔走し始めたのだ。

「殿、治部のいぬ間に、ちと悪戯《いたずら》をしてみませぬか」

と本多正信は老獪な薄笑いを浮かべた。

「ふむ、何か面白いことでも思い付いたか？」

「そうですな。太閤の置目を破って諸将の反応を見る…というのは如何でござろうか」

正信はさも楽し気に続けた。

「手始めに太閤子飼いの輩や治部少に近い者に恩を売るとか絆を結ぶというのが面白いかと存じます。たとえば……」

「転封加増、叙位任官、養子縁組か」

「はっ。左様」

佐竹にも徳川の手が伸びた。

「御屋形様、また内府殿、いや上野介殿から茶会へのお誘いが来ておりますが如何致しましょうか」

最近、正信の嫡男である上野介正純が東中務を通して頻繁に茶会に誘ってくる。

「うーん。気が進まんな」

義宣はあの家康の丸々とした笑顔の中に隠れている人を観察するような目付を思い出すと背筋に悪寒が走る。

「御屋形様、いくら苦手だと言って幾度もお断りするのは如何なものでしょうか。相対して見れば分かることもありましょう。今は相手を知ることこそが肝要かと。その上で旗幟《きし》を鮮明にしても遅くはありません。お受けなされ」

中務が言うことは尤もなことで義宣も頭では分かってはいるが、家康の前に出ると蛇に睨まれた蛙のようになってしまうのはなぜだろう。苦手だ。

「……分かった。返事をしておいてくれ」


その日は朝から昨夜来の冷たい雨がしとしと降り続いていた。

義宣と義久が伏見の徳川屋敷を訪れると正純が庭の隅にある数寄屋に案内した。

しばらく待合で待つと「どうぞ」の声がかかる。

茶室の中では家康が炉の前に正座して火加減を調整している。

「本日はお招き有難うござる」

義宣と義久が挨拶をして着座すると
「足元の悪い中、御足労をおかけした」

と家康が会釈をして茶事が始まった。

義宣は名護屋城などで開かれた大人数の茶会で家康と一緒になったことは何度かあるが、このような相対での茶会は初めてである。冗談ではなく家康に睨まれた蛙状態の義宣である。

この時、家康五十八歳、義宣三十歳、正純三十五歳、義久四十六歳である。

「侍従殿、そのように緊張せんでもよろしい。取って食おうとは思っておらぬよ。はははっ。この茶碗は故太閤殿下から拝領したもので、この掛け軸は太閤殿下の形見でござる」

と家康はわざわざ太閤の名を出し、如何にも豊臣家の忠臣であることを殊更《ことさら》、強調しているように見える。

家康が形見分けで拝領したのは牧谿《もっけい》筆の「遠浦帰帆の図」である。その時、義宣も形見分けで同じ牧谿筆の「江天暮雪の図」を賜っており義久は「雲次」の太刀を拝領した。

「ところで」

と話を切り出したのは正純である。

「常陸侍従様は、未だお子を生されておられないとか」

—これが本題か？—

「はあ、七、八年ほど前に亡くしてからは……未だ……」

「実は当家に関わる御仁から、その御息女の縁談を依頼されておりまして上様からお家柄の良い侍従様のお側に如何なものかと相成った次第であります」

義宣は家柄が良いなどと言われて悪い気はしなかったが、徳川家ではもう家康のことを上様などと呼んでいることに違和感を覚えた。今までは太閤以外を上様などと呼ぶ者はいないはずだが。

「我が室は多賀谷修理が女を入れてござる」

義宣は憮然と答えた。

「ほう、侍従殿はお堅いのう」

家康は茶筅を扱いながら義宣の顔を窺っている。

いや、義宣とて男だ。女に興味がないわけではないが家康の世話になって今後も家康の言いなりになるのは真っ平御免である。—しかも太閤の掟で大名同士の縁組はご法度のはずだが……—

「内府様の折角のお言葉なれど、これは太閤様ご遺命に反することにはなりませぬか？　出来得れば、どちらのご息女かお漏らし願えませんでしょうか？」

計ったように口を挟んだのは義久であった。

家康の顔をちらっと見た正純が答えた。

「さる京のお公家様のご息女でございます故、掟には触れませせぬ」

「有難きお申し出なれど、平にご容赦戴きとう存じます」

義宣は両の手を突き伏して家康に頭を下げた。

家康はあらぬ方向を向いてボソッと呟いた。

「左様か。それでは致し方あるまい」

家康のその言葉は言外に─儂に敵対するのだな。それでは、この先どうなろうと知らんぞ─と言っているようにも聞こえる。

その後は茶会が終わるまで家康は一切、口を利かなかった。

帰り際に軽く会釈をした家康の顔が義宣には団栗《どんぐり》眼《まなこ》の般若の面に見えた。

帰途の冷たい雨と般若面の両方が相まって義宣はブルブルッと身震いをした。

「油断の出来ぬ男だ」

「はあ、恐ろしく知恵の働く御仁ですな」

しかし家康は義宣だけでなくほかの大名たちにも堺の豪商、今井宗薫を介して縁組を進めていた。

福島正則の息子、正之には甥の松平康成の娘を養女にして嫁がせ、蜂須賀至鎮にはひ孫に当たる小笠原秀政の娘を養女にして婚約を結ばせた。家康の六男忠輝に伊達政宗の娘五六八姫を娶《めと》らせた。黒田長政は正室と離別し家康の養女となった保科正直の娘、栄姫を正室としたことなど十八件に及んだ。

そして最も有効な手立ては北政所、寧々の力を利用する魂胆である。

家康は、この日も大坂城西の丸に北政所を訪ねた。

「お寧殿、お元気そうで何よりです」

「これは、これは。家康殿、ようお見えになったなも」

この二人、歳も近いし出身地も近い。話も気さくである。

「ととがおったらおったでうっとうしいが、おらんようになると寂しいもんだわ。家康殿、お茶でも飲まんかね」

ととは秀吉のことである。北政所は手早く茶を点てると家康の膝元に茶碗を差し出した。

「戴きまする。秀頼君《ぎみ》はお元気か？」

「ああ、たまに会うが元気のようじゃ。淀がワシを嫌がるでなかなか会えんが、近頃はワシに会うと憎まれ口を利くんだわぁ。こんだぁ家康様のお孫様を戴けるなんぞ、有難てぇわ。とととの約束でな、秀頼と千姫様の婚儀が整うまではワシは死ねんでぇ。それを見届けてから尼になって儂の供養をせいというんだわ」

「豊臣家のご繁栄と共に秀頼君《ぎみ》は我らが身命を賭してお守り申す故、ご安心召されよ。尾張衆にもよろしゅう、お伝えくだされや」

「おうおう、よう言ってくれたがね。家康殿にほんなこと言うてもろうたら鬼に金棒だが。お虎や市松にもよう言って聞かせなかんで。それにワシも近きゃあうちにここを出て京に庵でも建ててゆっくり暮らそうと思とる。その後に家康殿が入ったらええわ」

「それでは、そうさせて戴こうか。さあ、寧々殿。そろそろ次の間へ」

「そんなに急いだらいかんがね。夜は長ぎゃあで。ゆるゆるとな」

　この辺が家康の「後家好み」とか「いかもの食い」といわれる所以である。

　これによって清正や正則に限らず小早川秀秋、浅野長政、蜂須賀家政、黒田長政らをグッと味方に引き寄せると同時に大坂城西の丸までも手中に収めたのだ。


　慶長三年十一月二十三日に慶尚道東部から加藤清正、黒田長政、鍋島直茂らが、二十四日には毛利吉成などが帰国し二十五日に最後の島津義弘、小西行長らの慶尚道西部方面隊が帰還し朝鮮に展開していた三万余の全部隊が日本国の土を踏みしめた。

　三成らは博多で帰還する武将たちを出迎えた。

「遠く異国の地で長い間ご苦労でござった。まずは無事の御生還をお祝い申し上げまする。故太閤殿下も泉下で貴殿方の獅子奮迅の戦いぶりを称賛されていることと存じます。お疲れが癒《い》え次第、伏見の秀頼様に拝謁されてから国許《くにもと》にお帰り戴き、また来年お会いした時には慰労の茶会でも開き数多《あまた》の手柄話を聞こうと存じます」

三成の挨拶が終わるや無精髭のままの加藤清正が野太い声で怒鳴った。

「けっ！　戯言《ざれごと》か？　慰労の茶会だと？　手柄話だと？　喰うにもこと欠いた戦地の話など内地で、のほほんと暮らしておった奴輩《やつばら》には面白くもなかろう。手柄話は奉行殿なんぞではなく上様に聞いて戴きたかったものだ。それに長い間留守にした国許に帰っても僅かばかりの米があるのみだ。茶もござらんよって粥でも啜って耐え忍ぶしか手がござらん。次に奉行殿と会った時には冷え粥でおもてなしを致そうかの。来春には豪勢な茶会でも開いてもらわねば割に合わぬ」

そこ、ここで笑い声が上がった。

「んにゃあ、そげんこつはなか。治部少どんのおやったおかげで兵站もうまくいったと。ほかの者ではこうはうまくなりもはん。礼ば申す。のう、主計頭どん」

と言ったのは島津義弘であった。

一瞬、場の空気がピンと張り詰めた。

相手は大身の島津である。

朝鮮での島津の武勇は清正を凌ぐものであり清正は反論すべき言葉を失った。

やり取りをハラハラして見守っていた浅野長政が口を開いた。

「今は亡き太閤殿下の喪中であります。各々方にも腹中、交々《こもごも》な思いもござろうが、ここは一旦水に流し今宵は存分に寛《くつろ》いでくだされ」

ひと月前まで秀吉の死も知らず、数日前まで眼前の敵と対峙していた帰還諸将の中には政権内部の確執など知らぬ者も多く、これから様々な荒波に揉《も》まれ流されてゆくことになる。

年末に九州より帰京した三成は前田利家を訪ねた。

秀吉の死後、秀頼と淀殿を伏見城から大坂城に移すことが秀吉の遺言の一つであった。その時には秀頼の傅役として利家も大坂城に移ることになる。

「大納言殿、秀頼様の移徙《わたまし》の儀を来年早々にでも挙行致したいと考えておりますが如何でしょうか」

「そうじゃのう。早よせんと内府が何を考えるか分からんでなぁ。そんでええんでにゃあか」

三成は秀頼が守りの堅固《けんご》な大坂城へ移住することを急いだ。豊臣家の総帥である秀頼が大坂に移れば家臣たちはそれに従って大坂へ出仕しなければならなくなる。

そして家康は遺言により伏見城で政務を見ることになる。そうなれば家康もそうそう各大名たちの所を訪問するわけにはいかなくなり疎遠になるだろうと三成は読んだ。

しかし、家康は三成の腹の中まで見透《みすか》していて、それに大反対を唱えたのだ。

それを聞いた利家は「太閤の死を悼み未だ涙も乾かぬというに内府はもう遺命に背くというか！」と怒った。

利家が今度は自分を謀反人呼ばわりしていることを伝え聞いた家康は今ここで利家に逆らって異を唱えるのはのちのちのためにならぬとみて渋々承諾したのだった。

慶長四年［一五九九］を迎えた。

正月十日に秀吉の遺言による移徙《わたまし》の儀が行われ正式に秀頼が豊臣家の跡継ぎであることを天下に示した。利家と家康が警護し淀殿と共に伏見城から大坂城に移った。それに伴い後見役の前田利家も大坂城に入ったため、伏見城は主のいない空城となり五奉行が交代で在番することになった。

こうして大坂と伏見による二元政治の様相となってくると諸将は自らの損得や好き嫌いで何れかに就こうとするのが世の常である。

そうなるとどこからともなく漏れてくるのが噂話だ。

「聞く所によると伊達殿は内府殿の御子息と縁組をしたそうではないか」

「いや、福島殿や蜂須賀殿もそうらしいぞ」

という噂が諸将の間で広まるのにそんなに時間を要しなかった。

だが、これは「御掟」の第一条で「諸大名縁辺〔婚姻〕の儀、御意を得て、その上で以て、申し定むべき事」ということに違反する。

「掟を作った張本人である大老の地位にある者が真っ先に置目を犯すのは如何なものであろうか」

「当然ながら糾弾すべきであろう」

ということになり四大老は詰問の使者として西笑承兌と生駒親正を家康に遣わし縁組の対象となった伊達、蜂須賀、福島の諸将にも詰問使を送った。

十九日、家康は能に招かれて伏見の有馬則頼の屋敷に出向いていたが大坂にいた藤堂高虎からの密告で三成が襲撃を企てていることを知り急ぎ伏見の自邸に戻り襲撃に備えて戦の準備をしていた。丁度そこに家康を除く四大老の名による詰問の使者が遣わされてきた。

詰問使の西笑承兌は、

「此度、無断での伊達様、蜂須賀様、福島様など十八件に及ぶ御縁組については明らかに故太閤殿下の御遺命に背くものであります。内府殿の御返答次第では内府殿を五大老の座より除名するとのことであります」

と四大老からの口上を述べた。

「無断で？　いや、儂はてっきり仲人の今井宗薫が届け出て許可をもらったものと思っておったわ」

家康は悪びれる風もなく逆にジロリと承兌と生駒を交互に睨むと言葉で凄んだ。

「して、儂を大老の座より除名するとな？」

「はっ。……大納言様はじめほかの大老様方の……えー、衆議一決でございまして」

家康の威圧に承兌はしどろもどろになってきた。

「今は亡き太閤殿下は今際《いまわ》の際《きわ》に大老の儂に秀頼様をよろしく頼む、政務は家康に任せると仰ったのだ。儂を大老職から外すなど、それこそ太閤殿下の遺命に背くものであろう」

逆ギレである。

前田邸に戻った西笑承兌は家康屋敷の物々しい戦

支度の状況を伝えた後、家康の言葉を利家に復命した。

「何と、よくもまあヌケヌケと！　そのような返答で我らが納得するとでも思ってか！　戦支度をしているなら丁度いい。儂の最期の一戦、見せてくれるわ！」

――すわ、戦か！――といって利家邸に集まった武将は三大老、五奉行ほか長岡忠興、加藤清正、浅野幸長、佐竹義宣、立花宗茂、加藤嘉明、毛利秀包、小西行長、長宗我部盛親、七手組頭［秀頼親衛隊］ら五十余人である。

それに対し家康邸に参集した武将は福島正則、池田輝政、森忠政、織田有楽、黒田如水、長政父子、藤堂高虎、有馬則頼、金森法印、伊達政宗、最上義光、京極高次、田中吉政、堀秀治ら十数人であった。

利家の宣戦布告を漏れ聞いた家康は――ちっ！まずい。まだ早い――と舌を打った。

戦には時の運もある。勢力で負けていても勝つ戦もある。しかし、それよりも家康には大義名分がない。家康は大義名分がない戦では勝っても天下人にはなれないことを十分理解している。

その大義名分を作り出せる相手は今の所、利家と三成しかいないが再三、カマをかけてみるがなかなか尻尾《しっぽ》を表さない。二人のうち、利家は既に病身であり、その落ち窪んだ眼窩《がんか》とげっそりと痩せた頬を見て死期間近と家康は診断していた。

耐えて待つのには慣れている。「最後に笑えばいい」が家康の信条だ。

――もう少し待つのだ。今は謝って時を稼ごう――

一方、病身の利家は余り興奮したため疲れ果てて再び寝床に戻った。

「ほかに遣わした詰問使は何と言っておる？」

利家は病床から三成を呼び寄せて報告させた。

「伊達殿は『全てを媒酌人の今井宗薫殿にお任せしておりましたので、その件についてはとんと存じませぬ。今井殿に聞いてくだされ』との御返答であったと申してまいりました。そこで宗薫に使者を立てました所『身共は町人の分際でありますので、さような置目があろうとは存じ上げませなんだ』と申し開いたといいます。福島殿は『某は故太閤殿下の身内にござる。秀頼様の御為になればとの思いでお受け致した。手続きは内府様がされたと思っておりました』と言い、蜂須賀殿も同じような御返答であったとか」

家康はこうなることを見越して詰問使に対する想定問答集の模範解答をしたまでに過ぎず全て根回し済みであった。

仕かけが時期尚早であったことを悟った家康は自らの非を認め「此度は大変、お騒がせ致した」として家康から四大老に対し「置目遵守」の誓書が出され四大老、五奉行がこれを承認して和解した。

しかし、和解したからといって置目違反による縁組が認められなかったわけではなく、そのままであった。

家康は置目遵守を誓ったが本人が皆の前で非を認め謝罪したわけではなく代理の家臣をして誓書を提出しただけであった。

そこで利家は大坂に出向くよう家康に再三使者を立てたが「はい、近いうちに」とか「参上仕ります」とか言うものの一向に来坂する気配を見せない。業を煮やした利家は親戚筋に当たる長岡忠興［長子忠隆の正室は利家の娘］に督促役を依頼したが、それでも埒《らち》が明かない。

「こっちに来れんのは家康に悪巧《わるだく》みがあるからじゃ。何を企んどるか見極めて、秀頼君のためにならんことは取り除いておかんと、向こうで太閤と会わせる顔がないでな。この老体に鞭を打ってもこっちから出向いたるわ」

利家は病躯を押しても伏見に行くと言うのだ。

「そのようなことをしたら相手の思う壺です」

まつと利長は引き留めたが、

「なあに、家康も儂の体のことなぞ知っとるわ。もう長くはないことをな。儂を殺《あや》めたりせえへんわ。だがもし、そのようなことになれば儂もむざむざとやられんでな。刺し違えてでも奴を仕留めたるわ。

孫四郎［利長］、もしそのようなことになったら弔い合戦で家康めを血祭にしたれ」

と言って聞かない。

若い頃、戦場で「槍の又左」と渾名《あだな》され恐れられた利家である。今は老いたりと雖《いえど》も六尺を超える体躯をしている。言うことは威勢がいい。

そして一月二十九日、前田利家は二千の兵を伴って大坂から淀川を遡り伏見の家康邸を訪れた。

「大納言殿、ようお越しくだされた。本来なれば、こちらから参上仕るべき所、御用繁多にて失礼仕った。今日はごゆるりとお過ごしくだされよ」

ケチな、いや吝嗇家の家康が絢爛《けんらん》な調度品に豪華な料理、酒肴の席では美しく着飾った美女たちの接待と利家を下にも置かぬ歓待ぶりである。果ては家康自ら利家の手を引き体を支えて庭を散策し能舞台では自らが能を披露した。

利家は、このもてなしに、すっかり暗殺という二文字を忘れた。

家康としてもわざわざそんなことをして波風を立てずとも何れ近いうちに逝くと利家の手を握って確信した。

「内府殿」

利家はこの歓待に気を良くして言わなくても良いことをつい言ってしまった。

「この屋敷では狭みゃあし、通りにも面しとるで物騒でござろう。向島の城に移っては如何じゃ？」

——しめた！　棚からぼた餅とはこのことだ——

家康はいつ言い出そうかと思っていたことを相手から言ってくれたのだ。しかも秀頼の後見人の利家からお墨付きをもらったのだ。

これがために引きたくもない利家の手を取り体を支えて庭を案内した。家康は顔が自然に崩れてしまうのを必死で堪《こら》えた。

「ははっ。仰せの通りに」

こうして家康は豊臣家の筆頭家老として正々堂々と向島城に入城したと同時に最大の武器である大義名分をも手に入れたのだ。

——これで誰にも何も言わせず、やりたいことが出来る——

秀吉の葬儀が二月十八日から二十九日まで執り行われた。

葬列は十八日の暮れ六つ［十八時］に伏見城を出た。

辻々には篝火が焚かれ街道筋は見物の民衆でごった返している。松明や提灯を手にした警護の武士団を先頭に輿に乗せられた煌《きら》びやかな棺《ひつぎ》のあとを北政所、秀頼、淀殿らと大老が続き、そのあとを義宣らの諸大名がゆっくりと進む。

パチパチと松明がはじける音と共に棺の周りを取り囲んでいる何百人という僧侶たちの低い読経の声が流れ、ゆったりとした厳かな行進は幽玄の世界を醸し出した。その列は伏見街道を北上し京都の方広寺まで続いた。

この葬儀は十日間続き方広寺での法要を最後に阿弥陀ヶ峰の山頂にある墳墓に再び埋葬された。戒名は国泰祐松院殿霊山俊龍大居士。

のちに豊国神社が造営され秀吉は豊国大明神として祀られることになる。

この葬儀に参列した利家は葬儀が終わった日には精も根も尽き果て崩れ落ちるように病床に就いた。

三月中頃になると利家の病状はいよいよ悪化し死を待つのみとなった。

秀吉に最も信頼され秀頼の後事を託された利家はまつと利長を枕頭に呼び寄せ遺言として十一カ条を書き取らせた。

その第一条は「儂の遺体は金沢へ差し下す事」であった。

そして利長には、

「儂の死後、三年以内に戦が起こるであろう。利長よ、お前は三年の間は国許に帰らず八千を率いて在坂せよ。金沢の利政にも八千を預け、ことがあれば大坂と合流して戦え。決して敵を国内に入れてはならぬ」

と申し渡し、まつには、

「儂があと五年いや三年の命があれば秀頼様を奉じ

豊臣家を纏めてみせるのだが……」

　の言葉を残し閏三月三日朝、大坂屋敷で六十二歳の生涯を閉じた。

三成失脚

　辛うじて保たれていた家康と三成の関係は利家の死によって一気に先鋭化した。その晩には、早くもそれが表面化したのだ。

　忍びの末次が伏見屋敷にいた義宣の元に現れた。

「加賀大納言様が本日早暁、ご遠行された後、石田治部少輔殿が前田邸に入りご葬儀の打ち合わせをされておりますが、どうやら、この後、一悶着ありそうな雲行きになっております」

「どういうことか？」

「実は加藤主計頭［清正］殿の大坂屋敷に集まった福島左衛門［正則］、長岡越中［忠興］、藤堂佐渡［高虎］、浅野左京［幸長］、黒田甲斐［長政］、蜂須賀阿波［家政］、加藤左馬助［嘉明］、岐阜侍従［池田輝政］らの方々が中納言［前田利長］様に治部少様の朝鮮陣での讒言を罰せよと迫りました所、中納言様は喪中であるとしてそれを拒否したそうであります」

「それで？」

「方々《かたがた》は其々《それぞれ》の屋敷に戻り戦支度をしております。明日暁寅《あけとら》の刻［午前四時］に石田屋敷を襲うようであります。方々の人数は二百から三百ほどでありますので総勢二千四、五百かと」

「ご苦労。お主はすぐ大坂に戻り大坂屋敷におる中務と相馬殿へ各五百ずつを率いて前田邸に急行し治部殿を護衛するよう伝えてくれ。それから上杉殿と宇喜多殿へも同じことを伝えるよう計らってくれ。儂もすぐ大坂へ向かう」

　末次は音もなく去っていった。

「治部が死んでは生き甲斐なし！　馬引けぃ！」

　義宣が大坂に着くと末次の情報通りであった。

その日の夜に加藤清正、福島正則、浅野幸長、黒田長政、蜂須賀家政、藤堂高虎、長岡忠興の七将は三成の悪政を利家の死後、大老職を継ぐことになっていた前田中納言利長へ訴え出たが利長は父の喪中を理由に取り合わなかった。

　そこで七将は相談の上、三成を誅殺するため翌早暁に備前島にある石田屋敷を襲うことになった。

　義宣の指示で三成護衛のため前田邸に向かった東義久と相馬義胤であったが、三成は長束正家の護衛で既に自邸に戻っていた。

　義宣は義久と相馬の兵を率いて宇喜多家と共に石田邸に急行した。

　石田邸では門兵が歩哨に立っているが屋敷内はひっそりと静まり返っている。

「治部殿は御在宅か」

「あっ、これは備前様と常陸侍従様ではありませんか。主は帰宅しておりますが、お急ぎの御用件でしょうか」

　と出てきたのは前野兵庫助忠康である。別名を舞兵庫といい三成の二番家老である。

　忠康の養父は豊臣秀次の家老であったため秀次事件に連座して切腹した。忠康も連座の対象になったが三成は武勇目覚ましい忠康を密かに匿い、秀吉に勘気を解いてもらい家臣とした。その時に姓を前野から舞野と改めて舞兵庫を名乗っていた。

「急ぎじゃ。主計頭ら数人が治部殿のお命を狙っておる。それをお知らせに参った。治部少殿に御取次願いたい」

　既に三成は島左近と、その善後策を協議している所であった。

「黒田甲斐や加藤主計頭らが儂を狙っていることは長束大蔵殿から聞いた」

　腕を組んで額に八の字を寄せた思案顔の三成が言った。

「今一戦に及ぶか、それとも〝狸親父め〟にあの阿呆どもを説得させようかと思案しておった所じゃ」

　島左近、この人は家康を「狸親父」と呼んで憚《はばか》らない。

「秀頼様のお膝元での一戦は如何なものであろうか。それでも一戦を辞さぬと申されるなら助太刀致すが」

　と義宣が言うと、

「これは内府殿が仕組んだことではあるまい。血気盛んな奴らが徒党を組んでの為せる業であろう。どうも稚拙に過ぎる。内府殿へ解決を持ち込んだらどうじゃ。内府殿に睨まれれば、あの馬鹿共も縮み上がるだろうよ」

　と秀家が言う。

「それではどうだろう。某が女籠を用意して参りましたので、今から取り敢えず玉造の備前殿の屋敷に一時避難して戴き、某と備前殿の護衛で守りの堅固な伏見の治部少丸に避難されるのが一番かと存ずる」

　という義宣の提案で一決した。

　三成の乗った女籠を守るように騎乗した義宣は宇喜多の護衛のもと、無事伏見城の治部少輔曲輪に送り届けた。

　義宣の機転で三成は九死に一生を得たのだった。

　早暁、七将の部隊は二千の兵で石田邸に押し寄せたが既に三成は伏見に向け逃走したあとで屋敷は、もぬけの殻であった。そこで主計頭らは伏見まであとを追ったが間に合わず、そのまま家康のいる向島城に乗り込み三成断罪の直談判に及んだのだが、

「馬鹿者！　何と軽はずみなことをしたのだ」

　と逆に家康に一喝され、すごすごと引き下がったのだった。

　だがニンマリ舌舐め摺りをしたのは家康であった。棚ぼた式の向島城入城といい若輩どもの暴挙といい大義名分という家康の大好物が勝手に懐に飛び込んできたのだ。

　――これで三成を追い落とす大義が整ったわい――

　今月の伏見城の在番であった前田玄以は同じ奉行の一人である増田長盛ほか堀尾、中村、生駒たちを呼び寄せ三成と家康の間で調停の場を設けた。

　その席で家康は七将の早まった行動を戒め、武装を解かせた上で三成に申し出た。

「確かに非は王計頭や左衛門尉らにあるが、このような騒ぎを引き起こした責任の一端は治部殿にもあろう。喧嘩両成敗という掟もある。ここは奉行職を辞し佐和山へ退いては如何じゃ」

このまま政権内部の奉行職に留まっていても三成の仕事は家康の言うがままに、その手先となって事務を淡々と処理するだけになってしまう。色々なことが去来し言いたいこともたくさんあるが、これは亡き太閤が、それだけの権限を家康に与えてしまったからにほかならないのだ。

三成は「……分かり申した」と言うしかなかった。

喧嘩両成敗は秀吉が残した掟の一つであるが体《てい》のいい隠居に処せられたのは三成だけで、喧嘩を仕かけた七人に咎めはなかった。

閏三月十日、家康は護衛に結城秀康を付けて琵琶湖畔に聳え立つ三成の居城、佐和山城に三成を送り届けた。こうして三成は豊臣政権中枢より弾き出された。

小五月蝿《こうるさ》い三成がいなくなった途端の十四日、家康は向島から豊臣家の私物である伏見城西の丸に居を移した。

『多門院日記』ではこのことを〝家康が天下殿になった〟とまで書いている。

〝徳川の激しき波の現れて　重き石田も名をや流さむ　御城に入りて浮世の家康は　心のままに内府極楽〟

伏見の町に出現した落首である。

この三成襲撃事件の本質は朝鮮の陣における蔚山籠城戦を巡るものであった。蔚山籠城戦については前述したが、この事件の主役である蜂須賀家政と黒田長政の両名は蔚山城を守備する加藤清正、浅野幸長らの救援に向かい明朝軍の背後を衝いたことで明朝軍は統制が取れなくなり慶州に向け敗走したのだが、

「背を向けて敗走する明朝軍を追撃せず撤収したのは怠慢である。その上、その後の作戦会議において

蜂須賀殿は蔚山、順天、梁山の三城放棄案を唱え、主計頭殿は戦線の縮小を主張されたのです」

と軍目付の福原長尭［三成の妹婿］、熊谷直盛［三成の娘婿］らが三成に報告し、その報告に基づいて三成は秀吉に伝えた。その報告を聞いた秀吉は蜂須賀家政と黒田長政の両名を謹慎蟄居の上、領地の一部没収を命じ、戦線縮小案を提案した加藤清正、浅野幸長、藤堂高虎らを譴責処分としたのであった。

処分を受けた五人は三成一派の軍目付がいい加減な報告をした上、三成がさらにそれを曲げて秀吉に報告した讒言だと逆恨みをしたことが騒動の原因であった。

三成追放後十日経った閏三月十九日に五大老の連署で蜂須賀家政と黒田長政の両名に連署状が発給されている。

『蔚山籠城戦の折、敵の背後からの救援の様子を聞いた所、御目付衆の言う通り正当な処分ではないと思われるので新たに公儀代官所に没収された領地については従前の通り戻すことにする。また、豊後府内城についても早川主馬［長政］に返すよう申し付けた。この上は蔚山において両人の落ち度によるものではないことが歴然であるので、その旨を承知されたい。　　恐々謹言

慶長四年閏三月十九日　　五大老連署

蜂須賀阿波守殿

黒田甲斐守殿』

この裁定を聞き付けた加藤清正も筆頭大老である家康に朝鮮陣における恩賞は不公平であると訴え出たのである。家康は三成が目付の福原長堯と熊谷直盛の不正な報告を、そのまま太閤に報告していたのは許し難いと断定し福原を減封とし熊谷に蟄居を命じた。

これらの裁定で三成襲撃に失敗した七将も溜飲を下ろしたのだった。

「其許《そこもと》が治部少殿を救出したことを存ぜぬ者はござらぬ故、早々に内府殿へご挨拶に参るがよろしかろ

う」

と言って義宣の茶の師匠である古田織部が義宣の屋敷を訪ねてきた。

―こは、この御仁の本心からの忠告か？　それとも家康の意を含んでのことか？―

と一瞬頭をよぎったが、ここは有難く受け流した。

「わざわざ、ご忠告戴きかたじけのうござる。某はもとより諸将に遺恨はござらぬが罪なき治少殿を私恨で討つのは如何なものでござろうか。某は治少殿に旧恩のある身故、その苦難を見るに忍びず、身命をかけてお救いしたまでのこと。もし家康公にご挨拶を申し上げた方が良いなら貴殿のお計らいにお任せ致す」

そこで織部は佐竹と同じ清和源氏の流である長岡越中守忠興に義宣の意向を告げ家康への取り次ぎを依頼した。

「確かに治少に遺恨はあるが右京殿に恨みがあるわけではない。承知した。右京殿とは知らぬ仲ではござらんし、元を辿れば根っこは一緒だ。内府殿への取次は承ったと伝えてくだされ」

忠興は二つ返事で取次を引き受けた。

後日、義宣は家康への弁明のため向島の家康邸に出向いた。

「過日はご無礼仕りました。本日は長岡殿の仲介を戴きまして、ご挨拶に罷り越しました。つきましては……」

と織部に言ったことと同じ言葉で弁明した。

聞き終わった家康は、

「貴殿が危険を顧みず治部少輔殿の旧恩に報じたのは、誠に義理堅いことで感服仕った。無論、我らに異存はござらぬ。かえって若輩どもの無粋な仕儀を止めて戴きお礼申し上げる。おお、そうだ、侍従殿に紹介するのは初めてであったな。息子の秀忠である。以後よしなに」

と言って傍らの若い青年を義宣に紹介した。

近くで見ると凛々《りり》しい面立ちである。父、家康に似て目がクリッとしているが目尻は下がっていない。風貌といい体躯といい若大将の趣さえ感じる。

「貴殿の噂は使番の島田治兵衛［重次］からよく聞いていています。帰国途中で江戸を通る時に貴殿はほかの宿場に寄るそうですね。そのため、貴殿を饗応したことがありませぬ故、今度は是非とも城に立ち寄ってくださ い。お待ちしております」

秀忠は義宣が下国する途中で江戸城に寄るよう招待した。

「こちらこそ、お招き有難うござる。今後ともお見知り置きのほどを」

この初対面は秀忠二十一歳、義宣三十歳の時であった。

義宣の三成救出劇は、のちに家康をして「げに恐ろしきは勇者にあらず臆病な律儀者にて候」と言わしめた。けだし至言《しげん》である。

豊臣政権内部がゴタゴタして先行き不透明な所へ義宣の心を乱すような書が届いた。梅津半右衛門からである。十月《とつき》ほど前に病を得て常陸へ帰国した又七郎の穴を埋めるべく半右衛門も帰国させ向右近と共に水戸の町づくりの手伝いをさせていたが又七郎の具合が思わしくないというのである。

〝左衛門督様のお言葉を代筆させて戴きます〟と始まり、

〝別来、恙《つつが》なきこと、祝着至極に存じます。こちらでは、やっと桜が咲き始めた所で庭の桜を見ては心を和ませています。忍びが京の情勢を逐一、新九郎に知らせてくるので御屋形が色々と忙しいことは重々承知しています。此度の御英断、誠に尤もなことと存じます。昔、幼い頃に話した光と陰のことを覚えておいでだろうか。御屋形が正面から光を受けて出来た背後の闇は儂が御屋形と背中合わせになって、その陰の目となり闇の中の明かりとなるから御屋形は後顧の憂いなく光に向かって進んでくれなどと大層なことを申し上げましたが、今では傍で相談に乗ることも出来ず心苦しい限りです。久米の親父殿の具合も悪く二人してお役に立てないことお詫び申し上げます。こちらのことは慮外のことと思し召して秀頼様の御為に尽力されることを祈ります。儂も、もう長いことはないようです。息子の又七郎が十二歳になったら「髪上げの儀」をさせて北家を継がせて戴きたい。北家をよろしく頼みます。今一度、お会いしとうござった。お名残り惜しゅう存じます〟で結ばれている。

義宣はすぐにでも飛んで帰りたかったがとんぼ返りをしても、ひと月を要する。

大坂の状況も、ひと月でどう動くか分からず暇乞いをすることが出来なかった。

数日後の枕頭に現れた又七郎は力なく微笑んで手を振っている。

「次郎！　こっちだ。こっちだ」。遠くで声が聞こえる。小さな薄い影を追いかけるが追いつかない。その影が四辻でスッと消えた時に目が覚めた。

〝今、又七郎が逝った〟と感じた。

「御屋形様、今うなされていましたが、どう為されましたか？」

傍で寝ていた於江が心配そうに顔を覗き込んだ。

「今、又七郎が儂に別れを言いにきおった」

覗き込んでいる於江の顔が滲《にじ》んでゆく。

「逝ってしもうた。又七郎が……」

かけ替えのない竹馬の友が太田の空に旅立っていった。幼い頃の思い出が去来する。太田と久米は近い。金砂山まで二人で遠駆けをして夜遅くなり心細い自分を励ましてくれたことや山田川で釣りをしていて川に落ち泳げない又七郎を助けてやったことがついこの間のことのように思い出される。

歳は同じだが少しだけ生まれの早い又七郎が兄貴ぶって鬱陶《うっとう》しいぐらい何だかんだと世話を焼くのが嬉しいようだ。

—御屋形、泣いてはならぬ。棟梁たるもの強くあらねばならぬのです—

—……俺だって人の子だ。悲しければ泣く—

そんな無言の会話が闇の中を交錯した。

その数日後に半右衛門から続信が届いた。四月十八日に北義斯［夢庵］が久米にて死去し、その二日後に子の北左衛門督義憲が父を追うように太田で死去した。義斯五十五歳、義憲三十歳であった。

二人とも久米にある北家の菩提寺常光院に葬られた。

義憲の法名は傑山大英大居士。

義宣は義憲の子で八歳の又七郎の後見を義重に依頼し四年後に遺言通り十二歳で元服の儀を執り行い義廉《よしかど》と名乗らせて北家を継がせた。

だが、又七郎義憲の死と時をほぼ、一にして嬉しいことが起こった。義宣の心にポッカリと開いた穴を埋めるように於江が懐妊したのだ。

佐和山密議

六月に入ると伏見や大坂にいた大名たちが徐々に国許に帰国し始めた。

七月には上杉景勝が転封間もないことを理由に京を発った。

この時、義宣も景勝、直江らと共に秀頼から暇を賜り下国の途に就いた。

道中、轡《くつわ》を並べて同道していた景勝とは途中の佐和山で別れ景勝は東山道を北上し佐竹本隊は手前の草津で東海道を江戸に向かった。

義宣と直江山城は共に本隊から離れ佐和山に隠居中の三成を訪ねた。義宣は渋江内膳、結城朝勝と轡の口取りだけを従え、直江山城は単騎であった。

近江佐和山は十九万五千石の三成の居城である。山頂に五層の天守が聳えている。金のご紋に八重の堀、八つ棟造りに七見角と詠《うた》われた分不相応の豪勢な城である。

大手門の前に二番家老の舞兵庫が迎えに出ている。

「よう、お越しくだされた。殿も首を長《なご》うしてお待ちでござる。これより長い登り坂故、騎乗にても差し支えありませぬが……」

「いやいや、徒歩《かち》で結構」

と言って馬を降りると門番士に馬を預けた。

「流石に噂通りの城でござるな」

兼続は辺りをキョロキョロ眺めながら登ってゆく。太鼓丸御門を潜った所で義宣に付き従ってきた朝勝らは三人に目礼をすると館の方へと去った。

朝勝は弟の芳賀高武を訪ねた。宇都宮家が改易になって以来の再会である。

太鼓丸を越えても本丸はさらに高い所にある。辺りは蝉の鳴く音《ね》が喧《かまびす》しい。途中でチョロチョロと湧き出る水を見つけた兼続は手のひらで掬《すく》いゴクリと音を立てて飲み干した。

「あー、うまい！　本丸はさらに上か、雲中に入るが如く高い所だな。これは攻めづらかろう。いやいや、これは要らんことを申した」

常に頭の一角に戦の文字がある兼続は何を見ても、ついつい戦と結び付ける癖が付いている。頭をかきながら「へへへ」と照れ笑いを浮かべた。

本丸御殿の玄関で待っていたのは島左近である。

「お待ち申し上げておりました。ささ、お上がり召されよ。殿が待っておられる」


客人たちを促し離れの茶室に案内した。

三成は地味な胴服に同色の羽織で迎えた。

「お忙しい中、某のような隠居の所に御足労をおかけし恐れ入る。佐竹殿や上杉殿には過日、多大なご迷惑をおかけ致しお詫び申し上げる。こうして一命を取り留め生き永らえているのも皆様あってのことと感謝しております。今宵は今の情勢や今後のことなども腹蔵なくお話し戴きたい」

挨拶もそこそこに、客人の方に膝を乗り出した。

「殿、お客人方は今しがた着いたばかりでござる。殿が今朝からまだかまだかとお待ちになっていたのは存じておりますが、そんなに焦ってはお点前が乱れますぞ。夜は長《なご》うござる。ここは、ゆるりと茶など一服」

左近が窘《たしな》めた。

「済まぬ、今までの癖でな。失敬した」

「いや、治部少殿のお気持ちは、よう分かり申す。あの事件の真相は内府と鷹匠上がりの正信辺りの策謀でござろうよ。無分別な若造どもを焚き付けて躍らせ治部少殿を追い落とす口実に使ったものであろう。治部少殿の無念さは我がことのように、この小さな胸が張り裂けんばかりじゃよ」

直江山城守兼続。この男、弁も立つが大袈裟な物言いと諧謔《かいぎゃく》を自負している。

会津百二十万石を領する上杉中納言景勝の家老である。そのうちの米沢三十万石を景勝から任されている。豊臣の陪臣でありながら直臣三成よりも高禄である。兼続は三成と同い年の四十歳である。

【戦国余話──兼続編】

ここで直江兼続の逸話を二、三。

数年前、上杉家の家臣である何某《なにがし》が小者を無礼討ちにするという事件があった。その遺族たちが無礼討ちに納得せず家老の兼続に直訴した。そこで兼続は周りの者に問い糺《ただ》すとどうやら悪いのは何某の方であるらしい。

兼続は遺族たちに謝り銀二十枚を渡して決着を図ったが、それでも遺族たちは「死人を返せ。返せ」と毎日のようにやってきては兼続を困らせる。

「分かった。それでは儂が冥途《めいど》の閻魔《えんま》大王様に文を書くから、それを閻魔様に持っていって返してもらってこい」

〝御意を得てはおりませんが一筆啓上致します。先日、不慮なことで死んだ者の身内の者が嘆き悲しんでいます。返してもらいたいと言うので三人の者をそちらに迎えに差し向けますので何卒、お返しくださるようお願い申し上げます。

恐々謹言

閻魔大王

直江山城守兼続〟

と書いた手紙を持たせると三人を切り捨て冥途に送り届けた。

また、ある時、江戸城の廊下で伊達政宗は前から歩いてくる兼続に気が付き、擦れ違いざまに挨拶をしたが、兼続は素知らぬ顔で通り過ぎた。

それを咎めた政宗は、

「直江殿、某の顔をお忘れか？」

と声をかけると、兼続は怪訝な顔をして聞き返した。

「はて、どなたでござろうか？」

「政宗である」

「ああ、さようでござったか。お手前とは幾度か戦をしたが某は、その度にお手前が逃げる後ろ姿しか見ていないのでお顔を存じ上げなかった。今後ともよろしく」

と嫌味も一流である。

また、関ヶ原合戦が終わり上杉家が会津百二十万石から米沢三十万石に減封となった時、兼続も米沢三十万石から六万石に禄高が減った。兼続はそのうち五万石を同僚に分け与え自禄の一万石も自分の死後は直江家を絶家とし、その禄高を上杉家に返すよう遺言したという。

多くの書物に兼続のことを『背が高く弁舌もさわやかで詩歌乱舞の道にも達しており奇異な侍大将だ』とべた褒めである。さぞかし『愛』という前立ての付いた兜が似合ったことであろう。


話は戻る。

今回の佐和山訪問は三成が密かに兼続に使者を送り義宣を誘って帰国途中に寄るように依頼したものであった。

長い登り坂で喉が渇いていた二人が茶の二服目を飲み干す間に料理と酒が運ばれてきた。

「治部少殿がいなくなった途端、内府殿は向島屋敷から伏見城西の丸に移って既に天下様気取りですよ」

義宣が吐き捨てるように言うと兼続が続けて言う。

「空き家になった石田丸の屋敷には誰が入ったと思う。井伊直政だよ。もう伏見城は内府の居城のようなものだ」

「これからどうなるとお思いか？」

三成は点前の手を止めずに先を促した。

「そうさな、色々な所に手を突っ込んで引っ掻き回し治部殿の蜂起を待つ。そのような筋書きかのう。

あの奸佞邪知《かんねいじゃち》の考えそうなことは」

兼続は料理と共に酒の盃を干すとズケッと言った。

「ちょっかいを出すのは、どの辺りとお考えか？」

「前田殿か上杉殿辺りかと……」

義宣が口を挟むと一斉に視線が集中した。

「ほお、侍従殿、何か思い当たる節がお有りか？」

前田利長は利家の死後三年間は国許に帰ってはならないという父の遺言に反し半年も経たないうちに帰国の用意をしている。

「忍びに探らせた所、最近、前田殿は浅野殿や秀頼君の側近である大野殿や土方殿辺りと頻繁に会っておられる。その上、父君の御遺言に反してのご帰国となれば何か、きな臭いと思われませんか？　大老のうち、前田殿と上杉殿のお二方が帰国され毛利殿、宇喜多殿も上様に下国のお許しを戴いたと聞き及んでおります。その上、奉行の石田殿が蟄居となり若君の元からいなくなれば何とでも口実は作れましょう」

「ほほう、それは得難い情報だが上杉と思われる根拠は何でござるか」

兼続は興味津々で身を乗り出した。

「会津殿は所領の仕置きを優先してしばらく上洛はしないと仰せであった。長い間、京、大坂を留守にすれば内府から大坂に対して謀反の疑いありとか何やかやと屁理屈を捏《こ》ねてくるは必定。その意味で狙われやすいと思ったまででござる」

義宣は先ほどまで景勝と馬上で話をしていて感じたことを口にした。

「儂も同じことを考えておった。上杉殿の周りには何だかんだと小賢《こざか》しい連中がおるでの。堀、最上、村上辺りが騒ぎ出すだろうと踏んでいるのだ。こんなことにならぬうちに拙者はあの狸親父を殺《あや》めようと思ったのだが、何れも殿のお気に召さず、三度《みたび》その機会を失った。これで殿の望み通り合戦で雌雄を決することになりますかな」

と島左近が初めて口を開いた。

「左様、儂は堂々と雌雄を決したいのだ。後ろめたいことをするのは性に合わぬ。正義は勝つと考えている。いやそうであらねばならぬのだ」

「殿、また、そんな子供のようなことを……。一体誰が正義かどうか決めるのでござる。誰でも自分のしていることが正義だと思っているのですぞ。そういう純粋な所が殿のいい所だが人に厭われる所以でござる。万人が万人、そのような言葉だけでは済まぬのです。此度の相手は平気で嘘も吐けば小細工も弄する厚顔無恥のあの狸でござるぞ。あの狸ですら自分のやっていることは正しいと思っておるのでござろうて」

主従の喧嘩のようになってきた所に兼続が割って入った。

「まま御両人、喧嘩はのちほど、ごゆるりと。では左近殿、今後どのような戦をお考えかお聞かせ願いたいが……」

そこまで言った時に新たな客人が飛び入りで入ってきた。

「おお、何だ何だ。みんなで難しい顔をして。俺も話の輪に入れろよ」

前田慶次郎利太である。この男、前田利家の甥っ子であるが妻子を前田家に残して出奔し浪人となり京都辺りで里村紹巴、古田織部や細川幽斎ら文化人と交流を深め連歌の道では有名である。年齢は四十五、六歳か。

自らを穀蔵院忽之斎《こくぞういんひょっとさい》というふざけた名前を称し髪は総髪を頭の上で金銀と朱の糸で結び上げている。傾奇者《かぶきもの》として知られるが剣の腕は一流だ。

「直江殿がおられると聞いてな。治部殿、久しぶりでござる。えーっと」

義宣の顔を見ると眼を皿のように丸くし「ん？」と言って誰か紹介するように促した。

「佐竹侍従殿だ」

三成が紹介した。

「佐竹義宣でござる。今後ともよろしく。貴殿のお噂はかねがね聞いており申す」

「ほう、これは御尊顔を拝し恐悦至極にござる。某は前田慶次郎利太と申す素浪人でござる。以後お見知り置きを。で、何の密議でござるか？」

　慶次郎は視線を兼続に向けた。

「別に何でもござらん。帰国途中でご機嫌伺に立ち寄ったまでのこと」

「いや、いや、いや、そんなことはござるまいて。会津と常陸となれば相手は伊達か？　はたまた江戸の内府か？」

　慶次郎は話を振ってみたが皆が黙っているのでさらに続けた。

「叔父貴も死んだし俺も久しぶりに金沢に帰ろうかと思ってな。都にいても徳川以外に誰もおらんしな。それに内府が前田を攻めるらしいとの噂がまことしやかに流れている。孫四郎［利長］が大野や土方らと組んで家康を亡き者にせんと企《たくら》んでいるの、どこぞの誰それが国許で謀反を企《くわだ》てているの、と京のチュンチュン雀どもが騒ぎ立てとるわい。〝破《や》れ狸　ポンと鳴らずの　腹鼓《はらつづみ》　ムホンムホンと　響くばかりよ〟とな」

〝流石《さすが》に的を射た諧謔《かいぎゃく》と流れだ〟

それに反応してしまったのが左近である。

「何と！　それでは今しがた侍従殿が話されたことと符合するではないか」

　と言ってから慌てて口を押さえたがもう遅い。

「そうか。では、その話、俺も乗せてもらおう」

　知らぬ間に暗くなった部屋に明かりが灯った。酒肴の追加と燭台に明かりを灯したお初が両手を突いて挨拶をした。

「あっ、お初殿」

　思わず義宣が声に出した。

「ほほう、侍従殿は御存じであったか」。兼続が聞いた。

「はあ、以前、名護屋の陣屋で。その節は御厄介になりました」

　義宣はお初に向かって軽く会釈した。

「常陸侍従様、お久しゅうございます」

　三つ指をついて一礼をすると静かに退出した。

　お初は知っている。自分が傍にいる時には三成が政《まつり》向きの話は一切しないことを。それを知ってサッと身を引いたのだ。

身元が確かで機転が利く頭の良いお初なる女性を家康は初め淀殿の侍女として傍に送り込み、秀吉周辺の様子を探らせていたが秀吉の使いで度々、淀殿の元へ出入りする三成の取次をしているうちに涼やかな眼元をした真面目一途な三成に惚れ込んでしまった。

お初は自ら三成の傍に仕えたいと淀殿に申し出ると淀殿はそれを認め三成の侍女として下げ渡した。そしてお初は家康から与えられた任務をついに忘れてしまったのだった。

三成も知っている。お初のそういう過去を。

その後は側室、初の局として名護屋陣にも三成に同行した。先ごろ、三成が伏見城を去る時に初の局に暇を与えようとしたが、それを断り正妻うたのいる佐和山へ乗り込んできたのだ。

左近は兼続の問いに答えた。

「今の所、二通りの筋書きを考えている。その一つは大坂で秀頼君が総大将となられ毛利、宇喜多、前田らと共に反徳川の旗を揚げる。そうなれば狸は慌てて江戸に帰国するだろう。そこで上杉殿と佐竹殿で北の伊達、最上辺りの抑えをして戴ければ儂らが西から東海道沿いの豊臣恩顧の大名たちを糾合して江戸に襲いかかると……」

そこまで言うと左近は一息吐いてから続けた。

「もう一つは侍従殿の言うように上杉殿を口実に使った場合であるが上杉殿が領国の仕置きで城普請でもしようものなら十のうち八、九は大坂に弓引く気かとなることはまず間違いない所であろうと考えておった。そうなれば前田狩りでも上杉狩りでも構わぬ。狸を大坂から引っ張り出すのだ……」

そこまで左近が言うと慶次郎がそのあとを継いだ。

「何れであっても挟み撃ちで狸狩りか。面白し！」

ここまで黙って聞いていた三成が徐《おもむろ》に話し出した。

「不思議なことに内府が今になって何かことあるご

とに……いや、些細なことでも使いを寄こして儂に知らせてくるのだ。どうも、こちらの動きを探っておるようじゃ」

家康は邪魔な三成を佐和山に蟄居させることに成功したが今度は三成の動向が分からなくなってしまったため、家康はことあるごとに三成に使者を送り三成の動きを探らせることになってしまっていた。

家康は宇喜多家の騒動で秀家の重臣である戸川達安と従兄弟の宇喜多詮家［のち坂崎出羽守直盛］らが大坂備前島の宇喜多屋敷に立て籠もり一触即発状態になっているとか、毛利家の内部で吉川広家と安国寺恵瓊が対立して揉めているが毛利家の処分はどうなっているのかなどと使いを寄越すようになったのだ。

西国の毛利や宇喜多でも家中に問題を抱え帰国したくてウズウズしている。

しかし、このようなことは三成でなくとも奉行なら誰でも知っていることである。

「増田殿にでも聞けばよろしかろうと言って追い返しておいたがの。今日、お越し戴いた方々も見張られていると思っておいた方がよろしいかと存ずる」

「なあに、そのようなこと、重々承知じゃ。我らのあとをそこまでついてきた者が二人ほどおったよ。のう、侍従殿」

兼続は試すように義宣の顔を覗き込んだ。

「はあ、本丸御門の手前で気配を消しましたが……」

「ほう。お気付きであったか。儂は湧水を飲みながら周りの気配を確かめたが……」

と言うと兼続は、やおら立ち上がり刀掛けから刀を抜くと畳に突き立てた。

「んぐっ！」という声が床下から聞こえると同時に左近が茶室を飛び出し、縁の下から這い出てきた忍びを一太刀で仕留めた。

庭に二つの躯《むくろ》が転がった。

「それでは今宵はこれまでにして明日、琵琶湖に浮かべた船上でということに致しましょう」

翌朝、三成に案内されて本丸天守に登った。そこからの眺望は西に琵琶湖を眼下に望み、その対岸には比良山塊が連なる。東に目を向ければそこは交通の要衝である。北陸道、中山道から京に入るにはこの佐和山城下を通過しなければならない。最後の砦の役目も果たしている。

三成が秀吉に如何に信頼されていたかの証左《しょうさ》だが、この城域全体は三成と左近がお互いの知恵と創意を出し合って作った作品といわれる。守将は三成の父、正継であるが、今は三成失脚と共に兄、正澄も佐和山蟄居を言い渡され、この城に拠っている。

佐和山城内部の接客御殿の造作は素晴らしい材と調度を揃えているが一歩奥に入ると板塀と打ちっぱなしの土壁で覆われ、床が抜け落ちた所は何か所も補修してあるほどである。庭も同じく築山や池は接客御殿の前だけで裏庭は矢竹で覆われている。

関ヶ原戦後、井伊直政の居城となった佐和山城だが接収した井伊家の家臣が「三成に過ぎたる城というからもっと豪勢な城かと思っていたが、このように見すぼらしい城であったのか」

と馬鹿にしたように呟いた。

それを聞き咎めた直政は、

「治部少殿は今まで御用繁多で自らの居城におる暇もなく修理や城づくりに手をかけられなかったのだ。それに見て見ろ。板塀は籠城した時の燃料になるし土壁は火の延焼を遅くする。そして庭の矢竹はそのまま武器になるのだ。これが本当の武将というものだ」と諭した。

夕時、搦手口から琵琶湖の入り江に架かる百間橋を渡り、船着き場で屋形船の舫《もやい》が解かれた。

同乗者は昨夜の五人に渋江、結城が加わった。そのほかに三成の兄正澄と舞兵庫、それに芳賀高武が同舟し船頭は三成近習の林半介である。船はゆっくりと湖面を滑るように進む。水面《みなも》を渡る涼風が心地いい。

琵琶湖の沖合から見る佐和山城の全景は威風堂々としている。

〝三成に過ぎたるものが二つあり、島の左近と佐和山の城〟と謳《うた》われた城を間近に見ながら遥か先にある竹生島を遠望する眺めは絶景である。

「この辺の名物である料理をご用意致しました。存分にご賞味戴きたい」

石田正澄は各自の膳に盛られた料理の説明を始めた。

膳の上は小鮎の山椒煮、琵琶マスの刺身、ごりの佃煮など琵琶湖で獲れる魚料理で満ち溢れている。

正澄の説明が一通り終わると左近が昨夜五人で話したことの概要を新しく加わった者たちに説明した。

聞き終わった前田慶次郎が口を開いた。

「俺はこのあと、取り敢えず金沢へ戻ることにする。前田が攻められるのを指をくわえて見ているわけにはゆかんからのう。だが、もし内府の矛先が上杉殿の方へ向いたなら数百を率いて御助勢に馳せ参ずる所存だ」

「それはかたじけのうござる。我らも前田殿が危急なれば助勢仕る」

兼続が応じた。そして三成の方を向いて尋ねた。

「仮に矛先が上杉に向けられし時には必ずや治部殿の決起のお約束が得られるのであれば、とことん徳川を引き付け暴れて見せまする。お約束や如何に？」

「お約束致す。その証人として我が養女［二女とも］を上杉家に差し入れよう。そして侍従殿にはその証として薙刀を進ぜましょう」

この時、密約の証として兼続は三成からお嶋を預かった。この女性はのちに岡左内定俊の子息、重政に嫁いでいる。

義宣がこの時、拝領した薙刀は銘を「丹波守吉道」といい美濃関鍛冶、吉道作の刃長二尺一寸二分のものである。

「治部殿は宇多殿［下野守頼忠］の縁《えにし》で真田殿や大谷殿とも繋がりがござろう。誘ってみては如何かな？　我らが徳川の正面で戦う故、背後から治部殿と大谷殿が襲いかかり佐竹殿と真田殿がその横腹を左右から突く。どうじゃ？」

兼続がしたり顔で自らの戦略を披露した。

「快哉《かいさい》なり！」

左近が思わず膝を叩いて叫んだ。

三成の正室は宇多頼忠の娘、皎月院［うた］であり、真田昌幸の後室、山手殿は同じく宇多頼忠の娘、寒松院である。つまり姉妹だ［異説あり］。さらに頼忠の子の頼次の妻は昌幸の娘である。また大谷吉継の娘は真田信繁［幸村］の正室、竹林院という複雑な関係性があった。

「殿。夕日が……」

と声をかけたのが船頭をしていた半介である。

丁度、夕日が比良の山端に落ちかけている。三成は客人にこれを見せたいがためにわざわざ舟を仕立てたのである。夕日が湖面を赤く染め、それがさざ波にきらきらと輝く。えもいわれぬ美しさだ。この絶景を見せたくなる三成の気持ちが十分に伝わった。

「こちらの情勢は、各々方にその都度お知らせする」という三成の言葉と共に接岸した。

翌朝、前田忽之斎は北陸道を金沢に向かって北進していった。兼続は別れ際に義宣に「車丹波殿をお貸し願いとう存ずる」と耳打ちをすると預かったお嶋を乗せた籠と共に東山道を北上していった。

義宣らは一つ手前の宿場で待たせてあった別働隊と合流し東海道を江戸に向かって歩を進め、相模で待っていた本隊と合流し岩城貞隆、東義久、小貫頼久らと共に招待を受けていた江戸城の秀忠を訪ねた。

義宣が江戸城に立ち寄ったのには理由があった。表向きは秀忠から招待を受けたことであったが、もう一つの理由は江戸城の内部を見たかったことがある。

二百五十万石の城というものに興味があったことも事実だが佐和山での密議で成り行きでは江戸城攻撃も選択肢の一つであったからだ。

もし、家康が前田や上杉の征伐をせず江戸に帰城し、上方で三成らが蜂起した場合には佐竹、上杉連合軍が北側から江戸城に攻め込むことも想定していた。

そうなれば江戸城内を見ておくのも悪くはない。

徳川秀忠について簡単に触れておこう。

家康の長男、松平信康は信長の勘気を被り切腹させられ、二男の秀康は秀吉の養子となり、その後、結城家を継いで徳川家を離脱している。

秀忠は家康の三男である。母は側室の西郷の局。幼名は長丸。

天正十三年に遡るが家康が秀吉と講和する条件として二男の於義伊《おぎい》［秀康］を秀吉の養子とすることで合意し、さらに秀吉は異父妹、旭姫を家康の後妻として嫁がせ、母の大政所を一時的に人質として三河に送って家康の上洛を懇願した。

その時の家康側からの上洛する条件は次のようなものであった。

『もし旭姫が家康の子を産んでも嫡子とはせず、万一家康が秀吉よりも先に死んだ場合には徳川領を長丸に安堵し徳川家を継がせること』を条件としたのだ。

この時に徳川家二代目が決まった。秀忠八歳の時である。

長倉諫死

佐和山での密議のあと、江戸城で秀忠の招待に応じた義宣は八月中旬に常陸へ帰国した。その翌日に久米の北家にお悔やみと墓参に出向いた。

佐竹一門のうちでも北家は一番座筆頭であり、東家、南家と続く。北家は義斯、義憲と相次いだ死で家中が閑散としている。北家の大御台と御台の二人は共に剃髪して尼となり菩提を弔っていた。

「又七郎［義憲と同幼名］よ。儂はな、そちの父上には、これまでたくさん助けてもらった。これからという時に逝かれてしまって儂も悲しいし悔しい。其方《そなた》の父からは北家をよろしく頼むと言われておる。そちが十一の歳になったら元服の儀を催し北家を継がせようと思っておる。それまでは北城様に後見戴くことにする。其方も肝に銘じて精進致せ。良いな」

義宣は義憲の遺言ともいえる手紙の内容を嫡男に伝えた。

「はい。有難きお言葉を戴き恐悦に存じます」

これが後の北義廉《よしかど》である。

義宣は墓参が済むと早速、東義久と長倉遠江守義興に城の増強を命じた。空堀の拡幅と同時に深く掘り下げ、その土塁の上の築地塀を嵩上げして鉄砲狭間を多くするよう指示した。さらに南郷赤館城に前線基地としてコメの備蓄と武器の補給をさせた。

年が改まり慶長五年［一六〇〇］となった。

元日、諸人名は伏見留守居の名代を大坂城に登城させ秀頼に年頭の挨拶をしたあと、西の丸にいる家康にも挨拶をした。この時、家康は年賀の使者として大坂城に上がった上杉家の老臣藤田信吉に対し景勝の上洛を求めた。

「会津殿は城の改修をしたり浪人どもを募《つの》ったりしておるそうだな。近いうちに一度上洛してその辺りを説明して戴かんとな」

昨年末に出羽仙北の領主である戸沢政盛が帰国途中で通過した会津の動静を家康に知らせてきていたため、景勝の動向を把握していた。

藤田信吉は帰国して家康からの通告を復命し、家康に逆らうことの非を諫めたが景勝は応じなかった。逆に景勝から「お主は家康の走狗《そうく》と化したか」と一喝され引き下がらざるを得なかった。

三月にはこれをきっかけに藤田信吉は徳川を頼って上杉家を出奔し景勝の叛意を訴え出た。

さらにそれを裏付けるように会津の隣国、越後春日山城の堀秀治は上杉の旧領越後に移封となり入部したが『越後の仕置きが上手くゆかないのは上杉が旧領民を扇動しているからだ』と思い込み、さらに移封に際し新領の年貢を先取りして行ってしまったことを恨んで上杉の動静をこと細かに家康に密告したのだ。それは会津に帰国した上杉景勝が領内の諸城を改築増強し兵糧、武器などを調達し諸国の浪人などの武辺者を召し抱えているというものであった。

　武辺者の中には前田まつを人質として出すことで前田征伐がなくなり、その決着を見た前田慶次郎利《とし》太《ます》は約束通り上杉に馳せ参じた。上杉は慶次郎を新規に召し抱えた浪人集団の組外衆筆頭として千石で召し抱えた。

　その浪人集団には後北条氏の浪人上泉《こうずみ》泰綱や蒲生氏郷の重臣であった岡左内定俊、小幡将監、山上道及、斎《いつき》道二らが召し抱えられた。

　だが上杉が最も力を入れたのが会津若松城は籠城戦には地形的に不利であるため会津若松から北西に一里の所に新城［神指城］を築くことにあった。

　藤田、堀の密告を受けた家康は伊奈図書助と河村長門守を会津に派遣して景勝の上洛を再度勧告したが景勝は頑としてこれを拒否した。

　慶長五年になり常陸の義宣の周りにも動きがあった。

　二月、義宣は水戸城に車丹波守斯忠《つなただ》［猛虎《たけとら》］を呼んだ。

「何の御用でござろうか？」

　車猛虎はぶっきらぼうにそう言うと義宣の前にドカリと腰を下ろした。

　車氏は佐竹の譜代ではなく岩城氏からの出である。猛虎は人質という身分で義重に仕えることになったが戦場では猛虎と渾名されるだけあって獅子奮迅の働きをするので、それが認められて義重に重用された。猛虎は戦になればこんな頼りになる男はいないのだが何しろ喧嘩っ早い。誰彼構わず気に入らなければ喧嘩を始める。

　ある時、重用されていた義重にも反抗して佐竹家を飛び出して浪人となった。隣国の蒲生氏郷に仕えたが、そこでも喧嘩が元で出奔し、再度佐竹へ帰参を果たし名護屋陣には佐竹から参陣し今に至っていた。

　義宣は猛虎がたまに政に口を挟み一度言い出すと引き際が悪く、余り相性が良くないので好きになれない。

「丹波、実はのう」

　と佐和山での密議の一部始終を口止めした上で話をした。

「そこで直江山城殿からお主を所望された。ついてはお主に佐竹から兵五百を付けて召し放つ。あとは会津殿の指示に従ってくれ。ただし、喧嘩は無用だぞ」

　猛虎をわざわざ紐付きの浪人にしたのは義宣の深謀遠慮があった。どちらに転んでも佐竹が立つように逃げ道を作ったのだ。

「分かり申した。儂は所領が北の外れに置かれ今まで、御屋形とは余り話す機会もなくここまで参ったが兵五百は餞別として有難く頂戴致す。御屋形、大殿の御為に会津で存分に暴れてお目にかけよう。御免」

　猛虎はクルンと上を向いた自慢の口髭を捩《ね》じり上げながらドカドカ退出していった。その後、準備を整えた猛虎は五百余を引き連れて会津に旅立った。


　また同じ頃、伏見屋敷で於江が男児を出産したという知らせが届いた。世継ぎを得た喜びは何物にも替え難いものであった。秀吉がお拾い丸を得た時の喜びようが今になって分かったような気がした。

　幼名は父の義重や自分も名乗っていた徳寿丸と名付けた。だが、徳寿丸は生まれ付き虚弱体質で発熱や嘔吐を繰り返した。やっと歩き始めた頃、高熱を発し主治医たちの治療や看病の甲斐もなく徳寿丸は二度目の誕生日を迎えることなく他界した。掌中の珠であった子を失う辛さは己の体の一部を引き裂かれるほどの痛みを伴った。だが、そんな悲しみに浸っている暇はなかった。

　四月に入ってすぐ佐竹家中で問題が発生した。

　上杉家の藤田信吉のように義宣にも諫言する者が現れたのだ。それは義宣が佐和山から帰国するとすぐに指示した城の修築工事がなかなか進まないのだ。

東義久と普請奉行の長倉義興を呼びつけ質した。

「なかなか堀の普請が進まぬようだが、どうしたことだ？」

「それに付きましては、御屋形様に申し上げたき儀がございますがよろしいでしょうか」

長倉義興が口火を切った。

「構わぬ。申せ」

「それでは申し上げます。混沌として先が見えぬ昨今、敢えて城の増強などをする必要がありましょうや？　内府殿が諸大名たちの動静を鵜の目鷹の目で見張っております。当家が目を付けられたら如何致しますか？　今は時期が非常に悪うございます」

聞いていた義宣の鼻の穴が膨らむと共に眉が吊り上がった。

「何だと！　儂の言うことが聞けぬと申すか！　早急にやるのだ！　分かったな！」

激昂《げきこう》した義宣はそれだけ言うと席を蹴って部屋を出ていった。

このことが上杉同様、謀反呼ばわりされることは義宣も分かっている。分かっているが、それを長倉に言われることが我慢出来なかったのだ。

それは昔の出来事に由来する。その昔、長倉氏には宗家に対し反乱を起こしたという黒歴史があった。

この件は佐竹氏と上杉氏との関係においても重要なので少しだけ紙幅を戴く。

それは遡ること二百年ほど前の応永十四年。佐竹家には『山入の乱』という百年間にわたる内乱があった。主家の佐竹家に対して一門である山入氏と長倉氏が手を組んで反乱を起こした。

その原因となったのは佐竹十二代義盛には嗣子がいなかったため、その家督相続を巡って一族や国人らの間で対立が生じたことであった。上杉憲定の次男で八歳の竜保丸に義盛の娘、源姫を娶らせて跡を継がせようとする一族の小田野や宿老である小野崎らが、義盛の弟、義有を立てようとした一族の山入、長倉、額田らと対立し、山入、長倉らは長倉城に拠って抵抗したのだ。

この内訌に対して関東公方の足利持氏は竜保丸の擁立を支持して反乱軍を鎮圧し義人［竜保丸］に跡を継がせ十二代目としたのである。

しかし、このことが元で山入氏や長倉氏などは佐竹宗家に対して『違乱』や『かかへ』という反抗を繰り返し『山入の乱』という百年にわたる内乱を引き起こした。紆余曲折はあったが十六代義舜《よしきよ》の時に内訌によって分国化した領地の統一に成功して今に至っているのだ。

こうして血縁で結ばれた佐竹家と上杉家は、その後も良い関係を保ち、それ以来、父義重と上杉謙信は遠交近攻策でお互いの敵を牽制してきていたのである。

このような過去もあり、今回の件も義興が主人である自分の命令を蔑《ないがし》ろにして家康に気を使っていることに腹が立って仕方がない。

義宣が義興に工事を厳命した翌日、義興は普請奉行の職務を放棄して無断で自らの柿岡城に帰ってしまったのだ。

義興も帰城してから──しまった！　早まった──と思ったが、もう遅い。主人の命令に背いたのだ。攻め滅ぼされても文句は言えない。籠城して戦うか、それとも妻の実家を頼って下野に逃れるかとも考えたが、ここは開き直って全ての城門を開け放ち様子を見ることにした。

一方の義宣も一気に踏み潰すことを考えたが義久と相談し、もう一度弁明の機会を与えるので水戸城に伺候するよう使いを出した。

義興が数騎を伴って水戸城に向かった所、途中で義久の出迎えを受け、

「追って沙汰するまで増井の正宗寺にて蟄居せよとの御屋形様よりのご指示である」

と義久の護衛でそのまま正宗寺に蟄居させられた。

それと同時に石塚源一郎は柿岡城の城受け取りを命じられ軍を率いて一戦を覚悟で押し寄せたが柿岡城に着くと城の門は開け放たれており家老以下の者は粛々と城明け渡しに従った。義興の指示であった。

次いで四月九日、義宣は『義興切腹の命』を小場式部義成に託し正宗寺に遣わした。

「御屋形様よりのご命令を伝える。『長倉遠江守義興、切腹申し渡す』との御下命である。このようなことを伝える某は辛《つろ》うございます」

小場家と長倉家は一年前まで所領が隣同士で付き合いが長くて深い。義成は六歳年上の義興に弟のように可愛がってもらった幼い頃の記憶が蘇った。

「小場殿、お役目ご苦労にござる。こうなったのも某の不徳の致す所でござる。お気になされるな。某、今でも城の修築は、お家の御為にならぬと思っておる。何卒、御再考を願い上げますと御屋形様にお伝えくだされ」

「某や弟の源一郎も同じ思いでございます。長倉殿の思いは必ず御屋形様へお伝え致します。御台様や御子たち及び御家中の者は御家老以下全て某が引き受けまする。のちの憂いはご無用に願います」

義成も主君義宣の性急な城改修には反対であった。言わなかった、いや言えなかった自分を恥じた。もし言っていたらと考えると……同じ運命になっていたのかもしれない。

「そう言って戴くと有難い。では六郎殿、介錯をよろしゅうお頼み申す」

と言うと諸肌脱いで腹に刃を突き立てた。

「某、死してお諫め申し上げる。さらばでござる」

「えい！」

長倉遠江守義興、享年三十八。

長倉氏の去った柿岡城には阿南や大御台の末弟で伊達政宗の伯父であるが政宗と反りが合わず佐竹へ逃れて仕官していた伊達盛重が入部した。

直江吠える

義宣の常陸帰国と同じ頃、前田利長が父利家の遺言から半年も経たないうちに金沢に帰国した。既に大方の大名は帰国しており上方に残っている大物は家康のほか毛利輝元と宇喜多秀家を除いて誰もいなくなった。

毛利と宇喜多にしても家中に問題を抱えており九月九日の重陽の節句で秀頼に祝辞を述べたら早々と帰国するつもりである。

三成の蟄居によって十人の合議制が崩れ家康が筆頭家老として政治の実権を握り独断で諸懸案を処理するようになった。そのため、諸問題についての相談がなくなり大坂にいる必要がなくなったからであった。

九月七日、伏見城にいた家康は重陽の節句で秀頼に祝辞を述べるため空屋敷となっていた大坂の三成邸に入った。

するとそこに奉行の増田長盛がやってきて、

「内府殿、帰国した前田殿が主導されて浅野弾正殿、大野修理［治長］殿、土方勘兵衛［雄久］殿と共にご登城途中の内府殿のお命を狙っておるようでございます」

と御注進に及んだ。

家康とて、それぐらいの情報は掴んでいたが大仰に驚いて見せ注進の礼を言って追い返した。

家康は九日の節句では大袈裟なほどに厳重な警護を付けて大坂城に登城し秀頼に面会してお祝いを述べて退出した。

この節句に託《かこつ》けて大坂に来たのはもっと重要な仕事があったからで、それは西の丸にお寧を訪ねることであった。その晩、家康はお寧の部屋を出ることはなく、翌朝には満面の笑みを湛えた丸い家康の顔は朝日を浴びてさらに輝きを増していた。

二十六日になると北政所は上臈の孝蔵主や東殿らと共に大坂城西の丸を退去して京都三本木の屋敷に移り剃髪して高台院湖月尼と名乗った。

その翌日には家康が晴れて大坂城西の丸に入城した。この入城こそ二人の寝物語で既に決められていたことであったのだ。家康は西の丸に入ると、そこに天守閣の築造を命じ政治の主導権を握った。

その大仕事を終えた家康は十月二日になり重陽の節句に自分の暗殺を企てた前田利長らの処分にかかった。浅野長政は甲斐の自領に蟄居、大野治長は結城秀康お預けとなり土方雄久は常陸の義宣に預けられた。

この家康暗殺未遂騒動の首謀者とされた前田利長は家老の横山山城守を大坂に派遣し弁明に努めた結果、利長の生母であるまつ［芳春院］を人質として江戸に送ることで嫌疑が晴れ、前田征伐は取り止めになった。

前田利長の謀反を未然に防いだ家康は次にいくら催促しても上洛しない上杉景勝に業を煮やした。

それに上杉を出奔して家康の元に馳せ参じた藤田信吉からも上杉の内情を具《つぶさ》に報告を受けている。このまま、在国を許せば家康のいない江戸は背後から襲われかねない。

そこで家康は上杉家の家老である直江兼続の学問の師である豊光寺の僧、西笑承兌を呼びつけ上杉への非違八カ条の詰問状を作らせた。それを伊奈図書助昭綱に持たせ会津の兼続に遣わした。

書状をもって真相の究明を求めたのだ。それに対する返書が、いわゆる『直江状』と呼ばれるものである。

『直江状』は原文が残っておらず、その写しなるものが時代の変遷と共に内容も変化したり加筆されたりしているため、だいぶ以前からその存在が問われているが最近の研究によれば、それに近い物はあったようだということになっている。

西笑承兌は景勝の非違を八カ条で問い質しているがこれに対し兼続は十五条にわたって反論している。

承兌は越後の堀直政から景勝に叛意ありと報告されているのでそれに対して景勝殿に謀反の意思がな

いのなら誓約の起請文を内府殿に提出して申し開きをするべきであると八カ条にわたって穏やかに諭している。そして最後に私は数ヵ年にわたって兼続殿と親密な書状のやり取りをしてきた間柄であり今回の事態は上杉の存亡に関わることなので座視出来ません。よくよく熟慮して戴きたいと結ばれている。

一方、兼続は景勝謀反の噂があることは知っているが誓書など何通書いても反故にされるのだから無駄なことはしません。それより謀反の噂を流した讒《ざん》言者《げん》の言い分を糾明するのが筋でしょう。その糾明がないうちは上洛するわけには参りません。直接お目にかかって申し上げたく思いますが、天は白黒をご存じであろうとの思いから書き付けてみましたというのが返書の大意である。

その最後に追伸として大事なことをサラッと、

「聞いた所によりますと内府様または中納言様［秀忠］がこちらへ御下向されるそうなので、諸事万端のことは、その時にでも詳しくお話し致しましょう」

と書いている。つまり「誰でも来るなら来い。その時にはいつでも相手になってやる」ということになる。この追伸が後世の作かどうかは不明だが、もし本当ならこの時点で家康の上杉討伐を知っていたことになる。

この詰問状は西笑承兌と兼続の私信であるが家康が自分の意を組ませて書かせた書状である。返書がどうであれ家康からの最後通告であった。

それは四月二十五日に長岡忠興、加藤嘉明、福島正則に会津征伐時の先鋒を命じ二十七日には伏見城の留守を島津義弘に依頼していることから明らかに既決事項であったのだ。

二人の友誼

五月三日、家康は諸大名に対して上杉討伐のため、上坂するように召集し六月六日に大坂城西の丸で上杉征伐の軍議を開いた。

「此度は秀頼君をお守りする五大老の一人として謀反の恐れある上杉を討つことになった」

あくまで大義は若君に刃向かう悪逆を成敗する体裁を整えている。

軍議といっても既に決められていたことが一方的に述べられただけであった。

長岡忠興、福島正則、加藤嘉明が先鋒となり家康、秀忠及び東海西国の諸将が白河口から、佐竹義宣、相馬義胤、岩城貞隆は仙道口、伊達政宗は伊達信夫口、最上義光と仙北諸将は米沢口、前田利長、堀秀治、堀直政、村上義明らは越後津川口からとなり、そのほかの在坂諸将の池田輝政、浅野幸長、蜂須賀至鎮《よししげ》、中村一氏、田中吉政、藤堂高虎、真田昌幸、一柳直盛、黒田長政らは家康に同行を命じられた。

そのあとで家康は本多佐渡に大義名分の裏打ちを画策し秀頼に謁見して軍資金黄金二万枚と米二万石を出させることに成功した。六月十五日のことであった。

翌十六日、会津への出入り口を任された佐竹、伊達、最上の三大名は伏見を発って帰国したが勝手に出陣することは許されず、ほかの諸将に対しても勝手に行動することが禁じられた。

同じ日、家康は大坂城を発ち伏見城に移った。ここで軍を整え会津征伐に赴くためであった。伏見に着いた家康は鳥居元忠、内藤家長、松平家忠らを囮《おとり》として伏見城の守備を頼んだ。大坂、伏見から家康がいなくなれば三成が佐和山で挙兵し伏見城を攻撃することを想定していたからであった。

その晩、家康は伏見に残留する主だった者たちを一堂に集め酒宴を催した。

「彦右衛門［元忠］、儂が今川の人質であった時から側近として、よく働いてくれた。此度はこの城を委ねてゆくが手勢が少なく三千ほどしか残せぬのだ。許せ」

家康が、まだ竹千代と呼ばれていた頃から近侍していた元忠を気遣った。

「殿、なんの、なんの。それほどの人数は要りませぬ。某と五左衛門［松平近正］だけで充分です。殿がこの日の本に『厭離穢土欣求浄土《おんりえどごんぐじょうど》』の御旗《みはた》を掲げるためには一人でも多くの家臣が必要となりましょう。もし大坂方に包囲されし時には火を放って討死覚悟でござる。御本懐を遂げられますようお祈り申し上げげます」

と元忠は言って聞かない。

家康は元忠の言うことを素直に聞いて千八百の兵を残し十八日に江戸に向かって進発した。途中、家康の命を狙う者がいるという噂があったため三河までは急行したが、その後は東海道沿いの大名たちの所に寄り鷹狩りなどをしながらゆっくりと進み七月二日、江戸城に入った。

一方、中央政権から引退した三成は近江佐和山の領主として領内の仕置きや寺の建立などに専念していたが家康が東下すると、すぐさま直江兼続に宛て家康出陣を知らせた。その情報を得た上杉は二月から始められていた神指城の築城工事が間に合わないとみて中止し国境沿いにある白河城の整備を急がせることにした。

家康が江戸城に帰城した丁度その日、三成は会津征伐に向かって垂井に着陣した敦賀五万石の城主、大谷刑部吉継に使者を送り佐和山城に迎えた。

三成は会津征伐の出陣に際し息子である隼人佐重家を大谷軍の麾下として従軍させることで家康の許可を得ていた。

「紀之介、体はどうじゃ？　大事ないか？」

三成は会うといきなり吉継の体を案じた。

吉継は癩を患い顔が崩れており顔中を白布で覆っている。眼だけは出しているが、その視力も殆どない。

三成が吉継の目が悪いことに気付いたのは朝鮮出兵の時であった。朝鮮では共に奉行を務めた間柄である。朝鮮の絵図を見る時にそれが現れた。三成が指示する絵図の場所とは違う、あらぬ方向を見ているのだ。

ある時、それを確かめるべく三成は吉継を船上に誘い兵站の上陸場所の目印を指し示してみたが、やはり指した方角を見ていない。

「紀之介、試すようなことをして済まぬと思うが、お主、目が見えないのではないのか？」

「佐吉……気が付いたか。以前は霞んでも見えていたのだが、今は殆ど見えぬのだ。医者からは癩《らい》だと言われている」

吉継はその時には既に癩病を患っていた。当時、癩は感染する伝染病の一つと考えられていた病であった。今でいうハンセン病のことだが、その感染力は極めて弱いと今ではいわれている。

とある茶会で皆の間で回し飲みをする濃茶での出来事であった。

癩病を患っていた大谷の所へ茶碗が回り作法通りに飲んだ所、運悪くその茶碗の中に鼻水がポトリと落ちた。それを見ていた次客は大谷の飲んだ茶碗を受け取ったが茶碗には口も付けずに飲むふりをして次へと回し、最後に三成の番となった。三成はその茶碗を受け取るとズズッと最後の一滴まで飲み干した。

それを見た大谷は感じ入り三成を腹心の友として付き合うことを肝に銘じたのだった。

「気遣いは無用じゃ。儂に明かりはなくとも、まだ口と耳はある。いや、目も此奴がおれば見える」

吉継は隣に控えている側近の湯浅五助の膝を「これが儂の目じゃ」と言ってポンポンと叩いた。この男が常に吉継に付き従っている。

「そうであったな。五助殿、紀之介をよろしく頼むぞ」

吉継は宙に漂《ただよ》う視線を声の主に向けた。

「佐吉、相談とは何じゃ？　よもや内府を討つ……というのではあるまいな」

「そうだ、そのよもやだ。お主も儂に力を貸してくれぬか。豊臣恩顧の大名などといわれる奴らが太閤亡き後、手の平を返したように家康に靡《なび》くのが許せぬ。内府はそれを良いことに豊臣を倒し天下を狙う奸佞《かんねい》の臣じゃ」

「それよ、お主のその潔癖主義がいかんのだ。人には色々な考え方がある。義で動く人、損得勘定をする奴、本当に心酔して従う者、何も考えずに流れに乗る輩とな。お主のような人間ばかりではないのだ。自分の物差しで人を計ってはならぬ。それでなくともお主は人に嫌われておる。儂でもムッとする時がある。愛想がないだけでなく、お主には自分の考えを押し付ける悪癖がある」

三成の思いは理解するが極めて危ない考えを換《か》えねばならぬため吉継は敢えて三成の人格までこき下ろした。

「そこまで儂の悪口を言わなくても良かろう。儂が嫌われ者であることは重々承知している。確かに儂に味方は殆どおらぬ。強いて挙げれば紀之介、お主と小西殿、上杉殿と佐竹殿それに宇喜多殿ぐらいであろうな。しかし、それ以外にも故太閤殿下に恩義を感じて秀頼君の元に馳せ参じる者はおるだろう」

「一度、政権から外れ力を失ったお主が頭《かしら》ではだめだ。若君に先頭に立って戴くことが一番いいが内府に軍資金まで渡して送り出されたのだ。若君がお出ましになることは、まずあるまいし、お袋様が許すまいぞ」

吉継が今度は三成の一番弱い所を突いてきた。

「まあ、儂の計略を聞いてくれ。上杉殿、佐竹殿、真田殿には手を打ってある。内府が上杉殿に襲いかかった所を四方から攻めかかるのじゃ。烏合の衆の中にも故太閤の恩義を感じ内府を裏切る者もあろう」

「いや、上杉の背後には内府べったりの最上や堀、一癖ある伊達、前田だって分らんぞ。人質を取られてからは内府に寄っている。味方になりそうな毛利や宇喜多だって西国からでは遠過ぎて間に合わんだろう。無謀だ。今なら、まだ引っ込みがつく。悪いことは言わぬ。止めておけ」

「そうか。紀之介、お主とは敵同士になりたくはなかったが……致し方ないな」

ついに吉継は〝諾〟と言うことなく五助に手を引かれて垂井に戻っていった。

吉継は垂井に戻って三日三晩考えた。今、三成が対峙しようとしている家康は人望でも戦力でも財力でも戦をして勝てる相手ではない。何とか親友である三成に無駄死をして欲しくないが三成を説得する手立てが見つからない。

もう何を言っても聞かないだろう。昔からそういう奴なのだ。だから作らなくてもいい敵を自ら作ってしまうのだ。

—ならばいっそのこと、腹心の友と生死を共にするのも悪くはない—という思いに至った。そして家康には参陣途中で病を得たので遅参すると使いを出した。

四日後、吉継は再び佐和山へ戻ってきた。今度は京都東福寺の住持で伊予六万石の領主でありながら毛利家の外交僧も務める安国寺恵瓊を伴っている。

「佐吉、構えて尋ねる。お主の考えに変わりはないな?」

吉継は座るなり三成に問うた。

「ない。今、内府に対する弾劾状を作っておる。これが最後通牒《つうちょう》だ」

「承知した。拙者の命、お主に預ける。見ての通りの盲目である故、お主の思うほどの働きは出来ぬかもしれぬが、ここでお主を見捨てては儂の武士道が廃《すた》る。悔いを残して死にとうはない」

吉継は中空を見据えて自らの決意を三成に伝えた。

「……そうか。かたじけない……」

感極まった三成の言葉が詰まった。

「そうと決まれば、前にも言ったようにお主が頭ではついてくる者もついてこない。そこで毛利殿に総大将をお引き受け戴くことが一番いいだろうと思い恵瓊殿に御同道願った次第だ」

吉継は色々考えた末、安芸中納言を大坂方の総大将に据える。これ以上の妙手はないとの結論に至った。毛利をこちら側の総帥に据えれば内府と釣り合いが取れる。

「治部殿挙兵の話は刑部殿から聞いております。拙僧が毛利の御大将を説き伏せて御覧に入れましょう。だが毛利の内部もなかなか複雑でしてな。毛利宗家の問題だけでなく両川も仲が悪い。先達《せんだっ》ても内府殿が吉川広家に狙いを定めたようでしてな、養子の秀元［後見人は安国寺恵瓊］にも手を回してきたので拙僧から秀元に先手を打って内府に味方をせぬように誓書を出させたのです。それについてお願いの儀がございます」

恵瓊はそこで話を止め姿勢を改めた。

「ズバリ申し上げます。殿［輝元］を説き伏せる土産を戴きたい。山陰二カ国と筑前一カ国、それに大老筆頭の地位で如何でありましょうか」

「なるほど。毛利殿とは太閤殿下ご存命の時から保留となっている小早川家の遺領問題が未だに処理されていないはずですが、これで安芸中納言殿と秀元殿、吉川殿の御三方に納得のいく配分が出来そうですな。いいでしょう」

これで毛利、小早川、吉川が味方になれば四万から五万人ほどの兵が調達出来ることになる。

「毛利家中は拙僧が取り纏めまする。小早川、吉川にもこちらに与《くみ》するよう説得致すのが楽になり申した」

恵瓊は毛利家の説得を引き受けると、

「善は急げの謂れもございますれば拙僧はこのまま安芸に下ります」

と言って佐和山をあとにした。

三成と吉継は夜を徹して『内府違ひの条々』と題した弾劾状を作り上げた。

『内府違ひの条々』は家康の非違十三条を挙げて諸大名を糾合すると共に家康に対する宣戦布告であった。

一、五大老、五奉行の結束を誓った起請文の誓いを破り、石田三成と浅野長政の奉行二人を追い落としたこと

一、前田利長が誓紙を提出して違背ないことを誓ったにも拘《かかわ》らず上杉景勝を討つと言って母の芳春院を人質に取ったこと

一、上杉景勝に何の咎もないのに誓紙の約定を違え、許可なく出馬したこと

一、知行のことは自分が受け取ることはいうに及ばず、取次も行わないという取り決めにも背き忠節もない者に知行を与えたこと
一、太閤様が定めた伏見城の留守居を追い出し勝手に自分の家臣を入れたこと
一、十人以外との誓紙のやり取りが禁じられているのに数多くの人と誓紙のやり取りをしていること
一、北政所様の御座所に居住したこと
一、本丸と同じように天守閣を築かせたこと
一、諸大名の妻子のうち親しい大名の妻子を国元に帰国させたこと
一、縁組のことでは決めごとに背いて、その理《ことわり》を申し上げ承知したにも拘らず重ねて数多の縁組をしていること
一、若い者どもをそそのかして徒党を組ませたこと
一、五大老が連署すべき書状に一人で署名して発行していること
一、内縁の者に便宜を図って八幡［石清水八幡宮］の検地を免除したこと

これらの誓紙の内容にも従わず太閤様のご遺命に背いては何をもって政というべきか。各々一人一人が秀頼様お一人を主君として取り立てることは誠に当たり前のことである。

檄文［読み下し文］

「今度、景勝へ発向の儀、内府上巻の誓紙並びに太閤様御置き目に背き、秀頼様を見捨てて出馬候間、各々申し談じ、楯鉾［戦］に及び候。内府違ひの条々、別紙に相見え候。この旨を尤もと思し召し、太閤様の御恩賞を相忘れられず候わば、秀頼様へ御忠節あるべく候」

『内府違ひの条々』として奉行の増田長盛、前田玄以、長束正家とが連署して家康の罪状弾劾の書状に添えて毛利輝元、宇喜多秀家連署で家康討伐の『檄文』を諸大名に送った。

三成挙兵

江戸に着いた家康は三成が挙兵するのを今か今かとジリジリしながら待った。

出来れば会津との戦になる前に三成が挙兵することを願っていた。始まってからでは簡単に陣を引くわけにはいかない。そのうち横っ腹を佐竹や真田が突いてくるだろう。時を待たずして背後からは三成が西国大名たちの大坂連合軍を率いて攻めてくる。もしその連合軍が秀頼を担ぎ上げて参戦してきたら、この遠征軍はその殆どが豊臣恩顧の大名たちなのだからいつ寝返るか分かったものではない。

徳川軍は袋の鼠だ。家康の夢にまで出てきたどんでん返しの修羅場だ。そこで目を覚まし安堵する日々が続いた。

しかし、いつまで経っても三成は立たない。あれだけ周到に立てた計画だが――ひょっとして三成は挙兵しないのか――という疑問が焦る気持ちをさらに煽る。

江戸には続々と諸将が集まりその数六万を超えた。七月七日に家康は江戸城において会津征伐時の軍令十五カ条を発布し翌八日には榊原康政を先鋒として会津に向けて出陣させた。続いて十九日には秀忠が前軍として三万七千余を率いて江戸を発った。

二十日まで待ったがついに三成挙兵の知らせは江戸に届かず家康は二十一日に三万二千を率いて出陣した。


佐竹は仙道口を任されて一足先に帰国していたが勝手な行動は禁じられ家康からの指示を待つように釘を刺されていた。仙道口というのは常陸太田から棚倉街道を郡山へと向かう道で会津の喉元まで伸びている最も重要な出入り口の一つである。

しかし義宣はその指示を無視して家康が江戸を発ったその日、上杉の友軍として棚倉へ向け出陣した。

棚倉に義宣本隊一万五千、寺山に渋江内膳が五千、矢祭に梅津半右衛門、百村豊後守が率いる五千が布陣した。また、挟撃に備えて南西部にある城の強化を図り父義重が昔、小田氏治を攻めるため築いた多気城の修築を命じ結城秀康に対する前線とした。真壁房幹には谷貝峰城に大軍勢が収容出来る駐屯基地の整備を指示した。なお、義父の多賀谷重経は下妻城にあり会津に向かう家康の暗殺を画策するが未遂に終わり、のちにこれが発覚し改易となった。

　義宣の所にも家康の発布した軍法が届いた。それからしばらくして三成からも『内府違ひの条々』と『檄文』が連歌師の兼如によってもたらされた。そこには佐和山の密議で喧々諤々《けんけんがくがく》と、あげつらった家康批判が箇条書きになっている。この檄文をもって三成は佐和山で挙兵し西軍が蜂起したとされる。

　義宣は主だった者を棚倉城に呼び寄せ皆の意見を聞くことにした。

「江戸内府殿より上杉征伐に向けてこのような軍令が届いた。そして石田治部少輔殿からは内府殿への弾劾文が寄せられた。これらについて各々方の意見を聞きたい。安房、この評議を仕切ってくれ」

　義宣は上座から家老筆頭の和田安房へ命じた。

「ははっ。此度は豊臣家に対する謀反の疑いで江戸内府殿が御幼君に成り代わって上杉殿の征伐に赴くことに相成った。しかしながら当家と上杉家は浅からぬ関係にあり、さらに石田治部少輔殿には佐竹危急の折には幾度も故太閤殿下に執り成して戴いた御恩もある。さりとて内府殿にも若君をお守りするという大義がござる。探りを入れた所によると江戸に集結した諸将は六万を遥かに超えるという。どちらに付くか、これはお家の存続を左右するような重い判断となろう。故に軽《かろ》き思い付きのような発言は控えて戴きたいと存ずる。発言は挙手の上、こちらで指名する」

　和田安房は発言に釘を刺した。

　幾本かの手が上がった。

「では、南殿」

「当家は上杉家と血の縁《えにし》で繋がっておりますし、今でも同盟関係を保っております。また、三成殿とは那須家改易の時や宇都宮家の時のように御家存続が危ぶまれた折には骨を折って戴いたという恩義がござる。ここでその恩に報いねば、どこで武家としての道が成り立とうや。それに、もし我ら佐竹上杉連合軍が徳川を破れば最大の功労者として江戸、いや関東の覇者として君臨するのも夢ではないぞ。どうだろう、治部殿に賭けてみては……」

「そこの、河井殿」

「それは違う。治部殿への御恩、御恩と申されるが治部殿には我らが知行より毎年三千石という世話取次料をお支払い致しておる。それに七将による襲撃からお守りしたことで御破算であろう。もう既に天下は内府殿へと靡《なび》いておる。それに抗《あらが》えば時を逸することになる。このような好機はもう巡っては来るまい。内府殿に合力すべきだろう」

その後、向宣政や小貫頼久、梶原政景、渋江政光、石塚義辰などから様々な意見が出たが結局、一刻を経ても結論は出ず六四の割で内府へ付くべきであるという意見が多数を占めた。

ここまで皆の意見を黙って聞いていた義宣が口を開いた。

「この内府殿宛ての弾劾状は儂が治部殿や直江殿と佐和山で語り合ったことを纏めて文言化したものであり儂の考えも同じである」

と前置きをした上で今までの三成からの厚誼の数々を披露し、その恩義に報いることこそが人としての道であることを述べた。そして家康挟撃の具体的な作戦を皆に示した。

「ただ、この作戦が難しいのは『阿吽《あうん》』の呼吸である。内府が会津への攻撃を仕かけてからでないと儂も真田殿も動けぬのだ。そして同時に治部殿が上方で挙兵するという筋書きになる。どれ一つでも早まってはならぬ。それまでは様子見と致す故、おさおさ油断なきよう臨戦態勢を解いてはならぬ」

義宣のこの方針で佐竹軍の軍事行動が定まったかに見えた。

「中務殿、御発言がないようですが……」

安房は一番座に席を占めながら一言の意見も述べず腕組みをして瞑目している義久に発言を促した。

「然《しか》らば只今の御屋形様のお言葉を踏まえた上で申し上げる。この判断は如何にも難しい。罷《まか》り間違えばお家の浮沈に関わる問題であることは紛れもない事実であろう。各々方の意見をお聞きしたが、何れもどちらに付くかの意見であったが某が思うには、今は性急にそれを決める必要はないと存ずる。又七郎殿亡き今、忍びからの知らせは某の所にも、もたらされておる。それに拠れば、どうやら内府殿は上杉殿をダシに使っている節がある。内府殿の京からの帰路や二十日に及ぶ江戸での滞在など緩慢な動きが気になる。もし本気で上杉殿を成敗するつもりなら敵の軍備増強や城の強化を待つ意味がない。佐和山での密議の件も御屋形様よりご相談を戴いて治部殿のお考えは存じておるが内府殿もそこの所は分かった上での緩慢な動きに見えるのだ。間違いなく三成殿が上方で旗揚げされるのを待っている。そして、此度の弾劾状並びに檄文によって今後、ことが俄かに動き出すであろう。その時に旗幟《きし》を鮮明にしても遅くはないと存ずるが如何でござろうか」

義久が家康に肩入れするような発言をすれば義宣は強固に我を通すに決まっていることをちゃんと見据えてのことであった。義久はここで前のめりに三成に加担しようとしている義宣をどちらにも与《くみ》しないという苦肉の策で押し留めたのだった。


家康が東下して大坂城には増田長盛、長束正家、前田玄以の三奉行のみが残り政務を取り仕切っている。三成は使者を立てると長盛らに宛てて立て続けに指示を出した。

まず七月十三日に三成は諸大名の妻子帰国を禁止し、自分を襲った七将たちの妻子を人質に取って家康接近を阻止しようと図った。

七月十七日に三成は『内府違ひの条々』と『檄文』に二大老と三奉行連署の上、諸大名に送るように指示した。これは宣戦布告状である。その日から大坂の町には島左近の軍によって戒厳令が敷かれ、町の辻々の番所で木戸が閉じられて行き交う人々の監視が行われた。

徳川方と見做された大名屋敷は厳重に包囲された。そうなると目を付けられた大名屋敷では包囲された網を如何にして潜り抜けて人質の奥方や御子たちを脱出させようかと留守居たちは知恵を絞った。

仮病を装ったり、長持［櫃］に細工をしてみたり、茶箱に入れて運んだりと成功した例もあったようだが長岡［忠興］家では違った。

忠興は愛妻家であるが恐妻家でもある。正室の名は玉。キリシタンとなって洗礼名をガラシャという。明智光秀の三女である。

忠興は美人の誉れ高い妻を愛しているが故に嫉妬心がすこぶる強い。人目に晒すことなどもっての外で屋敷から外出することさえ許さない。

屋敷内に別棟で奥座敷を造りそこに出入りする者は限られ、奥方との取次は老女の佐登が担っていた。奥方付きの老家老がいるが、その家老ですらその一室への入室は禁じられていた。


玉はそのような玉造にある大坂屋敷で豊臣家の人質になって暮らしていたが夫の忠興は家康党の筆頭にでもなりそうなほどの家康贔屓《ひいき》である。

三成にすれば決して逃したくない人質である。

「越中守の妻女だけは逃すな」

と三成は厳命した。忠興の妻に対する感情を熟知してのことである。忠興の弱みであるガラシャを押さえれば忠興は絶対に敵対しないと確信していた。

しかし忠興は今回の出陣に当たって留守家老に
「もしそのような事態が起ったら逃がせ」などとは言わない。家臣である男に手を引かれて逃げる様《さま》など想像するだに悍《おぞ》ましい。

「〝自ら命を絶て〟と御台に伝えろ」と命じたのだ。自分では言わない、いや、怖くて言えない……のだ。

「秀頼君への忠孝の御為に御台様におかれましては今夜中にも大坂城内へお移り戴きたい。それまでこちらでお待ち申し上げる。もし、それに逆らうようであれば軍をもってことを為すまででござる」

と言って奉行配下の使いは動こうとしない。長岡家の留守家老と奥付家老は二人で顔を見合わせて溜息を吐いた。

「佐登殿に相談し、お方様のご意向をお伺い致そう」

佐登に取り次いでもらったが答えは「嫌じゃ」である。

「目通りを許すとのことです」と佐登は老臣二人を玉の部屋へ案内した。

「殿がそのようなことを許すはずがない。殺せと言われているであろう」

と玉は言うのだ。

「いえ……」。家老どもは額づいたまま顔も上げられず口ごもった。

「ご自害されよと……」

「ヤリシタンに自害は許されぬ。ならば、そちたちの内どちらかがわらわの胸を突いてくりゃれ」

と言うと居住まいを正し両の膝を襷《たすき》で縛り左胸を露《あら》わにした玉は両手でしっかりー字架を握ると目を閉じた。

「さあ、突いてくりゃれ」

「……されば、御免！」

二人は玉の亡骸《なきがら》に打掛を覆い被せ障子、襖を重ねて火をかけた。

『散りぬべき　時知りてこそ　世の中の　花も花なれ　人も人なれ』

奥御殿を出た二人のうち、手をかけた奥付家老はその庭で腹を切り、留守家老はそのまま奉行の使いの所に向かい「御台様は只今身罷られた」とだけ伝えて腹を斬って果てた。そして長岡屋敷は闇夜に赤々と天を焦がす火炎と共に燃え尽きた。

「蟄居してはるはずの治部少はんが長岡屋敷に火をかけたらしいで」

「いや、聞いた所ではな、何でも奥方様を殺したんやて」

「あの殿さん、物凄く焼餅焼きやそうやないけ、この後知らんで」

「お〜怖！　大坂で戦なんてことにはならんやろなあ」

　そんな噂は大坂の町を駆け巡り、その反響の大きさは尋常ではなかった。

　思いもかけない玉［ガラシャ］の死で狼狽したのは三成であった。

「まさか……火をかけて自死するとは……」

　三成はことの重大さを認識した。豊臣家の大事な人質である。それを自分で殺してしまったようなものである。忠興だけでなく征伐軍に加わって東下している諸将に与える影響も甚大である。

　三成は義を重んじる文吏である。頭の回転も速いがやることも早い。

　―これはいかん。間違った―と思った瞬間に政策転換を図った。長盛に使者を送り「儂の間違いであった。すぐさま、この人質策を解いてくれ」と指示し、各大名屋敷への囲いを解き大坂の町を平常に戻した。

　安国寺に任せた毛利籠絡の件は土産話が功を奏したのか輝元の動きは速かった。七月十六日には早くも軍船で一万七千の兵を率いて広島を発ち十九日には大坂城の留守居を追い払って西の丸に入城した。本隊とは別に二万が山陽道を駆け上っている。

　三成はわざわざ佐和山から大坂に出向き輝元へ総大将受諾を謝した。

　その翌日には土佐の長宗我部盛親が六千を率いて大坂に入り、その後も近畿、山陽、四国、九州の諸大名たちが続々と大坂入りを果たし西軍の数は九万を超えるまでに膨れ上がった。

　副将である大老の宇喜多秀家は諸将を大坂城に集め軍議を開いた。

「これから大まかな作戦を申し上げる」

　秀家は副将らしい鷹揚な態度で小早川秀秋、小西行長、立花宗茂、鍋島勝茂、毛利秀元、吉川広家、宗義智ら三十名ほどの大名たちを見渡した。

　だが、その軍議に島津義弘だけは顔を見せなかった。

「まず、御大将の安芸中納言殿と増田殿には大坂城にあって若君をお守り戴く。副将の某と参謀である治部少殿は美濃方面に出張《でば》り内府らの動きに合わせて臨機応変に動こうと思う。北陸は大谷刑部殿にお任せする。未だ、内府殿と上杉殿が戦闘に入ったという知らせは来ておらぬが、追っ付け状況が分かろうと思う。我らは取り敢えず伏見城に降伏勧告を致し、拒否された場合には、すぐに総攻撃に移る。それと同時に後顧の憂いなきよう細川幽斎殿の丹後田辺城を攻め落とし美濃、尾張方面に進出、内府殿が途中で西上してきた時には秀頼君のご出陣を仰ぎ安芸中納言殿にも出馬して戴いて某と共に全軍を指揮することに致す。この場合には尾張と三河の境辺りで決戦となることを想定している」

これは参謀である三成の作戦をそのまま述べたに過ぎない。

十八日になり奉行衆が伏見城明け渡しを要求したが城将鳥居元忠は頑として拒否した。西軍は総攻撃と決めた。

同日、島津惟新入道義弘は家康に依頼されていた伏見城の留守居を務めるべく伏見城の門を叩いた。

島津義弘は前々から家康に伏見城の留守居を頼まれていたが、此度の家康東下でも伏見城を発つ時、義弘の肩を抱かんばかりに「惟新殿、この城を守って戴けるのは貴殿以外にはござらん」と言って何度も何度も「お頼み申す」と言ったのだ。

だから義弘は二大老、三奉行が発した『檄文』に呼応した諸大名たちの招集にも参じず大坂の屋敷から動かなかった。しかも島津家では未だ龍伯入道義久が実権を握り義弘は軍を組織する裁量権を持っていなかったため大坂屋敷在住の千人と甥の豊久が率いて上坂した三百九十人だけであったため、精強な軍隊の割には余り頼りにされていなかった。

「御開門！　おいどんは内府公より留守居を頼まれちょり申《も》す島津でごわす。罷り越しました故、御開門願い申す！」

「主からは、そのような話は聞いておりませぬ。ここは徳川のみにて死守するつもりでござる。よってお引き取り願いたい」

と言う守将鳥居元忠の返答の後、島津勢に向かって威嚇射撃をしてきた。

「内府め！　だまくらかしたな！」と愕然とする思いで引き下がらざるを得なかった。

こうして門前払いを食らった島津義弘は致し方なく三成方に付くことになった。

下野小山

関ヶ原の合戦を天下分け目の戦いと称することが多いが、まさに天下を二分するように東軍と西軍に分かれて日本各地で戦闘が起こっている。

その前哨戦となったのが伏見城攻防戦である。

七月十九日夕から西軍の攻撃は開始されたが西軍の士気は低く、城に向かって鉄砲を撃ちかけているだけなので一向に落ちない。業を煮やした三成は二十九日に上洛し伏見城に総攻撃をかけるよう指示した。小早川秀秋、宇喜多秀家、毛利秀元、島津義弘ら総勢四万で対する城に籠る徳川勢は鳥居元忠、松平家忠ら千八百余りである。如何に玉砕覚悟とはいえ多勢に無勢、家忠は名護屋丸で討死、元忠も本丸を死守していたがそこにも敵が満ち溢れ逃げ場を失って自刃した。城は火をかけられ一部を残して焼滅した。八月一日落城。

次に西軍は七月二十日、長岡忠興の居城であり、父の細川幽斎が僅か兵五百で守る丹後田辺城を石川貞清、小出吉政、生駒正俊ら一万五千が包囲した。しかしこちらの包囲軍も僅かな兵で守る城をいつまで経っても落とせない。

それは幽斎の歌道の弟子である大名らが参陣しており師匠である幽斎に攻撃を加えることを躊躇したからであった。

九月三日に後陽成天皇が『古今和歌集』の秘伝を伝える歌道が断絶することを恐れ勅使を田辺城に遣わし両軍双方を説得した。それが奏功して無血開城となったが関ヶ原の戦いの僅か二日前のことであった。

七月二十一日に江戸城を発った家康が古河に到着した二十三日、三成蜂起の知らせが届いた。そこで家康は三万の兵を擁するが未だ旗幟を定かにしていない佐竹義宣の真意を確かめるべく島田治兵衛重次を水戸に遣わした。

翌二十四日、下野小山に着陣すると家康は軍議を本営にて開催する触れを出した。これが世に名高い小山軍議といわれるものである。

「この軍議こそ徳川家の命運をかけた一大博打である。必ず吉とせねばならぬ」

家康は本多正信、井伊直政と密議を重ね、伸るか反るかの大博打に出たのである。

家康は黒田長政を呼び耳打ちをした。

「……良いな？　明日の軍議の席で左衛門尉［正則］に発言させるよううまく取り計らってくれ」

先鋒で既に小山の先に布陣している福島正則の元へ口の上手い長政を使いに出した。

豊臣恩顧の代表格である清正と正則だが清正は此度の遠征には参陣していないので正則に白羽の矢が立った。家康は正則の三成憎しを利用し豊臣代表で発言させる芝居を計画した。

長政は馬を跳ばして先鋒隊が野営している陣に入った。

長政は偶然、正則と遭遇したように驚いた風を装い、

「おお、福島殿。上様から榊原殿への伝言を仰せつかってな。使いでやってきたが丁度良い所でお会いした。明日の軍議には出られるであろうな？」

と急に声を落として正則の耳元で囁いた。

「勿論でござる」と正則も小さな声で頷いた。

ひそひそ話は続く。

「まだ皆の衆には伝わっておらぬと思うが実はのう、治部めが佐和山で旗揚げをしたそうじゃ。宇喜多や小早川辺りが伏見城を攻めているとか……」

「何！　まことか？」

「明日の軍議で内府殿は上杉を征伐するか、それとも西上するかという話になろうかと思うのだ。そこで儂は率先して西上に賛意を述べようと思っておる。左衛門尉殿もお考えになっておいた方がよろしいかと存ずる」

「考えるも何も、儂は西に向かって三成と今度こそ一戦交えるつもりじゃ。その役、儂に譲ってくれぬか」

と言う正則の言葉を聞いて長政はしたり顔で陣に戻った。

二十五日、集ったのは池田輝政、浅野幸長、長岡忠興、山内一豊、福島正則、黒田長政、堀尾忠氏、加藤嘉明、生駒一正ら豊臣恩顧の大名たちばかりである。

「本日は方々にお集まり戴き上杉攻めの軍議を開くつもりでありましたが昨夜、伏見の鳥居元忠より治部少が佐和山にて我が殿に対して叛旗を翻したと急使が参りました。そこで各々方に……」

と井伊直政がしゃべっているのを手で制して家康は並みいる大名たちを隅から隅まで睨《ね》め付けると徐《おもむろ》に言った。

「各々方、大儀である。いま、直政から報告があったように治部が決起したようだ。ついては、このまま上杉を討つか、西に反転し治部を討つかを決めねばならぬ。大坂の人質が心配なら即刻、この座を立って国許に帰参するが良かろう。その去就は各々方にお任せする」

家康が言い終わらぬうちに声を挙げた者がいた。隣にいた黒田長政から肘で催促された福島正則であった。

「某は秀頼君に忠誠を誓い、お尽くし申し上げている。内府殿が故太閤殿下の遺命に従って幼君をお守り戴けるなら某は身命を賭して内府殿にお味方仕る所存でござる」

さらに山内一豊に至っては、

「内府様が西に取って返し三成と雌雄を決するというご意向ならば某の掛川城を明け渡します故、御存分にお使いくだされ」

とまで言ったのだ。その後は「我も我も」と雪崩を打ったように西上に賛意を表したのである。

　こうしてこの軍議では衆議一決で上杉征伐は棚上げされ西上して二大老、三奉行による大坂軍「西軍」との一戦に臨むことになった。

「では、西上と決した。先鋒は福島正則殿、池田輝政殿、黒田長政殿とし各々方は先に西に向かい清須の城に入って戴く。上様は上杉への備えをしてから西へ向かうことと致す」

　井伊直政は場を見回すと高らかに宣言した。

　一方、常陸では島田治兵衛が「常陸侍従殿に火急の用でお目にかかりたい」と水戸城の門を叩いた。

　既に忍びから知らせを受けていた家老の和田安房は「ほい、来たか」とばかりにすっ呆《とぼ》けた。

「これはこれは、島田様。急ぎの御用とは何でござろうか。主人は只今、所用にて太田の大殿の所に出向いておりまして不在でございます。私めでよろしければ、お伺い致して、のちほどお伝え致しますが……」

　治兵衛は「うおっほん！」とでかい咳払いを一つしてから話し始めた。

「上様は御幼君に対して謀反の疑いのある上杉を征伐すべく御出陣なされたが西で石田治部少が御幼君を担いで挙兵を画策しているようでござる。佐竹殿には治部少に加担して上杉と共に我が討伐軍を挟み撃ちにするという噂がござれば、その弁明を尽くさねばならぬと存ずる。上様はその噂が真でないなら我らにお味方戴き、その証として侍従殿の御舎弟を証人に差し出すようにとの仰せである」

「ほほう、御念の入ったこと。某は単なる家老の分際でありますので御家のことを云々するわけには参りませぬ故、主人が戻り次第、伝えておきます」

　治兵衛が帰ると安房は早馬をもって棚倉の義宣と太田の義重に伝えた。それを伝え聞いた義宣は最前線の赤館にいる須田盛秀にそこから動かぬよう指示を出し自らは急ぎ水戸へ引き返した。

　治兵衛は帰陣し復命したが、家康がそんなことで納得するわけもなく、翌日には義宣の茶の湯の師匠である古田織部を召した。

「どうやら侍従は余の命令に従わず南郷辺りに出陣しているようじゃ。必ず侍従と会ってしかと話を伝えよ」と指示した。

再び家康の使者を和田安房が出迎えた。

「連日、このような片田舎に御足労をおかけして痛み入ります。生憎、主人は……」

とここまで言うと織部が手で制した。

「島田殿から話は聞いておりますので存じております。某とてわっぱの使いではござらぬ。侍従殿にお会いするまでこちらでお待ち申し上げる。急ぎ太田……でござったかな。使いを出して、お戻り戴くよう お願い仕る」

何もかも見透かされているようである。

義宣が早駆けに駆けてやっと水戸城に入ったのは翌早暁であった。

「織部殿、お久しぶりでござる。お元気で何より。して、今日は何用でござろうか」

とぼけて見たが、疲れが顔に出ているようだ。

「お疲れの所、申しわけないが内府殿より侍従殿の御真意を伺いたいとのご意向でござる。内府殿へお力添えを戴けるのであれば貴殿の三人の御舎弟様かお妹君のどなたかを人質として差し入れよとの仰せでござる」

「これは異なことを仰る。質は太閤の時から母と妻を入れてござれば今更、重ねてその必要もござるまい。それに妹はお公家様の所にご奉公に上がっておりますのでご当主様のご了解を戴かねばなりませぬ。しかし某は内府様や中納言様とはご昵懇にして戴いております故、お二方に異心など持っておりませぬ」

ときっぱりと家康の要求を拒否した。

すると織部は居住まいを正して義宣と向かい合い、

「某はお手前に道を誤って欲しくないのです。某が知り得たことを包み隠さずお話し致します。話が前後するかもしれませんが……」

と前置きして話を始めた。

「内府様は今度の上杉征伐で端《はな》から戦う気はありません。治部少殿が上方で挙兵するのを誘うのが元々の計画のようですが、それ以外にも豊臣恩顧の大名で味方になりそうな人別帳を作っているのです。伏見城は内府様から見れば捨て城の一つに過ぎません。このあと治部殿は大垣、清洲と進み矢作辺りで決戦をするお考えのようです。一方の内府様の方は上杉殿と佐竹殿の抑えとして宇都宮に結城殿を配し、背後には伊達殿、最上殿を置いて牽制させると共に小山には中納言殿を残し内府様が江戸に入られてから別行動で上方に向かわれる作戦とお見受け致しました。しっかりと楔を打ち込んでから西へ向かわれるでしょう。そうなれば噂に聞く三成殿の思惑通りには進まず、恐らく会津での戦にはならないと思います。ならばここで内府様にお味方されては如何でしょうか」

織部が義宣のためを思って翻意を促すのは痛いほどよく分かる。しかし三成が今まで義宣の、いや佐竹のためにしてくれたことも御為ごかしではないのだ。

「織部殿のご忠告には有難く深謝申し上げる。されど江戸への入質はおよそ筋違いでござる。某は何れの義にも義をもって尽くしたく存ずる」

と言うのが精一杯の返事であった。

棚倉から寝ずに水戸まで急行したので疲れが出た義宣は「岩瀬、腹が減った。済まぬが湯漬けでも作ってくれぬか」と言ってゴロンと大の字になると夢の中をさまよい始めた。

家康は俺を警戒している。使者を二度までも遣わして俺の出方を探っている。

まさに俺は勝敗の鍵を握っているのだと思うと満更でもない。だから俺の動きを見定めるまで、暫く東軍は動くまい。

先陣が宇都宮に布陣している東軍は何れそのうち先鋒の福島隊を先頭に陸羽街道を北上して来るはず

である。上杉は神指城の築城が戦に間に合わぬとみて白河小峰城の改修に動いたということは恐らく白河辺りでの迎撃戦を想定しているのであろう。

　東軍の先鋒隊が白河城で上杉軍と戦闘状態に入った時が俺の出番だ。

　車丹波と共に上杉に潜り込ませていた宇都宮宗安［結城朝勝改め］から白河南の皮籠原に上杉の前軍である本庄繁長、安田能元ら旗本たちの布陣が完了したことを知らせて来た。

　俺は「待ってました」とばかりに全軍に出陣を命じた。

　寺山の渋江五千と矢祭に配した梅津、戸村の五千を佘笹川と那珂川の合流地点に集結させ、会津を迂回して塩原に布陣した直江軍一万と挟撃する態勢を取らせた。

　俺は棚倉城を出た一万五千の本隊を二手に分け一万で皮籠原を取り巻くように配し、五千を東義久に預け境の明神で北上してくる東軍を待ち伏せることにした。

　更に父、義重にも出馬を要請して真壁房幹と共に空になった結城城を攻め落とし小山に布陣している家康を牽制させ、加えて宇都宮宗安と塩谷伯耆に宇都宮家の旧臣たちを糾合させて雀の宮に配して小山と宇都宮を分断させた。

　東軍が動いた。

　東軍先鋒の福島隊が白河城に籠る上杉軍に攻撃を仕掛け戦闘が始まった。続いて秀忠隊の先軍である榊原隊が大田原を通過したという報告が斥候によって次々ともたらされた。

　先ず、榊原隊が境の明神を過ぎた所で上杉軍の山浦景国が正面から、西郷村に布陣させておいた芦名、岩城、相馬連合軍が左腹を、義宣本体から切り離された義久の五千が右横腹を突いたから堪らず榊原隊は隊列を乱しバラバラになった。

　榊原隊の劣勢を聞いた徳川前軍の秀忠は急遽、三万七千の兵を率いて陸羽道を北上し榊原隊の救出に向かった。皮籠原で激戦となった両軍は入り乱れて一進一退を繰り返していたその時、秀忠隊の左翼に襲いかかったのが北条も手を焼いた六文銭の旗印だ。

　統制が取れなくなった秀忠軍はちりぢりとなり宇都宮に向かって敗走を始めたが佐竹の渋江、梅津、戸村隊が退路を塞ぎ、そこに直江軍一万が襲いかかった。

　小山で徳川前軍の苦戦を目の当たりにした家康は小山からの撤退を計ったが、義重軍と景勝からの援軍が江戸への退路を塞いでおり、更に背後に迫る真田と佐竹の影に怯えて退却もままならず家康は逃げ場を失い小山城にくぎ付けとなった。

　左右から挟まれた秀忠軍も救援がないまま退却し宇都宮城に逃げ込むしか道は残っていない。やむなく宇都宮城に逃げ込んで城門が閉じられた。

　俺は城を二重三重に取り巻き秀忠軍を籠城させることに成功した。おっつけ福島隊を撃破した景勝本隊も駆けつけてくるだろう。そして、そのあと二十日も待てば上方勢が大挙してやってくる。それまでの辛抱だ。


「御屋形様、お疲れのご様子ですね。おぶ漬けが出来上がりました」

　と言う岩瀬の言葉で我に返った。熱い茶をゴクリと飲むとほっとした。

「ああ、眠ってしまったようだ。今、夢を見ていた。夢というのはいつもいい所で終わるものだな」

「まあ、どのような?」

　義宣は湯漬けを腹に掻っ込むと、今見た夢を岩瀬に話して聞かせた。

「まあ、そのような……。幸先の良い夢でようございましたね」

「ふう。腹が満ちて落ち着いた。半刻ほどしたら起こしてくれぬか。太田の父上の所へ寄っていきたいのだ」

　義宣は大きな欠伸をして、いつの間にか女の太腿になった岩瀬の膝枕にゴロリと横になると再び深い眠りに落ちていった。

義宣は棚倉へ戻る途中で太田城の義重を訪ねた。

「内府は上杉征伐を大儀として出馬しましたが今や、そのような大義など微塵もなくただ豊臣の天下を狙う奸臣でしかありません。佐竹は治部少殿には大恩のある身なれば、その危急を見てお救いせざるは武門の恥にござる。それをせずに内府の駒の一つになるわけには参りませぬ。某は義には義をもってお報いしたいと存じますが……父上のご意見を承りたく参上致しました」

義宣は平身低頭して真っすぐに父の教えを請うた。

「儂は既に隠居しておる身なれば其の方の心次第であろう。だが上方に人質がいて不憫だが是も戦国の習いなれば致し方なかろう。儂は内府に同心すべきと思うが其の方がどうしても上方に一味したいのなら早々に秋田城之介（実季）や横手の小野寺（義道）と申し合わせ最上の背後を突いて上杉殿に後顧の憂いなく内府の正面を向かせ合力して内府を食い止めるがよかろう」

と諭したのち、義重は酒宴の用意を家人に命じた。

「儂は治部少殿の厚誼もよく存じておる。故に其の方の言い分はよく分かる。生きていれば幾度も分かれ道に立つことがある。儂にも幾度もあった。悩ましい分かれ道がのう。その度にどちらにするかを決めねばならぬ。幸い儂は正しいであろう道を選んだのだろう。今を佐竹で生きておるのだからな」

ここで義重は盃を煽ると立ち上がって部屋を出ていった。

「これは儂が戦の度に身に着けた兜だ。そちに進ぜよう」

黒漆塗りの甲冑で前立てが毛虫である兜を持って戻ってきた。

「毛虫は葉を喰うものなれば刃を喰うといい、縁起を担いだものだ。また『けむし』と書けば『げむじ』から『源氏』となる故に用いられたとも言い伝えられておるのだ」

父は父なりに息子を諭したのであろう。源氏の流れをお前の代で絶やすなよ、と。

しかし義宣は父の助言を聞かず秋田にも小野寺にも連絡を取らずに済ませてしまった。義宣の心のどこかに二人合わせても十万石にも満たない小大名に最上を動かす力などないと高を括っていたところがあった。

その後、東軍の動きは義宣が見た夢のように事は運ばず家康は小山の軍議で上杉征伐を止め、西で蜂起した三成と雌雄を決すべく反転したのだ。

義宣が小山軍議での結果を知ったのは二十六日の早朝であった。

家康は佐竹の抑えとして結城秀康を宇都宮城に置き布川城に松平信一、牛久城に由良国繁らを配して牽制させると共に秀忠率いる徳川本隊は中山道を抜けて美濃赤坂にて合流することを命じ八月四日に小山を発って進路を江戸に向けた。

家康は江戸乱入を防ぐ防御施設を設営させながら翌日江戸城に入った。

皮籠原で迎撃態勢を整えていた兼続は家康の反転を聞いて「まだだ！　治部殿、まだ早い！」と怒鳴ったがもう遅い。しかし兼続の頭の切り替えは早い。待っているのではなくこちらから仕かければ三成の判断が早かった時間を埋め戻すことが出来る。

「殿！　家康の追撃をお許しください！」

兼続は必死の形相で景勝に迫った。

「ならぬ。背を向けて逃げた者を後ろから襲うのは家法である義に反する」

「いいや、これは逃げたのではござらぬ。内府は初めから治部殿を挙兵させるための策略であり我々と戦う気など毛頭なかったのです。この追撃が義に反することにはなりませぬ」

だが景勝は首を縦に振ることはなく、北からの圧力に対抗するため最上攻略を指示した。

宇都宮から戻った茂右ヱ門からも既に上杉は西ではなく北を向いているとの報告を受けた。

実はこれ、家康が最上に上杉の背後から侵攻させて西上する東軍を追撃出来ないように先手を打ったものであった。

義宣は途中まで登っていた梯子を上から蹴り飛ばされてしまったのである。

ここに至り三成、上杉、佐竹の佐和山密約は御破算となっただけでなく義宣の見た束の間の夢は儚く消えたのだった。

父、義重の戦略眼はズバリ的中していた。義宣の驕りから万に一つの勝機を失ってしまったのだ。


伏見城陥落を見届けた三成は佐和山城に戻ると真田昌幸と佐竹義宣に相次いで書を送った。

どちらにも同じようなことが書かれており、この間の動きと三成の戦略がよく分かるので八月七日付で義宣に送った書を書き留める。

書は一つ書きで十三項目にわたる。［　］内は筆者註。

一つ、先月二十三日に、その地を発った飛脚が何事もなく大坂に着いた。同二十六日の書状を佐和山にて拝見した。この飛脚は大坂を経て帰るようだ。

一つ、内府は日頃から勝手に仕置きや狼藉、曲事をしているので、この備書に書かれている面々と相談して大坂城西の丸に残っていた五百ばかりの留守居［佐野綱正］を追い出して伏見城に追いやった。伏見城には鳥居彦右衛門を大将にして千八百余りで籠っている。大坂西の丸には毛利輝元を移した。

一つ、伏見城には右の者どもが入っており、それを見過ごすことは出来ないので［八月］朔日、四方から乗り入れて籠城者は一人残らず討ち果たした。殿中を踏み散らかしたので一宇も残さず焼き捨てた。［全焼していない］

一つ、長岡越中が若い秀頼様をたぶらかして新たに知行地を拝領するので是非もなく兵を遣わして一国を平定するように申し付けた。幽斎が城に立て籠ったので討ち果たそうと思ったが禁中の叡慮によって赦免の申し入れがあり一命だけは免じた。［真田への手紙では丹後の細川の件は既に平定し、幽斎は一命を助け高野山に追放した。長岡越中の妻ガラシャは捕らえて置いたが留守居の者が間違えて殺してしまった。大坂屋敷には火をかけて燃やしてしまったと書いている。この時にはまだ丹後を制圧しておらず田辺城では戦闘中である。ガラシャの話も事実ではない」

一つ、真田のこと［秀頼から信濃の小諸ほかの地が与えられた件］は京家［藤原四家］次第だというので昌幸に任せることにした。

一つ、堀秀治も京家次第だというので早く越中に乱入すべきだと言って寄越した。

一つ、羽肥前［前田利長］は老母、家老を江戸に人質に出しているのではっきりした返事がなく加賀表に動いている。きっと江戸に対する形だけのものだろう。兎に角、曲事なので加賀方面にも兵を差し向けた。

一つ、日本国の諸大名の妻子は全て大坂に置いているので心配のないように。

一つ、会津からも度々連絡が来ている。伊達、最上、相馬何れにも味方がいるとのことである。その国々は上杉殿の管轄なのでお任せして相談の上、家康を討ち果たすであろう。

一つ、万が一にも家康がうろたえて西上するならば尾張、三河の間で討ち果たす計画である。しかればこちらの備えの人数書きをお見せする。

一つ、右の書立に入っていない者は多分、今回の征伐に出陣している人たちでしょう。ようやく尾張まで上ってきたら、その理由を申し聞かせます。そしてのちのちどうするかを申し聞かせ、人によっては帰国を申し付けます。その仕置きについてはお任せください。

一つ、仕置きのため、輝元の人数の内一万余と吉川、安国寺、長束大蔵が同道して伊勢へ向け一昨日出陣した［出陣したのは秀元］。家康が上洛の時には輝元は三万を召し連れて浜松に向けて出陣すると決まった。そのほかの者は伊勢に向かい鈴鹿まで順次繰り出すことにした。

一つ、我らは尾張、美濃境の仕置きをし一昨日の四日に尾張表に罷り出て岐阜衆［織田秀信］と相談した。九州の衆は佐和山に残し置いて人数の兵が集まり次第、打ち出すことになっている。

なお、これからも追々申し入れます。

八月七日　　　石田治部少三成

この書簡では伊達、堀、最上が味方だとしたり、まだしていない予定をしたことにしたり士気を鼓舞するために三成流のプロパガンダも駆使している。

さらに六日付で真田昌幸に宛てた手紙でも、

『内府の背後には上杉、佐竹という敵がいる。僅か三、四万ほどの兵で分国内の十五もある支城を守り、さらに二十日もかかる道程を上洛など出来るであろうか。そのような分別もなく主力の一万と上方勢一万ばかりが合意して上洛しても尾三州間において殲滅《せんめつ》することが出来る。まさに天が与えてくれた好機である』

と書き送っている。実に呑気な手紙であり、この期に及んでもまだ家康の戦力を過小評価している。

三成からの手紙を読んだが義宣が肌で感じる風の匂いとは違う。今まで、三成の義志を疑う気はなかったが、何か戦略的に違う気がしてならない。

手紙を読む限り、義戦などではなくやはり権力闘争なのではないか。ならば、勝つ方に付かねばならない。負ければ源氏流の話どころか改易という憂き目にあうかもしれないのだ。

父の言葉の意味は重い。義宣は背中に源氏と言う、どでかい物を背負わされたように感じ、その時から父の言う分かれ道を意識するようになった。致命的な選択をしないように。またしても己の気持ちと葛藤することになる。

そして出した答えはどちらにも進まず立ち止まることであった。

義宣は義重、義久党の河井忠遠を江戸城の家康に遣わし「石田や上杉には味方せず、南郷赤館にて景勝の関東への侵攻を阻止する計画である」ことを伝えさせる一方、義宣党の小貫頼久を宇都宮宗安と共に若松城に遣わして「家康が上洛したら関東表に攻め入り上方勢を支援するつもりである」と双方に正反対の使者を立てたのであった。

二枚舌という家康の最も嫌う方便を使ってしまったのである。


江戸に戻った家康は城の奥御殿に籠り手紙を書きまくった。といっても本人が書くわけではない。内容は家康が考えるが祐筆が殆ど同じようなことをコピーするが如く書きまくり、それに家康は花押を書き入れるだけである。

九月一日に江戸城を発って東海道を西上するまでの間に関東、奥羽の大名八十二人に百六十通ほどの書を送り多数派工作をしていた。

その内容は殆どが上方における戦況や日頃の協力に感謝の意を述べたもので決して恩賞などの誘いはしていないが唯一、伊達政宗にだけは八通もの手紙を出し具体的に政宗が秀吉によって没収された旧領七郡の返還を約束している。

覚

一　苅田　一・伊達　一・信夫　一・二本松
一・塩松　一・田村　一・長井
右七ヶ所、御本領之事候之間、御家老中へ宛行《あてがえ》るべきため、これを進《まい》らせ候、仍て件の如し
慶長五年八月廿一日　家康花押
大崎少将殿

これが「百万石の御墨付」と呼ばれる約束手形である。

この書状をわざわざ政宗に与えたのは家康が西上するに当たって上杉、佐竹の牽制の意味も含まれているが、それ以上に恐れたのが伊達家の裏切りであった。それは、この覚書の内容を見れば分かるように『御家老中へ宛行るべきため』であったのである。つまり伊達家内部は家康派の政宗と大坂派の重臣たちが対立しており重臣たちへの阿《おもね》りの意味もあったのだ。

その合計所領は四十九万五千石余りで、政宗が秀吉から与えられていた所領五十八万石を合わせると百七万余石となる。

これが実現していれば『百万石大名』になる所で

あったが、そうはならなかった。それは政宗が天下分断の混乱に乗じて隣国、南部領を我が物にしようと企み、秀吉によって改易された和賀忠親を煽って一揆を扇動したのだが失敗し関ヶ原戦後、家康の知る所となり空手形となったのである。

しかし、その二十四年後、政宗はこのお墨付きを持ち出し幕府に対してその実行を迫った。大老の井伊直孝は政宗の目の前でそれを焼き捨てて凄んだ。

「そのような無益な難儀を申されると伊達家を断絶とさせて戴くがよろしいか」

「今後とも良しなに」と言って引き下がった政宗であった。らしい。

それはさておき、家康は手紙を書くために江戸城に籠ったわけではなく西上した豊臣恩顧の大名たちが信用出来ず江戸から様子見を続けていたのだ。はっきり言えば安心して出陣出来なかったのが本音であった。

十日には伏見城陥落の報が家康に届いた。この日を挟んで三日間は手紙を全く出さなかった。家康は二日間、仏間に閉じ籠り鳥居元忠ほか千八百の菩提を弔った。

一方、江戸を発った東軍は先鋒を承った正則を先頭に東海道を西上している。家康はその行軍に最も気を使った。東軍の浮沈は偏《ひとえ》に正則にかかっているのだ。

「あ奴にへそを曲げられたら目も当てられん。あいつだけは怒らせるな」

と言って家臣の井伊直政と本多忠勝を家康の代官として同行させ、黒田長政を正則のお目付け役に任じているぐらいである。

ところが案の定、正則が道中、酒に酔ってやらかしたのである。

「儂は聞いたぞ。ヒック！　内府はにっくき治部めを　ヒック！　血祭に上げたあと、御幼君を蔑ろにして　ヒック！　天下を取るという話を……。ヒック！　よもや、そのようなことはあるまいな？　ヒック！　ああ？」

誰に言っているでもないことを繰り返し怒鳴って

いる。目は座り呂律も回っていない。口からは涎《よだれ》が垂れ落ちている。

正則のお目付け役を仰せつかっている黒田長政はすぐ隣に陣を張っている。騒ぎを聞き付けて駆け付けた時にはもう家臣では手を付けられない状態であった。長政を見つけた正則はさらに大声で喚き散らした。

「どうだ？　……甲州。ん？　ヒック！　内府が秀頼様に……対して　ヒック！　逆心でも……起こしたら　ヒック！　内府とて儂が……許さんぞ！」

長政の顔の前で酒臭い息を吐きかけた。

「前にもお主に言ったと思うが内府様にはそのようなお考えはござらぬ。秀頼様をお守り申し上げ、豊臣家の繁栄を願っておいでだ」

長政はくるりと正則に背を向けると手を拱《こまぬ》いている家臣たちに向かって言った。

「福島家の御家中の方々、この話はここだけと致せ。某も聞かなんだことに致す」


一方の三成も伏見城陥落を見届けると佐和山へ戻り家康と同じく数人に手紙で上方の戦況などを知らせた後、九日に六千七百騎を率いて垂井を経由して八月十一日大垣城に入った。続いて島津義弘千五百、小西行長四千が入城し盟約を結んだ。

西軍の主力である毛利秀元、吉川広家、長曾我部盛親、安国寺恵瓊、長束正家ら伊勢に向かった三万余の軍勢は八月二十六日に安濃津城を攻め落とし、その後松坂城、長島城を抜いて大垣城に集結した。

片や東海道を西上した東軍先鋒の福島正則、加藤嘉明、黒田長政らは八月十四日に正則の居城である尾張清須城に入った。

しかし清須に入ったものの福島たちは東軍の総大将である家康がいないので軍議を開いても結論が出ない。かといって命令もなく敵を攻撃すれば、抜け駆けは許さぬという軍規違反に問われる。それが怖くて家康からの命令を待つのみであった。

そのうち、しびれを切らした福島らは家康の代官たちに「内府様は何をお考えか？」「内府様のご到着は？」「大垣城には既に治部少らが入っているようだが、そのままでいいのか」などと詰め寄る。

「今しばらく。お待ちあれ」「只今、早馬を飛ばしておりますので……」

こう答えた直政や忠勝であるが江戸の家康が何を考えているのか分からない。

江戸の家康と正信は清須に向けて使者を立て口上を述べさせることにした。

村越茂助直吉。多少どんくさいが口は堅いし何しろ実直な男である。

「茂助、良いな。必ずそう言うのだぞ」

正信は茂助の耳元で何十遍も復唱させて清須に送り出した。

茂助は背筋をピンと伸ばして居並ぶ武将たちの前で正信から教えられた口上を咄々と語り出した。

「各々方に申す。眼前に敵を仰ぎながら漫然と時を費やす。これほど無為な戦略があろうか。この上なく不可解である。我らは御幼君秀頼様を奉じて佞臣を討つものなり。まずは御一手あるべきであろう。その成果を拝見の上、江戸を発つ所存にござる」

緊張から解き放たれた茂助は大きなため息をついてその場にへたり込んだ。

「そうじゃ、そうじゃ。内府殿の仰せの通り秀頼様の御為じゃ。目の前の雑魚共を踏み潰してやろうではないか。さあ、軍議じゃ、軍議じゃ！」

正則は酔って醜態を晒したことなどすっかり忘れているようだ。正則の酔態は長政によって家康に筒抜けになっていたのだ。これが十九日のことである。

同じ頃、日本国内のあちらこちらで戦が始まり内乱状態になることを危惧した朝廷は、のちに武家伝奏となる権大納言の広橋兼勝と参議である勧修寺光豊を大坂城に派遣し秀頼に対し家康との講和を図っている。朝廷はこの戦の構図を豊臣秀頼対徳川家康の争いであると認識していたようだ。

家康に発破をかけられた先鋒軍は二十日に軍議を開き二手に別れ織田信長の孫で三法師と呼ばれた岐阜中納言秀信の守る岐阜城を攻撃することになっ

た。

二十三日、池田輝政、堀尾忠氏、浅野幸長らが木曽川の上流方向から、福島正則、長岡忠興、井伊直政らが下流方面から計三万七千による東軍の総攻撃が始まると天嶮に聳《そび》えたつ岐阜城は三日と持たずに陥落した。

これを聞いた三成は仰天した。岐阜、大垣ラインで防衛線を張ろうと思っていた三成の構想は脆《もろ》くも崩れ去った。その先には三成の居城、佐和山城まで籠城戦が出来るような城はない。

真田の城

関東では二十四日になると下野宇都宮に駐留して上杉を牽制していた秀忠の主力部隊三万八千は榊原康政を先鋒に大久保忠隣、本多正信、本多忠政、酒井家次らを率いて中山道を美濃に向かって西上を開始した。

ここに至って義宣はどちらにせよ仙道口に駐留する意味がなくなった。分かれ道の一方に進路を取らざるを得なくなったのだ。

華麗なる転身とは言い難い何とも後味の悪い撤退を余儀なくされたのであった。しかし家康に付くという旗幟を鮮明にした以上、ぐずぐずしている暇はない。

赤館から水戸へ戻ると矢継ぎ早に指示を出した。小貫頼久と人見藤道を江戸城に遣わして家康に対して忠誠を誓うと共に、芦名盛重にも秀忠に使者を送るよう指示した。さらに東義久に三百騎ほどを付けて信濃に向かっている秀忠の元に援軍を派遣した。

九月三日、上田に到着した義久は秀忠に支援を申し出た。

「主君、右京大夫義宣より中納言様にご加勢仕るよう仰せつかって参りました。御陣の端にお加えくださいますようお願い申し上げます」

「東中務殿、遠路わざわざのご援軍、痛み入ります。なれど人数は足りております故、真田の討伐は近いうちに済み申そう。貴殿は早々にお戻りあって上杉の上洛を阻止して戴きたい」

と二十二歳の若大将はにこやかに固辞した。

家康は下野小山を発つ前、秀忠軍の先鋒を務める榊原康政と参謀の本多正信を呼び密議を凝らした。

「小平太、佐渡。二人には初陣となる中納言を補佐して中山道を上ってもらう。中山道を進めば必ず信州上田で西軍に与した真田昌幸と戦になる。あの老獪な安房［昌幸］の策略で儂はこれまで何度も辛酸を嘗《な》めてきた。秀忠では、そう容易に落ちることはあるまい。それでいい。時を費やすのだ。そして無傷のまま美濃に入るのだ」

これが家康の体得した危機回避策である。

家康は織田家の悲劇を目の当たりにしている。信長が本能寺で討たれた時、近くに息子の信忠がいたために双方とも討たれてしまったということを教訓に秀次事件の時も秀吉の逝去時も変事が起こりそうな時には父子が共に近くにおらず必ずどちらかが江戸に帰国して両人が厄介事に首を突っ込まないことでお家の安泰を図ってきていたのだ。

今度の事案は究極の選択である。

真田との戦では深入りせず怪我しない程度に時を費やせばいいというのだ。家康は康政と正信にここで七日ほど費やせと言い含めた。そこで時間を費やせば本戦が岐阜であろうと大垣であろうと秀忠本隊は間に合わない。本戦は秀吉子飼いの大名同志に戦わせ勝てば良し、負けて家康隊が仮に壊滅しても秀忠の率いる徳川本隊は無傷で残る。徳川家の温存を図ったのであった。

真田家は、この上杉征伐では上田城から昌幸と二男の信繁［幸村］が、支城である沼田城からは嫡男信之が参陣のため、小山に向かっていた。

真田父子三人は下野国犬伏まで来た時、三成からの十三カ条に及ぶ弾劾状と三成、大谷、上杉、佐竹、真田による挟撃の密約書を見せて判断をそれぞれに委ねた。

「儂は故太閤殿下に恩義がある。治部少殿に賭ける」

昌幸は十年も前に家康が出した北条との裁定を未だに不服に思っており、その時真田の領土を守ってくれた秀吉の恩を忘れてはいなかった。

「某は内府殿に付き従います」

と言ったのは信之であった。信之は一時、家康の人質となり傍に仕えていたことがあり、さらに信之の妻が家康の重臣の一人本多忠勝の娘であった。

一方の幸村は昌幸が秀吉に臣従した時に質として差し出されており秀吉に可愛がってもらった記憶がある。そして幸村も密書に名を連ねている大谷吉継の娘が妻となっている。

「拙者は面白い方で一暴れ致す所存なり。父上、御緒仕る」

兄と弟はそれぞれ全く逆の立場になっていたのだ。これが七月二十一日、犬伏の別れである。

袂《たもと》を分かち兄の信之は小山軍議に参加し父と弟の幸村は、そこから信之の居城である沼田城へと向かった。旗幟を鮮明にした昌幸は息子信之の居城である沼田城を乗っ取っておこうと企んだのだが、城に残っていた信之の妻が舅、昌幸の入城を拒んだため、やむなく上田に帰城した。

ところが昌幸に届いた三成からの密書のようにことは運ばず小山での軍議のあと、家康は上杉征伐を断念して江戸に帰ってしまった。

気勢を削がれた昌幸であったが、その一ヵ月後、秀忠が三万八千の軍勢を率いて信濃に向かっていると才蔵が知らせてきた。

真田十勇士の一人、霧隠才蔵は百地三太夫の弟子で猿末次《ましらの》とは昔の仲間で石川五右衛門［故人］なども同じ穴の抜け忍であった。

「何だ、小倅か。まあいい。内府に一泡吹かせてやろうではないか。ここで四万の大軍を足止めして美濃に送り込まなければ勝ちはこっちのものだ」

九月三日に信州小諸に至った秀忠は上田城の真田昌幸に降伏を勧めるため使者に息子の真田信之を遣わした。

「御使者、ご苦労である。雲霞《うんか》の如き大軍で攻め立てられては敵《かな》わん。明日にでも城を明け渡そう」

昌幸は使者である信之にそう返答した。

ところが昌幸という男、相手が強ければ強いほど、闘志が湧いてくる。一日で城の防備を固め翌日、城受け取りにきた軍勢に使者を立てて申し開いた。

「丸一日よくよく考えたが城明け渡しはやめた。故太閤殿下の御遺児、秀頼君を蔑ろにした独断専行の所業、許すわけには参らぬ。中納言殿に申し上げる。この地を無傷でお通ししては某の義が廃《すた》る」

僅か二千五百の兵力で守る昌幸は一番安全で時間稼ぎの出来る論陣を張ったのである。昌幸に義心などあるはずもなく戦後の恩賞に信濃一国でも戴こうかぐらいのものだった。

それを聞いた秀忠は怒った。

「何？　それでは我らが不義不忠であるというのか。詰問使を出して問い質せ」

そんなこんなやり取りをしているうちに二日が経った。

だが康政も正信も何も言わない。流れは家康に指示されているように進んでいるのだから……。

家康と昌幸の戦略眼は違っているが時間軸ではその思惑は一致していた。

「中納言殿は若さ故、大義名分というものを誤解されているのであろう」

という昌幸の返答で秀忠の怒りは心頭に達した。

「城攻めじゃあ！　小平太！　繰り出せ！」

「若殿、お急ぎになられますな。我らは、上様より……」

「父上より何じゃ？」

「いえ、上様は、若殿の初陣を心配されておられます。血気に逸《はや》るなと、その時には我らがお止めするようにと申し付けられております」

康政は誤魔化した。

秀忠軍による城攻めが開始されたが、それと同時に真田軍は真田十勇士らによるゲリラ戦を展開した。論戦のあとはゲリラ戦だ。

秀忠軍の野陣では飼葉《かいば》が焼かれたり軍馬が集団で逃げ出したり食料庫が爆破されたりして時間だけは容赦なく過ぎてゆく。

僅か二千五百で守る上田城にてんてこ舞いの秀忠軍である。

ついに見兼ねた正信は秀忠に転進を勧めた。

「こちらにはこれから先がございます。あのような暇な老人など相手にせず先に進みましょうぞ」

秀忠はここで七日を費やし十一日に上田城の攻略を断念して木曽路を西に向かった。木曽路は全て山の中であるとか。大軍での軍旅は難渋を極め三万八千の兵が急流木曽川を渡渉するのにさらに時間を要し、秀忠の徳川本隊が約束の美濃赤坂に着陣したのは関ヶ原戦の四日後、九月十九日になっていた。

美濃関ヶ原

一方の家康は江戸から美濃での戦いを見守っていたが岐阜城陥落の飛報が届くと満を持して江戸を発った。

九月一日に至ってやっと腰を上げた家康は松平忠吉、井伊直政、本多忠勝らの旗本衆三万余を率いて東海道をこれまた、ゆっくりと西上した。

小山軍議で「我も、我も」と先を争うように差し出されて家康のものになっていた東海道沿いの駿府城、吉田城、掛川城、浜松城、岡崎城の本丸は全て家康のために空けてあり、そこに宿泊しながら西上し、十三日に岐阜城に入った。

その日、家康は暗くなるのを待って鉄砲隊などを藤堂高虎が陣を敷いている赤坂に向けて先発させた。この赤坂の台地を得ることは東軍にとって間近に大垣城から関ヶ原までを見渡せる重要な拠点となることを意味した。

大垣城に入っていた三成や宇喜多らはそれを追撃しようとせず唯一、島津義弘だけがそれを見破って夜襲を提案したが島津勢は千五百人足らずの兵力で三成からは当てにされていなかったため、この提案は却下された。

もう一つ、三成に不利になる出来事があった。三成が大坂の増田長盛に宛てた密書が途中で奪われたのだ。その内容は毛利輝元に対する出馬を要請し大津城は未だ交戦中であるので早く始末を付けてこちらに合流すれば敵陣を二十日頃までには破ることが出来るというものであった。三成が後詰の到着を待って決戦を仕かけるという戦略が露わになってしまったのだ。

この情報を手に入れた家康は毛利方の吉川広家と小早川秀秋の老臣宛てに手紙を書くと共に偽情報を放ったのだ。

吉川広家に対する手紙は意訳すると次のようなものだ。［ ］内筆者註。

起請文

一つ、輝元に対して内府は疎略には扱いません。

一つ、お二人は特別、内府に忠誠を尽くされたので内府は疎略には扱いません。

一つ、忠節を尽くされたならば内府は直に墨付けを輝元に進ぜましょう。

付いては御分国のことは申すに及ばず、只今の如く相違あるまじきこと。

右三カ条、両人受け取り申すこと。もし偽りを申したならば［日本国中の神様、仏様を列挙して］の罰を被るでしょう。以上、起請文の通り。

慶長五年九月十四日

本多中務大輔忠勝　血判

井伊兵部少輔直政　血判

吉川侍従殿

福原式部少輔殿

もう一通は秀秋家老の平岡頼勝と稲葉正成に対する誓紙である。

文面は吉川らに対するものとほぼ同じだが『秀秋のこれまでの罪を許し上方二カ国を与えよう』とい

うもので差出人も同じ本多忠勝と井伊直政の二人であった。

そして、放った流言飛語とは、

『内府は軍を二手に分け大垣城を包囲し、もう片方の軍はそのまま西上して佐和山城を落とし、その勢いで大坂城に向かうらしい』

というものであった。

「まずい！　佐和山を抜かれては大坂まで守る城がない」

三成、宇喜多らの大垣籠城軍は大津や大坂から大挙して押しかける増援軍と赤坂に陣を敷いている東軍を挟み撃ちにする作戦であったが十四日の深更、突如として大垣城の西軍が動いた。いや誘《おび》き出されたといっていい。

この噂を耳にした三成は弾き出されるように大垣城を出て関ヶ原へ向かってしまったのだ。防衛線がどんどん後退してゆく。

元々城攻めではなく野戦で雌雄を決したかった家康の思惑通りに動いたのだ。家康の作戦勝ちであった。

夕方から降り始めた雨は時間と共に激しさを増し、西軍の移動は夜間の雨中行軍となった。三成は途中で行軍から外れ南宮山の長束正家、安国寺恵瓊を訪ね、そこから松尾山に布陣している小早川秀秋に加勢の念を押し、最後に松尾山の麓に陣を敷いている大谷吉継を訪ねて手はずを打ち合わせた。

三成が西軍の本営となる笹尾山に入ったのは十五日の丑の上刻［午前一時］過ぎであった。西軍の布陣は寅の上刻［午前四時］頃、島津義弘が小池村に、宇喜多秀家が天満山に布陣を終え、ほぼ完了した。

一方の東軍は『西軍が関ヶ原に向かっている』という情報を受け、即座に出陣命令が発せられ福島正則、黒田長政、加藤嘉明、藤堂高虎の東軍諸将が関ヶ原に向け発進した。

東軍も卯の刻［明け六ツ］には布陣を完了した。この頃には雨は止んでいたが霧が深く立ち込めて視界を遮《さえぎ》り敵の旗印も見えないため依然として動きは止まったまま時が過ぎた。

辰の下刻［午前八時頃］を過ぎると漸く霧が晴れ天満山麓で福島隊の前に抜け駆けをした井伊直政隊の・部が宇喜多隊に鉄砲を撃ちかけ激突したのを皮切りに各所で狼煙が上がり関ヶ原合戦が繰り広げられた。

関ヶ原激戦の模様は他書に詳しいので、そちらに譲るが、後世まで語り継がれてきた天下分け目の戦は、小早川秀秋［金吾中納言］の裏切りで僅か半日であっけなく決着した。

義宣の憔悴

東軍勝利を見定めた家康は各隊に深追いを禁じ、床几場で首実検と諸将の戦勝祝いを受け功労者を労《ねぎら》った。

「おお、そうだ。金吾殿を呼んで参れ」

家康の高笑いが聞こえる。

暫くして猩猩緋の羅紗地に違い鎌紋の陣羽織を纏《まと》った秀秋がおどおどした表情で家康の前に現れた。

「おう、おう。金吾中納言殿。お呼び立て致しまして申しわけござらぬ」

と言うと家康は床几から立ち上がり秀秋の捻《ひね》れば折れそうな細い手を取って出迎えた。

「いえや……江戸内府殿には……ご心配を……」

秀秋は家康の下にも置かない歓待ぶりに戸惑い握られた手をどうしていいか分からない。

秀秋に付き従ってきた平岡頼勝と稲葉正成はそのあとを引き取り、

「上様には多大なる御心配をおかけ致し申し開きも出来ぬ次第になりましたこと心よりお詫び申し上げます」

主君秀秋の優柔不断を平謝りに謝った。

「なんの、なんの。豊臣ご連枝であられる中納言様は此度の立役者ではござらんか。誰にも後ろ指を指されるようなことではございませんぞ」

「有難きお言葉、かたじけのうございます。これからも何卒良しなにお取り計らいくださいますようお願い申し上げます」

と言う老臣の言葉が終わるや家康は床几に座り直して秀秋に向かって言った。

「それでは中納言様、早速ですが佐和山城攻めの先鋒をお願い仕ります」

へりくだった言い方だが言っていることは豊臣連枝を顎で使っている。

――これで儂は豊臣の上に立ったのだ――ということを諸将の前で示したのである。

その日の夜には佐和山攻撃軍が編成され秀秋以下脇坂、朽木、小川らの裏切り軍が先鋒となり近江出身の田中吉政がその後に続いた。その数一万五千。

守る佐和山城の城将は三成の父、正継と兄正澄ほか二千八百である。西軍の敗報は時を置かずに佐和山に届き臨戦態勢を執って守りを固めた。

十七日早暁に開始された東軍の攻撃は五倍以上の兵力差があるにも拘らず苦戦を強いられ、さすが三成に過ぎたる佐和山城である。夕近くなり決着の付かない攻城戦に苛立った家康は正澄一人の命と引き換えに無血開城を認めた。

翌日、正澄が父と別れの水盃を交わしている所に搦手から鬨の声が上がり田中吉政の軍勢が雪崩を打って攻め登ってきた。

「家康め！　謀ったな！」と言ってみても既に遅し。

吉政が功名を焦ったのか命令の行き違いか、はたまた策略であったのか。

本丸にて三成の父正継、兄正澄ほか妻うた、岳父宇多頼忠らは天守に火をかけ自刃した。だが、そこに側室初の局の姿はなかった。

家康が「もう、今日から儂は天下様だ。文句あるか」

と言うにはもう一つ、仕事が残っている。

「異議あり」と言いそうな奴がいるのだ。大坂城西の丸に居座っている西軍総帥の毛利輝元だ。

「儂が故太閤殿下の遺志を受け継ぎ秀頼様を補佐致す」

などと言って西軍の残党や東軍でも福島正則のような秀頼信奉者を大坂城に集結させせられては元も子もなくなる。

そこで家康は先手を打って黒田長政と福島正則連署で輝元へ手紙を書かせた。

〝吉川、福原両氏が輝元殿を大切に思っていることを内府公に申し上げた所、内府公は輝元殿に対して何とも思っていないので今後、忠節を尽くすなら輝元殿の将来のことを相談したいと言っておられる〟

これに対し輝元は、

〝内府公の御懇意、かたじけなく思います。ことに分国安堵の誓紙を戴き安心しました〟

と二人に対して返書を出した。さらに二十二日に輝元は井伊直政、本多忠勝宛てに起請文を送った。それは、

〝本領安堵の上は大坂城西の丸を明け渡し、今後内府公に対し二心ありません〟

というもので、この時点で輝元は中国八カ国百二十万石が安堵されたものと思っていた。かくして輝元は二十五日、西の丸を退去し木津の私邸に入った。

二十七日、家康は毛利輝元がいなくなった西の丸へ入り秀忠が二の丸に入った。

ここに至って、やっと　―なんぞ文句あるか―　となったのである。

だが、家康の悪知恵はまだ続く。

再度、長政に吉川広家宛ての起請文を書かせた。

〝輝元殿は奉行らと共に西の丸に入り、諸々の回状に署名したり西国に出兵させたことが判明した。そこで毛利の分国は全て没収と決まりました。ですが広家殿は律儀であるから中国のうち、周防、長門二国を与えるということです〟

これを読んだ広家はびっくりこいた。

―何と毛利の家名がなくなると？―

祖父である毛利元就の〝三本の矢〟の話を耳にタ

コが出来るほど聞かされていた広家は黒田長政と福島正則に宛て「身に変えても毛利の名だけは残して戴けますようご尽力お願いします。もし輝元が裏切ったら輝元の首を取って差し出します」とまで言って懇願した。その話に感じ入ったかどうかは知らないが家康は周防、長門一国を広家ではなく輝元と嫡男秀就に与えてお家存続を認めた。

家康は二十七日、大津城に曳き立てられてきた三成、恵瓊、行長の三人を後ろ手に縄で縛り上げ大坂、堺の町を引き回した。三成の姿が異様である。着衣は血だらけの野良着と朱に染まった晒《さらし》で顔を覆っている。

その後、京に移送され十月一日に京でも市中引き回しが行われた。檻《おり》に入れられた罪人は名前を書かれた札の付いた輿の上に乗せられ京都所司代を出た。ゆるゆると進む三つの輿は六条河原に設置された刑場に向かう。

家康は刑場が見渡せる鴨川の土手の上に陣幕を張り見下ろしている。

洗礼名アゴスチーノ小西は告解の秘蹟を同じキリシタンである黒田長政に頼んだが認められず、キリストとマリアのイコンを三度頭上に掲げた後、首を刎ねられた。

三成は両の手を胸の前で合掌し一言も発せず首を討たれた。最後まで義を貫き通した三成は鷹揚として死を受け入れたのであった。

三つの首は、そのあと三条橋に長束正家の首と共に晒された。

どっちつかずの外交方針を執った増田長盛は高野山へ追放された。

家康は十月十五日から本格的な関ヶ原戦の総括を行った。

西軍に与した八十八家が改易、五家が減封の対象となり、その総没収高は六三二万四千石に上った。没収した石高は東軍に功績のあった者に論功行賞として分配された。

因みに家康は二五〇万石から四百万石と一五五万

石増加し、豊臣秀頼の蔵入地である二二〇万石は摂津、河内、和泉のみが認められ計六五万石に減った。

なお、西軍に与して加増を受けた者が三名いた。片桐且元、木下延俊、山崎家盛である。片桐と木下は北政所の口添えで山崎は池田輝政［家康の娘婿］の口利きがあった。

今回、論功行賞の対象にならなかったのは上杉景勝と島津義弘と佐竹義宣の三名のみであった。

義宣が関ヶ原での西軍敗戦の報を受けたのは九月十九日の未明であった。

「御屋形様、石塚殿が参られました」

寝所の外で宿直《とのい》の小さな声が聞こえる。辺りはまだ闇である。

「入れ」

ガバッと跳ね起きた義宣は又七郎のあとを卒《そつ》なくこなしている源一郎に入室を促した。

「御免。上方より末次から口伝ということで急使が参りました」

「何と？」

「戦は関ヶ原で十五日の朝に始まったそうですが昼過ぎに金吾中納言殿の裏切りで西軍は壊滅、大谷殿は自刃、小西殿、宇喜多殿、治部少殿は伊吹山中に敗走とのことです」

「何と!!　負けたのか！　それ以外のことは？」

「今の所それだけです。二信、三信をお待ちくださいとのことです」

義宣の頭の中はこれからどうしたらいいのかで一杯になった。

──もう道は一つになってしまった。どの面さげて家康の前に出ればいいのだ。謝罪に行くべきか。いや、戦勝祝いとして行った方がいいだろうか。そうだ！　上杉に貸し出した車猛虎を戻さねば上杉に与したことが露見してしまう。いや待てよ、それとも上杉に一戦仕かけるか……いや、それでは武門の道が廃る──

もう義宣は家康に、どう取り繕ってどう取り入るかという思考に支配されてしまった。

「御屋形様。如何されましたか」

と言う源一郎の声で我に返った。

「某は、まずは内府殿にお詫びを入れることが肝要かと思います。あとのことは大坂におられる大御台様、御台様の安全を確かめませんと手の打ちようがありません」

又七郎が言いそうなことを若い源一郎に言われると腹が立つがその通りである。

又七郎なら「御屋形、しっかり致せ。人生に失敗など付き物だ」という言葉が次に飛んできそうだが……。

―そうだ、儂の背には佐竹という家があり家族や家臣がおり、領民がいるのだ―

二信、三信と続信が入る度に義宣は落ち込んでゆく。

三成らが捕まったことも判明した。その後、三成らの処刑の報も入った。

そして信賞必罰である論功行賞の話も徐々に入り始めた。

義宣は上洛も考えたが政景や渋江らが、

「上洛してお詫びをするなら、もう少し大坂の情勢を探った上で、どなたかに仲介の労を取って戴いた方がよろしいかと存じます。今はまだ国から出られるのは危のうござる」

と言うので家康と秀忠に戦勝祝いの書のみを送ることにした。

しばらくして秀忠から戦勝祝いに対する返書が届いた。

それには手紙に対するお礼と家康が大坂に移ったこと、そしてこれからの手紙は省略するという、冷たく素っ気ない内容であった。家康からは勿論、返書などは来ない。

こうして義宣は戦々恐々としながら慶長五年が暮れた。

年が明け本来なら秀頼に拝謁して年賀を祝う所であるが上杉、島津、佐竹は上洛せず国許に留まったままである。

家康は〝島津今に上洛なく、佐竹上洛なく、去年乱逆のみぎり、ことの体を見合、己が国を出でざるの間、今身の科を恐れるか〟と言ったという。

三月二十二日に家康らは改修された伏見城に移り諸大名たちも家族共々、伏見屋敷に戻った。秀忠は江戸に帰城して再度会津征伐を進めることになった。

上杉景勝は、その情報を得ると直江兼続らを従えて上洛、結城秀康の仲介で家康に謁見し謝罪した。

その後、慶長六年八月十七日になって裁定がくだされ会津一二〇万石は没収となり出羽米沢三〇万石に減封となった。

常陸の義宣も伏見の留守居大縄讃岐より上杉再征伐の知らせを受け対策を協議している所に義重が太田より馬を馳せてきた。

「上杉のあとは佐竹征伐かもしれぬ。儂が内府に詫びに行く。支度をせい！」

ズカズカと軍議の場に現れた義重は大声で指示した。

「北城様、それは無謀でございます。いま国を離れれば危のうございます」

皆が口々に引き留めようとしたが言うことを聞かない。

「戦に負けるということは、そういうことだ。相手の言いなりにならねばならんのだ。死を賭してゆく」

義重は三〇騎ほどを引き連れて伏見へ向かった。途中、神奈川宿で江戸に向かう秀忠の行列に遭遇し、そこでも陳謝し東海道を西上した。

四月半ば伏見に着いた義重は家康に謁見を許され謝罪すると共にお家の存続を懇願した。

すると家康は、

「常陸侍従殿は老いた親父殿に要らぬ心配をかけ儂に嘆願させるなどもっての外だが常陸介殿のお顔を立てて今日の所は咎め立てを致さぬ故、ご安堵召されよ」

と言ってなかなか本音を漏らさない。

義重は判物か誓紙をもらえるよう重臣たちに贈り物などをしてかけ合ったが色よい返事はもらえず帰国した。

それを聞いた義宣は次いで東義久を家康の元に送った。

応対に出たのは作り笑いをした本多正信であった。

「これは中務殿。再度のお願いでござるか？　上様におかれては侍従殿の二股膏薬をお怒りでな。こちらには笑顔を見せながら人質も出さず、裏では治部少などとこそこそと……。増田などの口の軽い連中が垂れ込んできていたのだ」

正信の顔からは作り笑いは消えて片方の口角が吊り上がっている。

「人質について義宣は正論を申し上げたままででござる。上杉征伐はあくまで幼君秀頼様に対する謀反人の征伐が大義であったはず。であれば大坂と江戸に証人を置く謂れはないと存ずる。このことは島田様や古田様にお伝えしたはずでござる。そのあとで当家より河井を遣わして上洛前の内府様にお味方することをお伝え申した。某が僅かな数でありましたが中納言様の後詰めに上田に馳せ参じたのは義宣の指図でございます。その時は佐渡殿もおいでになったのでご存じでしょうが我々に早々に国許に帰って上杉に備えるようにお命じになりました。それにより内府様の上洛時にも上杉が追撃するのを我々の牽制が功を奏し上杉は動けなかったのです。その時、もし我らが上杉と手を携えて内府公を追撃しておりましたら今日の内府公の成功は覚束《おぼつか》なかったことでございましょう。恩賞の御沙汰があって然るべきと存じます」

嘘は渡世の秘法である。と同時に劇薬でもある。

後日、義久は家康から謁見を許された。重臣の須田盛秀も同行した。

「お久しゅうございます。ご尊顔を拝し……」

「もう良い。そんな堅苦しい挨拶は抜きにしよう」

家康は脇息に片肘を突き扇子で懐に風を入れながら続けた。

「ズバリ申そう。貴殿に宇都宮を与え常陸侍従殿には移封を考えておる」

「ははっ、有難き幸せ……というわけには参りませぬ。手前への領地拝領の件は固くお断り申し上げます。主人義宣が転封となり某が宇都宮を戴いても詮なきこと故、主人の転封につきましては何卒ご容赦のほど伏してお願い奉ります」

義久、須田の二人は額ずいた。

「ほほう、十五万石は要らぬと申すか」

「はい、御辞退申し上げますが……」

「が、何だ？」

「代わりに手前一代の間、国替えの儀は御赦免戴きたいと存じます」

「ほほう、良かろう。義久に命ある限り侍従殿の国替えはない」

「それでは恐れ入りますが、一筆戴きたく存じます」

と言う義久の一言で次の一文を書かせることに成功したのである。


〝家康一代、中務一代、国替ノ儀、是アルベカラズ〟

その帰り道、須田は義久を咎めた。

「義久一代とはどういうことでございましょうか。お東殿亡きあとは国替えをお認めになるということでしょうか」

「儂はまだ四十八だ。内府殿は既に還暦を越えておろう。一回りも違っておる。順番からいえば内府殿の方が早く逝く。その後のことなら何とでもなる」

しかし義久の思い通りにはならなかった。間もなくして義久は体の痺《しび》れと腹痛を訴え、その年の十一月二十八日、突如として水戸の私邸で没した。

家康による毒殺説、家康による当主すげ替えを嫌う内部犯行説のほか病死という説もなくはない。

義宣にとってはいつも自分の前におり煙たい存在であったが兎に角、頼りになる一族の一人であった。東家は嫡男で十八歳の義賢が継いだ。

ついに家康から義宣に上洛要請が届いた。既に慶長七年の二月になっていた。

　昨年から古田織部を通して長岡忠興に仲介役を依頼していた。

　先の戦で忠興は東軍最前列で三成軍の島左近隊、蒲生郷舎隊と激闘の末、三成軍を破った。妻ガラシャの弔い合戦でもあった。

　その功績により論功行賞で二十一万石の加増を受けて豊前小倉三十九万石へ移封となり領国の仕置きで延び延びになっていたのだった。

　二月半ばになり満開の桜の中、鉄砲衆を先頭に槍衆、弓衆ら総勢五百を率いて水戸を発った義宣であったが近江に入った所で長岡忠興から密かに知らせが届いた。

〝余り大仰な軍勢などで入洛すると逆効果であり武功の者を随身させては上様の機嫌を逆なですることにも成りかねないので少数で上洛すべきであろう〟

　という忠告に従って武装兵は草津に留め五十人ほどの随身者だけで上洛した。

　伏見の私邸に入るのは二年ぶりである。あの時は佐和山に立ち寄って三成や直江と密議を凝らし豊臣のために家康を葬ることのみを考えていた。二年足らずの間に世の中は全く変わってしまった。今の天下は徳川のものなのだ。

　三月十四日、伏見城で家康に謁見し上洛の挨拶とこれまでの怠惰《たいだ》を謝した。

「中務が亡くなったそうだな。愁傷である。惜しい男であったな」

　―最初になぜそこなのだ？　約束は反故になったな、とでも言うのか？―

「中納言から聞いたが江戸で前室の菩提を弔う地を探しているそうだな」

　家康は義宣の反応に気付いたのか話を逸らした。

「ははっ、ここで丁度、没後十年を迎えましたので、その追善供養をと思いまして先だって中納言様にお話し致しました所『下谷に良い所がある』と言われまして、その地に菩提寺を建てさせて戴いております」

「左様か。だが、なぜ江戸なのだ？」

「江戸を通る度にあちらこちらで江戸屋敷普請の槌音が聞こえて参りまして、何れ某にも江戸地を賜れるであろうと勝手に思った次第で……」

——ふぅ、やはり苦手だ。儂は何を言っているのだ——

「ははは、やっと証人を出す気になったか。それでは、その件も中納言に伝えて置くとしよう」

感触は悪くはない。人質を出せば本領は安堵されそうである。

それを裏付けるかのように四月十一日、島津氏に対し本領安堵の誓書が出された。義弘の行動は義久や忠恒に関係のない、あくまで個人の行動であるとしたのだ。

——それ見たことか。儂は何もしていない。一本の矢も放ってはいないし、兵を差し向けたこともない。言われた通り仙道口を守っていた。ただ人質を拒否しただけだ。戦には一切関わらなかった下野宇都宮十八万石の蒲生秀行などは父氏郷の旧領陸奥会津六十万石へ復帰し大加増になった。島津は敵対しても本領安堵であった。先日の家康の感触から本領安堵の上、江戸地に屋敷地を賜る——

これが義宣の思い描いた顛末である。

それから約一ヵ月後の五月八日、上使として榊原式部大輔康政と花房助兵衛道兼が義宣の伏見屋敷を訪れた。

【戦国余話——義宣編】

遅くなったがここで義宣のことを少し書いておこう。

武将の肖像画はたくさん残っているが佐竹義宣の肖像画は私が知る限り一点のみだ。しかもそれは甲冑を纏い面頬《めんぽう》という鉄製の武具で顔を覆っているので彼には素顔を見せた肖像画がないのだ。これには二つの理由があるといわれている。その一つは若い時分に京で女遊びをした時に運悪く梅毒に侵され、その顔が醜く崩れているため顔を隠しているというものと、もう一つは顔を隠して刺客に襲われる危険を回避しているという説がある。危機管理上の理由だ。

このことを裏付ける事例が二、三あるので紹介しよう。

ある時、父義重から名刀をくだされたのだが、義宣はその名刀を自分の使い易いように丈を短く詰めてしまった。義重はその名刀の価値を惜しんで嘆いたというが義宣からすれば長い太刀のままでは立ち合いの時、一瞬の遅れが命取りになると考えたのだろう。

それから、これはいつの時代の逸話か分からないが、義宣の寝所は幾重もの屏風で囲まれていてどこに寝ているか分からないようにしていたということである。しかも、その屏風には鍵がついていて不寝番が声をかけると剣の切っ先で鍵を開けたといわれている。

さらにもう一つ、戦乱の世が終わって義宣も江戸の上屋敷に在府することが多くなったが在府中の正月には屋敷前に飾る松飾りと共に番兵を門前に立たせたことから「佐竹の人飾り」と揶揄《やゆ》されてしまった。

これだけ見ると弱虫で臆病者とも思えるのだが世は混沌の時代である。これぐらいの危機管理があってもいいのではないかとも思える。

危機管理の達人なのか、ただのビビリなのか。

さらば常陸

座敷の上座を背に立った二人のうち、榊原康政が書状を読み上げた。

『佐竹義宣はじめ芦名盛重、岩城貞隆、相馬義胤の所領である常州、奥州、野州の地を悉く没収の上、義宣には羽州に替地を賜うものなり』

読み終わると榊原康政は家康の署名と花押の押された文面を神妙な面持ちで正座している義宣ら家臣の方に披露した。

「早急に城を明け渡し、その検使には本日仲介役の花房助兵衛殿及び島田治兵衛殿が立ち会う。五三日［数日］のうちに出発するであろう。なお、荷物などの除け地は南郷と致す。詳細については追って沙汰する」

　後ろに控えている家臣たちは大きなため息を吐き、中には涙する者もあった。

「ははっ。とかくの意趣、之なく御賢意次第にござる」

　と深々とひれ伏した義宣は、ここに家康に臣礼をとり徳川家の従臣となった。

　そして天下を二分した関ヶ原の戦いの最期の処分者となったのが佐竹家であった。この決定には紆余曲折があり家康が本当に義宣の処分に迷っていたのか、それとも意地悪でずるずると処分を先延ばしにしていたのかは定かでない。

　この仲介の労を執った長岡忠興は同じ清和源氏流の消滅を嘆じ、

「当今、故太閤の恩義を忘れざる義宣の如き者稀なり。もって武士の亀鑑［手本］となすに足れり。僻遠の一小土を与うるも亦、可ならずや」

　と具申し家康も納得した。

　義宣はこの話を聞いて茶の湯の恩恵を肌身で感じ、忠興の傷だらけの顔を思い浮かべた。

　国替えとなった以上、くよくよ考えても仕方ない。今なすべきことを直ちに国許に知らせることである。まず水戸城はじめ常陸の支城の速やかな引き渡しと一揆や反乱などの軽はずみな行動を抑えなければならない。

　これらを書に認め大和田を急使に立て水戸の国家老の和田安房に第一報を放った。常陸に国替えの第一報が届いたのは五月十六日であった。

　知らせを受けた義重や重臣たちの間には残念という気持ちとお家断絶されずに良かったという綯《な》い交《ま》ぜになった感情が入り混じった溜息が漏れた。

「そうと決まった以上やらねばならぬことが山とある。まず、水戸城と太田城その他支城の明け渡しを遅滞なくやらねばならぬ。水戸城は和田安房、小貫佐渡が指揮を執れ。太田は儂と田中越中が纏める。各城代は城に戻り武器と年貢米などを調べその詳細を書き付けて一ヵ所に纏めて置くように。以上だ」

義重は的確に指示を出し今後の公儀の沙汰を待つことにした。

十七日、再び榊原康政と花房道兼が上使として訪れ移転先は秋田、仙北であることを内示した。そのお達しの中にも知行高の判物はなく替地の指示のみであったのである。

この時の羽州の大名たちの石高は秋田の秋田実季が五万石［実高十五万石とも］、角館の戸沢政盛四万石、横手の小野寺義道三万石のほか本堂茂親、六郷政乗らの所領を合計すれば十三万から二十万石程度であると義宣は推算した。

この地を決める時にも長岡忠興が義宣の肩入れをしてくれた。

「大大名の佐竹氏には出羽一国でなければ家臣を賄い切れず変事が起きるやも知れませぬぞ」

と進言したが家康の側近である本多正信、正純父子が
「出羽一国では常州とほぼ同じでござる。半国で良かろうと存ずる」

という一言で半国となってしまった。

「各々方、このような御沙汰はおかしいではないか。我らは何もしておらんぞ。それなのに替地だと？　それを正さんがためにも一戦を交えようぞ」

「馬鹿なことを言うな。ここにおる六百ほどで戦うというのか」

「羽州とは豪雪地帯と聞いておるぞ」

「半年もある冬は厳しい寒さだというが」

「耕す土地などあるのだろうか」

などの家臣たちの話を義宣は黙って聞いていた。

佐竹郷に源義光の孫である昌義が居を構えて以来四百七十年にわたって支配してきた父祖伝来の墳墓の地を離れなければならなくなった。自分の代でと思うと殊更、その不甲斐なさに腹が立ってくる。

「皆の者、聞いてくれ。儂は……正しいと信ずる道

を真っすぐ歩いてきたつもりであったが、それればかりに気を取られて周りが見えていなかった。もう少し北城様やお東の言うことに耳を傾ければ良かったと後悔している。如何に理不尽な御沙汰であろうと儂は受け入れる。二年も焦《じ》らされた末に結果はこうだ。儂は底意地の悪い家康という男が憎い。だが、憎しみは何も生まない。その先には殺意しか残らないからだ。いつまで恨んでいても良いことは何一つない。憎しみという感情は常陸に置いてゆくことにする。これから儂はもっともっと先を見ることに致す。新羅三郎義光公以来の源氏の血流を儂の代で絶やすわけには参らぬのだ。皆の者、済まぬ、許せ」

そこここの啜り泣きが義宣の耳朶《じだ》を打つ。

「替地がどれほどの石高になるのか、どのような所なのかもよく分からぬが以前、伏見築城の折に秋田実季殿にお会いし、伏見城の柱は秋田の杉であると自慢しておられた。山があるなら常陸のように鉱山があるかもしれぬ。秋田という地がどのような所であるか調べるため和田安房、須田美濃、河井伊勢を羽州に派遣するつもりでいる」

義宣は城引き渡しによる蔵の整理や秋田へ供をする者の選別、南郷に集める武器、年貢のことなど気が付くことを書き記すと共に秋田では領民が一揆などを起こさぬよう秋田、仙北の郷村に禁令の掟を書いた札を立て、旧領の家臣の空き家への勝手な入居を禁じ、郷村の取り締まりの際には酒や礼品などを受け取ってはならないことを書き添えた。そのほかにも北城様は自分に構わず早く秋田に下っても良いが秋田の町に宿所を設けること、仙北へは須田美濃と河井伊勢を派遣し秋田、仙北両地の知行物成を調べるための検地役人を連れていくように指示を出した。水戸城の城明け渡しが済んだあとは小貫大蔵に任せて一刻も早く秋田に下向するよう和田に宛てて飛脚を立てた。

そのあとで八百万《やおよろず》の神々に願文を捧げ知行判物を祈願した。

その願文の中身が面白いので少し紹介する。

『某、若輩なるにより石田治部少輔の邪見の指南に任せ、みな分国の神領を落とし奉る故に冥慮の加護薄く［中略］今この配流の罪を感ずる者なり。よって今某深く前時の不信放逸を悔い［中略］専ら仏神に帰依し奉り、長く万民を安立せしめんと欲する者なり……』

神々に対してまで三成を貶《おとし》めなければならないほどに追い込まれていたのだ。

七月二十七日になって、漸《ようや》く待ちに待っていた『御判物』が与えられたが八百万の神々の御利益もなく石高の明示はなかった。

『出羽国の内、秋田、仙北両所、進め置き候。全く御知行有るべく候也』

慶長七年七月廿七日　　家康　印

佐竹侍従殿

義宣は五月に国替えの内命を受けてから二ヵ月半にわたって蟄居同然に伏見屋敷内に足止めされていた。この伏見幽閉は常陸の城受け取りが完全に終了するまで義宣を人質に取り一揆や反乱などを起こさないようにするためであった。

この二ヵ月半にわたる蟄居の間、義宣は戦が政事のうちであり勝つために使っても良い手と悪い手があることを学んだ。小田原の役で義宣が得た教訓の一つは戦には必ず勝つ、どんな手を使っても負けてはならぬという信念から日和見、二枚舌という最も姑息な大悪手を打ってしまったのだ。

父や義久の言うことを聞いて、いち早く家康のもとに馳せ参じていれば、このような憂き目に合わず常陸国は安堵され会津や宇都宮の地も手中に収めることが出来たかもしれない。

そうなれば盛重を会津の地に復帰させ、既に改易となっている従兄弟の国綱を宇都宮に戻し大名としての名跡復帰を公儀に願い出ることも可能であったろう。勿論、岩城貞隆や相馬義胤は加増の恩恵に預かることになったに違いない。これらの大名たちが皆、佐竹の与力となれば義宣は一躍百万石の大大名に列せられたことであろう。と思うと後悔の念で夜も眠れなかったが、一方で理に動く後悔の念とは裏腹に己の心のどこかに珠との約束である義の心が残っていることが嬉しくもあった。

—もういい。このことを教訓に明日からの糧にするのだ—

その頃、常陸では六月五日に義重が十八騎を従えて太田城を出て南郷の赤館城に移るが花房、島田両氏は義重の家老である田中越中に子息たちの処遇について秀忠に知行の安堵を願い出るよう勧めた。

そこで義重は江戸に赴き家康に直訴したが家康は、それを認めず義重の室［宝寿院］を人質として江戸城に差し出させた。

その後も義重は江戸に留まり芦名義広、岩城貞隆、多賀谷宣家の処遇の改善を求めたがついに認められなかったため赤館に戻り秋田に向かって旅立った。

六月十三日には本多正信と大久保忠隣が軍勢を率いて笠間城に入り、その翌日小貫頼久と東義賢が立ち会い水戸城を明け渡し、次いで十五日には太田城を明け渡した。

和田安房は自分に先立ち白土大隅と桐沢久右衛門を先発させ、それを追うように河井伊勢と秋田へ向かい南義種、須田盛秀、向右近も続いて下向した。

和田らは先に秋田入りをしていた白土と桐沢から「かねてより人の住む所もないように聞いていましたが、そのようなことはなく人家や田も多く常陸と変わりません」という知らせを受けて胸を撫で下ろし早速、義宣の許に報せた。

しかし、その一ヵ月後、常陸では車丹波猛虎ら数人が同志を募って水戸城奪還を企てて蜂起したが失敗し丹波らは磔刑に処せられた。これは車丹波守猛虎の単独犯行とされ義宣の罪にはならず処理された。

七月二十九日、義宣は北国周りで出羽国秋田に向けて伏見を発った。新天地に向かう気分は慚愧《ざんき》に堪えない気持ちとは裏腹に清々しく爽快でもあった。

それは水戸に負けないような町づくりをもう一度出来る喜びが義宣の背中を押しているからであった。

『古酒の入った古い革袋は捨て、新しい革袋に新しい酒を入れよう』

「又七郎、お主と共にまた新しい町をつくってみたかったぞ。天から見ておれ、水戸では果たせなかった町を秋田でつくって見せる」

［了］

参考文献、書籍

『佐竹義重』福島正義（人物往来社 1966年）
『水戸市史』（茨城県水戸市 1998年）
『常陸太田市史』（茨城県常陸太田市 1984年）
『佐竹氏とその時代』志田諄一（茨城県常陸太田市 1988年）
『県史八 茨城県の歴史』（山川出版社 2011年）
『高根沢町史』（栃木県高根沢町 1995年）
『常陸佐竹新太平記』関谷亀寿（筑波書林 1993年）
『茨城の古城』関谷亀寿（筑波書林 1990年）
『戦国史談』桑田忠親（潮出版社 1984年）
『常羽有情 一巻~六巻』土居輝雄（東洋書院 1991年）
『史伝大河 悠久の佐竹氏』土居輝雄（東洋書院 2002年）
『扇紋飛翔 佐竹夜話史伝』土居輝雄（松原印刷社出版部 2004年）
『「梅津政景日記」読本』渡部景一（無明舎出版 1992年）
『佐竹氏物語』渡部景一（無明舎出版 1980年）
『久保田城ものがたり』渡部景一（無明舎出版 1989年）
『古田織部の茶道』桑田忠親（講談社 1990年）
『佐竹氏水戸城攻略の跡を行く』古市 巧（筑波書林 1990年）
『秀吉 朝鮮の乱 上下』金 聲翰（光文社 1994年）
『佐竹義宣公物語』高橋 茂編（1997年）
『佐竹義宣と正洞院』伊藤武美（秋田文化出版社 1989年）
『藩祖 佐竹義宣公』鈴木市太郎、神沢繁（鮮進堂 1901年）

『佐竹義宣』近衛龍春（PHP研究所 2006年）
『国替　佐竹義宣一代』見川舜水（筑波書林 1990年）
『佐竹　秋田に遷さる』山本秋広（茨城経済社 1969年）
『奥羽永慶軍記　復刻版』今村義孝校注（無明舎出版 2005年）
『石田三成』徳永真一郎（青樹社 1985年）
『石田三成』尾崎士郎（光文社 1988年）
『関ケ原　上　中　下巻』司馬遼太郎（新潮社 1966年）
『関ケ原　家康と勝ち組の武将たち』加来耕三（立風書房 2000年）
『関ケ原の戦い　勝者の研究　敗者の研究』小和田哲男（三笠書房 1993年）
『城と女』上下巻 楠戸義昭（毎日新聞社 1988年）
『宗湛修羅記』森　真沙子（祥伝社 1999年）
『新書　太閤記　一〜七巻』吉川英治（講談社 1990年）
『太閤秀吉海外への夢』NHK編（日本放送出版協会 1989年）
『密謀　上下巻』藤沢周平（新潮社 1985年）
『陰謀の日本中世史』呉座勇一（KADOKAWA 2018年）
『改訂版 図説 茨城の城郭』茨城城郭研究会（国書刊行会 2017年）
その他雑誌　新人物往来社、平凡社、学習研究社ほか

【著者紹介】

安藤恒久郎（あんどう・こうくろう）

1948年、茨城県生まれ。

学習院大学経済学部卒業。卒業後はサラリーマン生活。

退職後に執筆を始め現在に至る。

乱世《らんせ》、一炊《いっすい》の夢《ゆめ》

2023年6月1日　第1刷発行

著　者　　安藤恒久郎
発行人　　久保田貴幸

発行元　　株式会社 幻冬舎メディアコンサルティング
　　　　　〒151-0051　東京都渋谷区千駄ヶ谷4-9-7
　　　　　電話　03-5411-6440（編集）

発売元　　株式会社 幻冬舎
　　　　　〒151-0051　東京都渋谷区千駄ヶ谷4-9-7
　　　　　電話　03-5411-6222（営業）

印刷・製本　中央精版印刷株式会社
装　丁　　弓田和則
装　画　　中野耕一
題　字　　新井心花

検印廃止

Printed in Japan
ISBN 978-4-344-94416-9 C0093
幻冬舎メディアコンサルティングＨＰ
https://www.gentosha-mc.com/

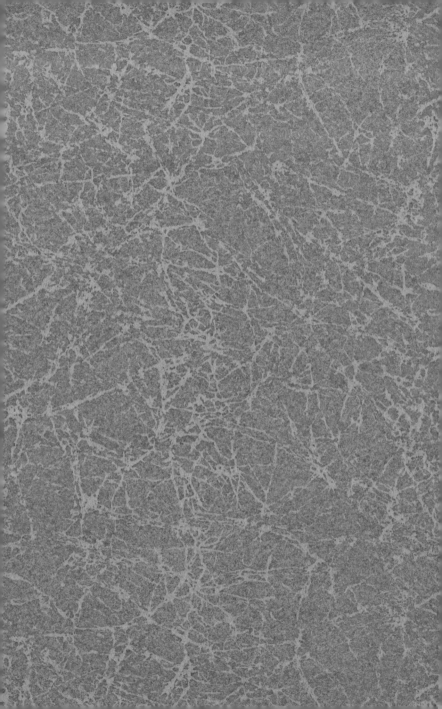

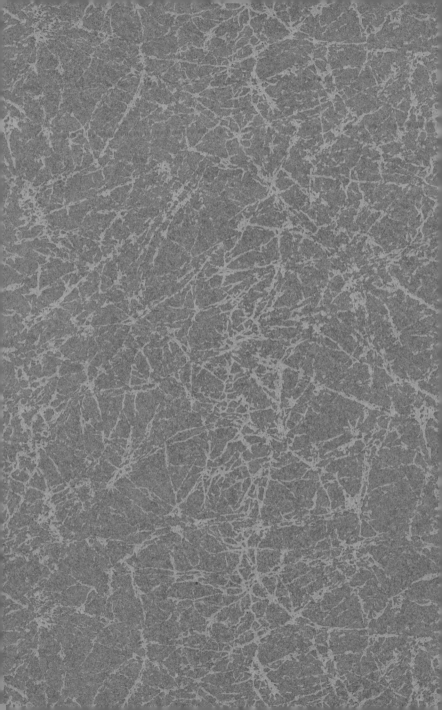

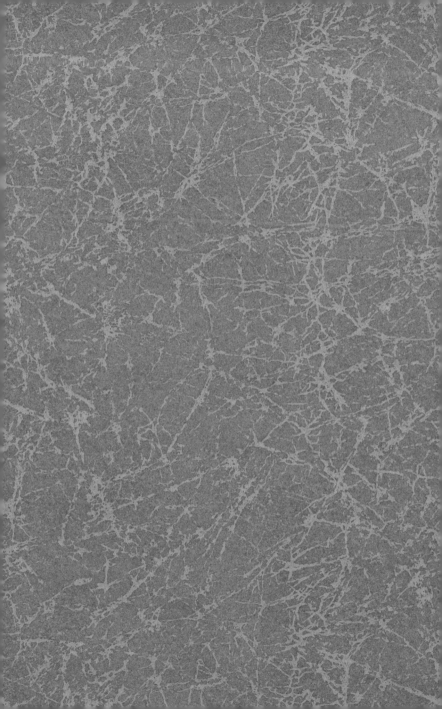

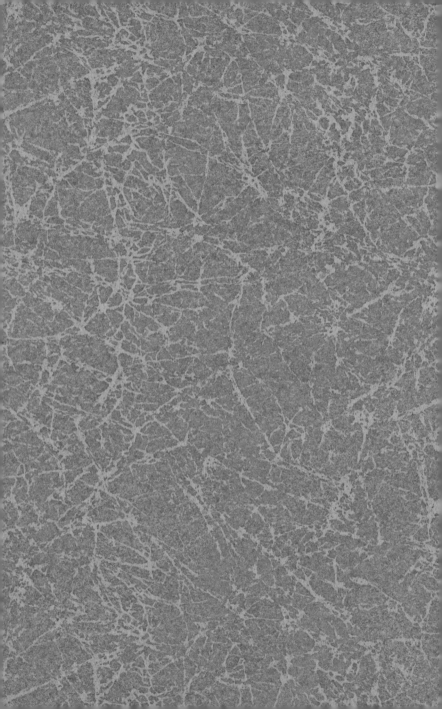